湖南科技学院文艺学重点学科

湖南省教育厅科研重点项目：新时期三十年乡土小说研究
（批准编号：15A075）

乡土中国的当代图景

新时期乡土小说研究

谷显明 著

中国社会科学出版社

图书在版编目（CIP）数据

乡土中国的当代图景：新时期乡土小说研究／谷显明著．—北京：中国社会科学出版社，2016.6

ISBN 978-7-5161-8201-7

Ⅰ.①乡… Ⅱ.①谷… Ⅲ.①乡土小说—小说研究—中国—当代 Ⅳ.①I207.42

中国版本图书馆 CIP 数据核字（2016）第 109529 号

出 版 人	赵剑英
责任编辑	武兴芳
责任校对	张爱华
责任印制	张雪娇
出　　版	中国社会科学出版社
社　　址	北京鼓楼西大街甲 158 号
邮　　编	100720
网　　址	http：//www.csspw.cn
发 行 部	010-84083685
门 市 部	010-84029450
经　　销	新华书店及其他书店
印　　刷	北京君升印刷有限公司
装　　订	廊坊市广阳区广增装订厂
版　　次	2016 年 6 月第 1 版
印　　次	2016 年 6 月第 1 次印刷
开　　本	710×1000　1/16
印　　张	14.5
插　　页	2
字　　数	214 千字
定　　价	55.00 元

凡购买中国社会科学出版社图书，如有质量问题请与本社营销中心联系调换

电话：010-84083683

版权所有　侵权必究

序　宏观梳理与微观求证

陈仲庚

大概在两年前，本书作者谷显明就曾跟我提到要写一部书，通过对新时期乡土小说研究来勾勒一下乡土中国的当代图景。我说这是一个宏大的课题，很难把握，仅就"乡土小说"概念来说就是人言人殊、百言百意，你怎么来切入呢？他说不纠缠概念，只从作品出发，而且已完成了两个系列文章的写作，再有两三个系列，就可以形成一幅较完整的图景了。两个月前，他交给了我一部完整的书稿，并嘱我写个序，我断断续续地将书稿读完，感觉他对纷繁的生活现象和文学现象确实有高度的把控能力，不仅勾勒了一幅较为完整的乡土中国的当代图景，而且还是一幅动态变化的图景。

作者虽说不纠缠概念，但对"乡土文学概念的演变"还是进行了梳理，并重点介绍了鲁迅对乡土文学所作的"奠基性的理论阐释"。鲁迅在《中国新文学大系·小说二集·导言》中说："凡在北京用笔写出他的胸臆来的人们，无论他自称为用主观或客观，其实往往是乡土文学，从北京这方面来说，则是侨寓文学的作家。"我以为，鲁迅在这里用了"凡"，应该是指当时寄居北京的全体作家，也就是说，尽管这些作家生活在大都市，只要是直抒胸臆的作品，则属于"乡土文学"的范畴，这当然也包括鲁迅自己。其原因就在于：中国是一个农业大国，农耕文明有着数千年的历史，乡土生活一直占据着主流地位，体现乡土生活显著特征的聚族而居的家庭生活模式，遍布城乡的每一个角落——充分成熟的乡土生活，带来了乡土文学的充分成熟；相对来说，城市文学则萎缩得多，即便是茅盾的《子夜》，对城市生活的描述也显得苍白，作品中的人物概念化色彩太浓，几乎没有一个人物能够与他笔下的老通宝相比。有人很是惋惜，说中国缺乏巴尔扎克式描写城市生活的作家。中国城市发育本就不成熟，"城里人"到现在还挣不脱"乡下人"的脐带，因而也就无法产生反映城市生活的成熟作家。

然而，"乡土文学"概念的确立，却又是依托于"城市文学"的比较。就世界范围而言，正是在工业化带动下的农村城市化，催生了蓬勃发展的城市文学，于是才有了人们对原有的乡土文学的认识；而这样的认识，又离不开生产工业化、农村城市化、生活现代化、经济全球化等大背景。正是在这样的背景下，作者通过宏观的梳理和微观的求证，为我们勾勒了一幅动态、立体的乡村图景。

从宏观梳理的角度说，作者分为"乡村景象""民工命运""女性追求""人性碰撞""文化选择"五章，也就是从五个方面来梳理乡土文学的变化，并从中揭示农村生活的变化、农民命运的变化及其更深层次的人情人性的变化。全书虽然分为五章，宏观地看，其实也就是归纳了三大变化：乡村、乡人（男人和女人）、乡情（人性的迷失与复归）的变化。以这三大变化为视角来通观全书，结构虽宏大但线索简单，叙事虽繁复但纲领明晰，说明作者眼界开阔，思路清晰，具有高度的概括能力。

作为一部学术研究著作，只有简单的理论性勾勒显然是不够的，还必须有条分缕析的细节求证才能让人信服。这部著作，粗看全书目录可感觉到作者的宏观把控能力，细读全书才可了解作者的厚实功底。譬如在第一章"现代化大潮下的乡村景象"的第一层次"景象"之下，作者归纳了第二层次的三个"分镜头"：生态景观：家园的荒芜与废弃；政治映像：权力的瓦解与消逋；伦理图式：价值的颠覆与重构。三个"分镜头"之下，则各自又有三个不同角度的"画面"。如"生态景观"下是"荒弃的土地""破败的生态""虚空的村庄"；"政治映像"下是"乡村秩序失衡""乡村权力异化""乡村治理危机"；"伦理图式"下是"乡土现代化与孝亲伦理断裂""乡村城市化与婚恋观念裂变""村社松散化与乡风民俗颓败"。作者对每一章的结构安排都是如此，以整齐的句式、诗化的语言层层推进，再通过条分缕析的论证分析，充分展现了新时期三十多年来乡土小说的变化图景及其所反映的乡村生活变化图景。

在具体的条分缕析的论证过程中，通过对具体作品的分析，不仅让我们看到了乡村生活变化的图景，还看到了变化的原因。例如，在"荒弃的土地"这个画面下，作者对张继中篇小说《去城里受苦吧》进行了细致分析：农民贵祥的两亩好地在没有得到自己同意的情况下被村长给卖了，贵祥一怒之下去市里告状。然而，贵祥进城之后所经历的生活变化，则让他的告状演变为一个"黑色幽默"。首先是包工头王建设否定了他的告状意义："你就是告赢了，也就是二亩三分地的事，二亩三分地又能卖几个钱？你跟着我打工，保证比你种那二亩三分地挣得多"；继而，城里女人李春把一个门市部给了贵祥，贵祥便把老婆也接到城里做起了生意。后来，当老刘告诉他市长表叔的电话、让他去找市长告状时，他竟然有一种恍若隔世的感觉："现在这件事，怎么这样小呢？"他老婆则更是直截了当："生意都忙不过来了，还告什么状！"至此，贵祥不仅不再怨恨村长，反而感激他把自己逼到城里来。乡村，他再也不想回去，宁愿在城里受苦。这当然不只是贵祥一个人的个案，作者通过对众多作品的分析，反映出改革开放以来中国内陆乡村大量青壮年外出打工，农村人口从"不离土不离乡"到"离土不离乡"再到"离土又离乡"，以致形成了一个个庞大的"空心村"。由此，作者得出的结论是："农村新一辈农民纷纷外出打工，造成当地耕地大面积抛荒，整个村庄笼罩在一片荒凉之中，而这种荒凉正是当下中国农村现状的一个缩影"。谁说不是呢？！似这样有血有肉的分析确实令人信服，同时还可以启发人思考：像这种现象究竟是好还是不好呢，是该喜还是忧呢？或许是喜忧参半吧！那么，如何来扬其喜而抑其忧？则需要进行更具体而细致的思考了。

是为序。

2015 年 12 月

目 录

绪 论 ……………………………………………………… （ 1 ）

第一章 现代化大潮下的乡村景象 …………………… （ 23 ）
  第一节 生态景观：家园的荒芜与废弃 ……………… （ 25 ）
  第二节 政治映像：权力的瓦解与消遁 ……………… （ 38 ）
  第三节 伦理图式：价值的倾覆与重构 ……………… （ 49 ）

第二章 城镇化进程中的民工命运 …………………… （ 64 ）
  第一节 逃离故乡：奔向梦想的乐土 ………………… （ 65 ）
  第二节 困守异域：饱尝现实的苦涩 ………………… （ 76 ）
  第三节 迷失旅途：遭遇身份的尴尬 ………………… （ 86 ）

第三章 城乡二元结构下的女性追求 ………………… （ 96 ）
  第一节 留守乡村：在传统语境中安顿生命 ………… （ 97 ）
  第二节 走进城镇：在现代探寻中拓展生命 ………… （108）
  第三节 冲破藩篱：在命运抗争中激扬生命 ………… （121）

第四章 社会转型发展中的人性碰撞 ………………… （133）
  第一节 反观历史：书写苦痛命运 …………………… （134）
  第二节 剖析个体：聚焦底层情爱 …………………… （140）
  第三节 细读当下：书写日常生活 …………………… （151）

第五章 全球化语境下的文化选择 …………………… （164）
  第一节 激情守望：吟唱田园牧歌 …………………… （166）
  第二节 执着反思：找寻精神家园 …………………… （181）
  第三节 呵护梦想：描绘诗意栖居 …………………… （197）

参考文献 ………………………………………………… （215）

绪 论

"从基层上看去，中国社会是乡土性的。"① 千百年来，在传统自然经济占统治地位的村落社会，人们聚族而居，安土重迁，常年以种地为生。正如钱穆先生所说："农耕民族与其耕地相连系，胶着而不能移，生于斯，长于斯，老于斯。"② 费正清通过对《剑桥中华民国史》的研究也表明，中国"清末城市生活的特征，无论在政治方面还是经济方面，都与五百年前宋代的情况极为相似"③。由此可见，中国是一个农耕历史悠久的国家，农业文化处于社会文化的主导位置。然而，20 世纪 20 年代初以来，随着中国近代城市化的推进，传统的封闭格局被打破，城市与乡村不再是一体化的存在，整个社会呈现出城乡分离的局面。这为文学发现农村、发现农民提供了现实条件和广阔视角。因此，关于"乡土"的书写成为"五四"以来文学创作中的一个基本母题，乡村和农民一直是其最重要的文学场景和文学形象。

一 乡土小说的发端与演进

（一）乡土小说的发端

20 世纪初，乡土中国正处在一个内忧外患、破旧立新的时期。这一时期发生的"五四"思想启蒙运动，在中国大地上掀起了学习

---

① 费孝通：《乡土中国　生育制度》，北京大学出版社 1998 年版，第 6 页。
② 钱穆：《中国文化史导论·弁言》，商务印书馆 1998 年版，第 3 页。
③ ［美］费正清、刘广京：《剑桥中华民国史》（第一部），上海人民出版社 1991 年版，第 37 页。

西方先进思想和文化的热潮。在此历史背景下，许多生长于乡土、后侨居城市的知识分子，在西方现代文明的启示和烛照下，开始把视线更多地聚焦于身边的乡土，并以此来想象和思考乡土中国的现代化转型问题。像鲁迅的《故乡》《祝福》《阿Q正传》等作品，以"意在揭出病苦，引起疗救的注意"的启蒙主义精神，率先用生动的现实主义笔触描绘农民的悲惨处境，在客观冷静的描写中展开对中国国民性的探讨，传达出对乡土中国底层农民命运的关切。此后，许钦文、王鲁彦、沈从文、蹇先艾、冯文炳、许杰、彭家煌、潘训、台静农等大批寓居于都市的农裔作家，目击现代文明与宗法农村的差异，在鲁迅"改造国民性"思想的启迪下，带着对童年和故乡的回忆，用隐含着乡愁的笔触，将"乡间的死生、泥土的气息，移在纸上"，揭示了农村在长期封建统治下形成的闭塞、落后、破败、萧条的境况，他们的作品构成一幅幅20世纪初宗法制农村社会悲惨的生活图景。像潘训的《乡心》、王鲁彦的《桥上》、蹇先艾的《到家的晚上》、许钦文的《父亲的花园》，展现了资本主义经济侵入下衰败凄凉破产的乡村景象；蹇先艾的《水葬》、许杰的《惨雾》、王鲁彦的《菊英的出嫁》、彭家煌的《怂恿》，揭示了封建宗法制野蛮残酷的乡村陋习；台静农的《烛焰》和《新坟》、许钦文的《疯妇》，叙述了封建文化戕害下农村妇女的悲惨命运。这些作品取材于作者各自的家乡生活，热情地关注着现实人生，用现实主义创作态度和手法观察、分析和表现乡村生活，表达了作家深邃独到的思想见解，开拓了乡土叙事新的艺术境界。

20世纪30年代，"左翼"作家在题材选择上更加注重社会化，形成自己独特的社会剖析视角，即把某一个人或者某一个生活现象放在更加广阔的社会背景及错综复杂的社会矛盾中去剖析其蕴藏的社会内涵。如叶圣陶的《多收了三五斗》、茅盾的《春蚕》、叶紫的《丰收》、夏征农的《禾场上》、蒋牧良的《赈米》、丁玲的《水》、荒煤的《秋》等作品，反映了"谷贱伤农""丰收成灾"等社会问题，并以沉重的笔触叙写出乡民们土地无收的惨状，揭示出农民贫困、农村破产的社会根源。王统照的《山雨》、叶紫的《火》、萧军的《八月的乡村》、萧红的《呼兰河传》、端木蕻良的《科尔沁草原》等作品，真实地反映出大革命失败前后农村土地革命的情形以及作者对沦陷故土的深深眷念之情。正如鲁迅在给《八月的乡村》作序时所言："作家们的心和失去的天空、土地、受难的人民，以至失去的茂草、高粱、蝈蝈、蚊子搅成一团，鲜红的在读者面前展示，显示中国的一份和全部，现在和未来，死路和活路。"① 相对于20年代的乡土小说而言，这些作品在剖析纷杂的历史事态、激越的时代风云中，真实地反映了当时中国农村社会现状，包含着强烈的批判精神和悲壮的民族情绪，从而实现了从淡淡的哀愁到犀利的批判的转移和超越，形成以"左翼"作家为主体的社会剖析派乡土小说。"在意识形态话语的笼罩中，他们对具有浓郁'地方色彩'及'异域情调'的风景画、风俗画的多种艺术方法的描写，既是对早期'乡土写实派'的历史回应，又开创了新的乡土小说范式，为20世纪40年代乃至新中国建立后的乡土小说创作提供了有益的资源和发展路径的启示。"②

（二）乡土小说的变调

进入20世纪40年代，在特殊的战争环境下，中国文学的现代意识在不同的政治文化空间，经由不同类型的作家得到差异性巨大但互相映照的表达。这一期间，国统区的乡土小说作家继承国民性批判传统，描绘农民遭遇的现实苦难，对落后停滞的封建伦理道德和狭隘愚昧的国民性展开了更加深邃而犀利的批判。像沙汀的《淘金记》《还乡记》，对四川充满血污的乡村现状进行了客观描写和深刻批判；艾芜的《回乡》《南行记》，表现了边地乡间的苦难和冷峻野蛮的封建习俗；碧野的《肥沃的土地》、艾芜的《丰饶的原野》、路翎的《燃烧的荒地》，写出了农村新兴力量的发展势头；艾芜的《石青嫂子》《山野》，则揭示出抗战期间国统区黑暗的社会现实。这些作品是鲁迅开创的改造国民劣根性、重铸国民灵魂启蒙文学主题的延展，也是

---

① 鲁迅：《田军作〈八月的乡村〉序》，见《鲁迅全集》第六卷，同心出版社2004年版，第161页。

② 丁帆：《论"社会剖析派"的乡土小说》，《福建论坛》（人文社会科学版）2007年第1期。

40年代乡土小说的启蒙意义所在。而在中国共产党领导的解放区，乡村社会特征及革命战争背景促进了"革命乡土小说"的兴盛。这一时期"解放区的乡土小说与1920年代以鲁迅为首的对苦难乡村的阴暗展示，与以沈从文为首的对田园乡村的咏叹，无论是题材的选取与处理，还是叙述者的文化身份，都存在着差别"[①]。1942年，毛泽东发表《在延安文艺座谈会上的讲话》（以下简称《讲话》），提出"一切文学艺术为工农兵服务"，从此颠覆了以往一切旧的文学观念和审美原则。从20世纪40年代初一直延续到70年代中后期，乡土小说在《讲话》的规范下，逐渐走向"农村题材小说"发展道路，形成了这一期间乡土文学创作的变调。

在解放区的意识形态话语下，赵树理、周立波、丁玲等一批作家改变创作方法上的小资"矫情"，将目光聚焦于解放区大规模开展的土地改革运动，展现了解放区如火如荼的阶级斗争和翻天覆地的历史性巨变。其中赵树理就是解放区创作农村题材小说最具代表性的作家。在毛泽东发表《讲话》的前后几年，赵树理深入解放区农村，与农民群众朝夕相处，把注意力放到农民身上，用农民自身的视角审视和观照农民的生活形态，创作出为农民所喜闻乐见的小说作品。他的早期作品《小二黑结婚》，堪称农村题材的典范之作。在这部小说中，赵树理一反20年代乡土小说中那种感伤忧郁的笔调，展现了解放区农村清新活泼的喜剧气象，同时从民族性格和文化层面昭示出中国农民的历史沉疴。在《小二黑结婚》引起强烈反响之后，赵树理又创作了中篇小说《李有才板话》，小说围绕解放区农村改选政权和减租，对农民翻身解放进行了更深层次的思考，写出了解放初期复杂的农村政治生态，讴歌了以李有才为代表的农村新人形象，无论在思想上还是艺术上均是《小二黑结婚》的延续和发展。此后，赵树理又推出长篇小说《李家庄的变迁》，堪称中国农村大变革的历史画卷。赵树理的小说创作，不仅带动了解放区通俗化乡土小说创作的蓬勃发展，同时对新中国成立后的乡土小说也产生了深远的影响。在赵

---

① 丁帆：《中国乡土小说史》，北京大学出版社2007年版，第163页。

树理的影响下，以山西作家马烽、西戎等人为代表的"山药蛋派"，其乡土小说创作进一步向旧形式的通俗小说转变。同时，丁玲、周立波、孙犁等乡土作家，在"赵树理方向"的指引下，创作出《太阳照在桑干河上》《暴风骤雨》《荷花淀》等长篇小说。这些乡土小说形式、语言凸显出的大众化、通俗化，均受赵树理小说的影响，并且这一传统一直延续到新中国成立后乃至 70 年代末。如周立波的《山乡巨变》，柳青的《创业史》，梁斌的《红旗谱》，浩然的《艳阳天》《金光大道》等。这一期间，"风俗画、风情画和风景画作为乡土小说必备的艺术要素，也逐渐从乡土小说的叙事空间退场，乡土小说也随之蜕变为农村题材小说"。

（三）乡土小说的转型

20 世纪 70 年代末 80 年代初，中国大陆开始了改革开放的伟大进程，文艺也迎来了百花齐放的春天。随着思想解放潮流的发展，80 年代乡土小说摆脱了政治加于文学的枷锁，重返 20 年代乡土文学的审美追求，"五四"启蒙主义传统得到承接与重建，"地方色彩"和"风俗画面"再次回到乡土小说的本体之中。这一期间，暴露"伤痕"，深入"反思"，渴望"改革"成为乡土小说的创作主潮。作为早春时代信息的"乡土伤痕小说"，像刘心武的《班主任》、卢新华的《伤痕》、古华的《芙蓉镇》、叶蔚林的《在没有航标的河流上》、周克芹的《许茂和他的女儿们》等作品，突破了现实题材的禁区，比较真实地反映了六七十年代极"左"政治下的乡土现实及农民生活，表达了整个民族在拨乱反正中痛定思痛的感伤情绪。尤其是古华在长篇小说《芙蓉镇》中，采用"寓政治风云于风俗民情图画，借人物命运演乡镇生活变迁"的叙事方式，唱出了一曲"严峻的乡村牧歌"，展现了一幅悲凉的人生画卷。这些作品对"乡土风光及民风民情的诗意描绘因其相对独立的审美价值至今仍然是脍炙人口"[1]。此后，伴随着政治上的拨乱反正，作家们开始以冷静、严肃、实事求

---

[1] 丁帆等：《中国大陆与台湾乡土小说比较史论》，南京大学出版社 2001 年版，第 463 页。

是的态度去审视历史，从而促使反思文学应运而生。像茹志鹃的《剪辑错了的故事》、张一弓的《犯人李铜钟的故事》等是其中的代表作。反思文学较之于伤痕文学，不再满足于展示过去的苦难与创伤，而是力图追寻造成这一苦难的历史动因。与此同时，许多作家开始把创作视域由历史拉到现实，一边关注着现实中的改革发展，一边在文学中发表自己关于改革的种种思考和设想，其开篇之作便是蒋子龙的中篇小说《乔厂长上任记》。在这期间，农村改革小说代表作品主要有高晓声的"陈奂生系列"、何士光的《乡场上》、张一弓的《黑娃照相》、张炜的《秋天的愤怒》、蒋子龙的《燕赵悲歌》、贾平凹的《腊月·正月》和《鸡窝洼的人家》等。其中高晓声在《陈奂生上城》中，承继"鲁迅风"写出了农民在跨入新时期门槛时的精神状态，揭示了"五四"以来改造国民性、重塑民族性格的任务依然任重道远。这些作品在一定程度上触及了在改革中发生变异的中国农民传统文化心理层面。

进入20世纪80年代中期，随着改革开放的推进和经济建设的发展，西方现代文化思潮也随之进入国内，尤其受拉美"魔幻现实主义"的影响，中国文坛上兴起了一股"文化寻根"的热潮。1985年，韩少功在《作家》杂志第6期发表了《文学的根》一文，开始了"寻根小说"的理论探寻。此后，郑万隆的《我的"根"》、李杭育的《理一理我们的"根"》、阿城的《文化制约着人类》等文章，立足于中华民族土壤中，以"世界文学"视镜从传统文化中寻找民族根脉，努力开创真正具有自己民族风格的文学。在"寻根思潮"前后，一些作家以现代意识反映传统文化，致力于传统意识、民族文化心理的挖掘，涌现出一批"寻根小说"作品。如阿城的"三王"（《棋王》《树王》《孩子王》），韩少功的《爸爸爸》《女女女》，郑义的《远村》《老井》，王安忆的《小鲍庄》，贾平凹的"商州"系列，李杭育的"葛川江"系列，莫言的"红高粱"系列等。这些作品彻底摆脱了对生活历史进行单纯政治层面的剖析，而把探寻的笔触伸进民族历史文化心理，从政治批判层面转移到历史文化反思层面。同时，作家们注重"异域情调"和"地方色彩"的发掘，作品中浸染着富有地方特色的风俗画描写。此后的1987年，一批作家延续寻根文学的精神内核，把目光向"下"看、向"后"看，热衷于对生存本真状态的关注，同时摒弃了寻根文学的浪漫化期待，更加关注底层普通人的生存状态，出现了一批"新写实乡土小说"。在对乡村苦难的书写上，刘恒的《狗日的粮食》《伏羲伏羲》就是其中的代表作。

到20世纪末21世纪初，"随着工业文明、商业文明和后工业文明的日益逼近，中国稳态的农业结构在20世纪七八十年代已经开始面临解体，一个传统文化与现代文化幻化出的乡土文明与城市文明严重对立与猛烈冲撞的社会景观和人文景观呈现在人们面前"[①]。一大批乡土作家面对多元化的语境，在直面现实、文化批判、历史反思和家园守望四个想象域进行了大胆的开掘和探寻，乡土小说呈现多元化发展趋势。像何申的《年前年后》、刘醒龙的《分享艰难》、关仁山的《大雪无乡》、谭文峰的《走过乡村》等"现实主义冲击波"小说，还有张继的"村长系列""乡长系列"，承继现实主义的创作精神和手法，把目光和笔触直接切入基层农村，表现了改革背景下农村基层干部群众的生存状态。尤凤伟的《泥鳅》、荆永鸣的《北京候鸟》、鬼子的《被雨淋湿的河》、陈应松的《太平狗》、孙惠芬的《民工》、贾平凹的《高兴》等，以强烈的现实主义精神真实地展现出数亿计乡下农民背井离乡进城谋生的生存境遇；李洱的《石榴树上结樱桃》、周大新的《湖光山色》、阎连科的《受活》、关仁山的《天高地厚》、毕飞宇的《玉米》、葛水平的《凉哇哇的雪》、胡学文的《命案高悬》等，对城市化背景下乡村政治、伦理等进行了揭露，呈现权力挤压下人性泯灭的乡村现实图景。这些作品真实地记录了城市化浪潮冲击下乡村社会变迁的历史脉动，叙写出乡土田园牧歌情调走向消逝的社会现实，凸显城市化语境下乡土小说的某种转型与新变。另外，韩少功的《马桥词典》、贾平凹《土门》和《秦腔》等小说，则从文化的视角进行反思，书写出乡土精神家园的终结。陈忠

---

① 丁帆等：《中国大陆与台湾乡土小说比较史论》，南京大学出版社2001年版，第4页。

实的《白鹿原》、赵德发的"农民三部曲"、阎连科的《日光流年》、莫言的《丰乳肥臀》、刘震云的"故乡系列"、刘玉堂的《乡村温柔》等小说,以史诗、寓言、传奇、喜剧等形式,在历史中展示人的命运,以人的命运阐释历史的意义。姜戎的《狼图腾》、迟子建的《额尔古纳河右岸》、张炜的《刺猬歌》、阿来的《空山》、赵本夫的《无土时代》、贾平凹的《怀念狼》、陈应松的《豹子最后的舞蹈》等小说,对乡村生态危机现状进行了揭示,批判了现代文化的人类中心主义观,"表达了一种对现代性的抵抗与反思的话语"①。

二 乡土小说概念界定

(一)乡土文学概念的演变

乡土,其本义为家乡、故土。在传统农耕文化中,土是根,土是本,人与土地息息相关,乡土乃是人们的安身立命之所。进入工业时代以来,都市与乡土决然而立,人们逐渐走向危机的边缘,上帝从我们身边逃离,无家可归便成为一种宿命。在贫困的技术时代,"乡土"便被赋予了一种神圣的诗意栖居之意。从某种意义上讲,乡土"不仅是一个地理空间、生态空间,更是一个历史空间,是存在于文化史上的一个独特的文化空间"②。因而,"乡土"作为文化传统中具有传承性的文化因子,长期以来一直是永恒的经典性文学母题。它在时代语境与文学自身运行机制的合力之下,在文学中被不同的书写策略和叙述方式呈现着。在中国古代文学世界中,思乡一直是作家反复咏唱的主题,成为一道独特的文学风景。如崔颢的《黄鹤楼》诗句:"日暮乡关何处是,烟波江上使人愁",淋漓尽致地表现了诗人的思乡之苦。

在中国现代文学史上,"五四"以后乡土就成为一个文学母题,并历经时代变迁而经久不衰。在梳理乡土小说发端时,我们了解到

---

① 雷鸣:《抵抗与反思:现代性症候的生态小说》,《山东师范大学学报》(人文社科版)2009年第1期。

② 张惠:《乡土美学建构中的"乡土"内涵辨析》,《湖北师范学院学报》(哲学社会科学版)2011年第6期。

"1923年以后，当问题小说之风渐次衰歇的时候，一种新的风尚——乡土文学，却正在小说创作领域兴起"①。1910年，周作人在为自己翻译的匈牙利作家约卡伊·莫尔的中篇小说《黄蔷薇》撰写的序言中，肯定其为"近世乡土文学之杰作"，最早提出"乡土文学"概念。1923年，他在《地方与文艺》一文中又指出："风土与住民有密切的关系，大家都是知道的，所以各国文学各有特色，就是一国之中也可以因地域显出一种不同的风格，譬如法国的南方有洛凡斯的文人作品，与北法兰西便有不同。在中国这样广大的国土当然更是如此。"② 此时的周作人提出文学应以地方色彩为基调，把"地方色彩"作为新文学追求的一个目标。他提倡每个作家应该"自由地发表那从土里滋长出来的个性"，认为"把泥土气息滋味透过了他的脉搏，表现在文字上，这才是真实的思想与文艺。这不限于描写生活的'乡土艺术'，一切的文艺都是如此"，只有这样具有个性的"乡土艺术"才能为我们"造成新国民文学的一部分"③。周作人有关乡土文学的言论，虽然没有形成完善的理论，但对乡土文学理论的建构具有重要的意义。可以说，他是最早在中国文学中提出"乡土文学"主张，并对其概念进行厘定的理论家。

1935年，鲁迅作为倡导乡土文学的领路者，不仅率先进行乡土文学的创作，而且还对乡土文学作了奠基性的理论阐释。他在《中国新文学大系·小说二集·导言》中指出：

> 蹇先艾叙述过贵州，裴文中关心着榆关，凡在北京用笔写出他的胸臆来的人们，无论他自称用主观或客观，其实往往是乡土文学，从北京这方面来说，则是侨寓文学的作者。但这又非如勃兰兑斯（G. Brandes）所说的"侨民文学"侨寓的只是作者自己，并不是作者所写的文章，因此也只见隐现着乡愁，很难有异

---

① 严家炎：《中国现代小说流派史》，人民文学出版社1995年版，第42页。
② 周作人：《谈龙集》，河北教育出版社2002年版，第10页。
③ 周作人：《地方与文艺》，载钟叔河《周作人文类编·本色》，湖南文艺出版社1998年版，第79—82页。

域情调来开拓读者的心胸,或者炫耀他的眼界。许钦文自名他的第一本短篇小说集为《故乡》,也就是在不知不觉中自招为乡土文学的作者,不过在还未开手来写乡土文学之前,他却已被故乡所放逐,生活驱逐他到异地去了。①

虽然这番论述并没有完整地对乡土文学作出严谨的定义,但我们从中可以得出乡土文学的主要内涵,即寓居都市的现代知识者隐现着乡愁与异域情调。具体而言大致包含三个方面:一是作者一定是被"故乡所放逐",侨居在异域之地。因为无论是蹇先艾还是裴文中,这些知识分子都是从乡土社会走出寓居于京沪这些大都市的游子。二是必须以"他者"眼光观照乡土,用笔写出他的胸臆,"隐现着乡愁"。因为只有离开故土的人,才能用另一个世界的眼光来反观昔日的乡土,目击现代文明与宗法农村的差异,从而无论"主观或客观"都表现出"乡愁"。三是必须具有"异域情调",富有"乡土气息"。在鲁迅看来乡土文学不同于"侨民文学",因为其侨寓的只是作者自己,而不是作者所写的文章,强调用"异域情调来开拓读者的心胸"。归纳起来,鲁迅的"乡土文学"概念包含:"侨居异地""他者眼光""异域情调"三个方面的意思,成为构成"乡土文学"最本质的内涵。

进入 20 世纪 30 年代,复杂的社会环境促使文学随之发生重大变化。在这种时代背景下,茅盾于 1936 年更进一步指出"乡土文学"最主要特征并不在于对乡土风情的单纯描绘:"关于'乡土文学',我以为单有了特殊的风土人情的描写,只不过像看一幅异域图画,虽能引起我们的惊异,然而给我们的,只是好奇心的餍足。因此在特殊的风土人情外,应当还有普遍性的与我们共同的对于命运的挣扎。一个只具有游历家的眼光的作者,往往只能给我们以前者。必须是一个具有一定的世界观与人生观的作者,方能把后者作为主要的一点而给

---

① 鲁迅:《〈中国新文学大系·小说二集〉导言》,《中国新文学大系·小说二集》,上海良友图书印刷公司 1935 年版,第 9 页。

予了我们。"① 并且，以马子华的《他的子民们》为例，强调"乡土文学"应当关心底层社会的普通人物，关心他们的命运及其在坎坷人生路上艰难痛苦且不屈不挠的挣扎。由此可见，茅盾不仅强调乡土文学应具有地方色彩，还要求乡土文学应具有深邃的思想内涵，从地方性上升到"普遍性"，表现"共同的对于命运的挣扎"。此后，随着左翼作家联盟的成立，文学的阶级意识和政治色彩日趋强化。这一时期，反映"苏维埃运动和土地革命"、揭示"农村经济的动摇和变化"的题材广泛进入乡土小说创作。1942年毛泽东《在延安文艺座谈会上的讲话》发表后到70年代末，这一时期的"乡土小说"不断向时代政治靠拢，逐渐变调为"农村题材小说"。进入新时期以来，乡土小说重新焕发生机，得到了蓬勃的发展。从"伤痕小说""反思小说""改革小说""寻根小说"，到"新写实小说""新历史小说""新现实主义小说""三农小说""打工小说""生态小说"等，呈现多元化发展格局和含混化发展趋势。由此可见，随着中国社会历史的变迁，乡土文学的概念界定和内涵边界在不同时期均发生较大的变化。有研究者指出，"大致经历了三次跳跃式发展，形成三个鲜明的断层带：'乡土小说'（建国前三十年时期）——'农村题材小说'（建国后三十年时期）——'乡土小说'、'新乡土小说'、'乡村小说'、'农民小说'、'农民文化小说'（新时期）。三个断层同属一脉，断表不断里，断梢不断根，与其他小说类型相比，呈现出相对的联系性和稳定性"②。

（二）乡土小说内涵的界定

自"五四"新文学以来，关于乡土小说概念的界定众说纷纭、莫衷一是，尤其是进入新时期以来，众多研究者在鲁迅的基础上，对"乡土文学"的定义进行了发掘和开拓，从不同的角度提出了阐释性观点。1981年，雷达和刘绍棠在《关于乡土文学的通信》中各自提出了

---

① 茅盾：《关于"乡土文学"》，《茅盾论中国现代作家作品》，北京大学出版社1980年版，第241页。

② 李莉：《中国新时期乡族小说论》，中国社会科学出版社2008年版，第1—2页。

关于"乡土文学"的看法。雷达认为:"所谓乡土文学指的应该是这样的作品:一、指描写农村生活的,而这农村又必定是养育过作家的那一片乡土的作品。这'乡土'应该是作家的家乡一带。这就把一般描写农村生活的作品与乡土文学作品首先从外部特征上区别开来了。二、作者笔下的这片乡土上,必定是有它与其他地域不同的,独特的社会习尚、风土人情、山川景物之类。三、作者笔下的这片乡土又是与整个时代、社会紧密地内在联系着,必有'与我们共同的对于命运的挣扎',或者换句话说,包含着丰富广泛的时代内容。"[①] 由此可以看出,雷达的有关"乡土文学"的论述,将农村、农民与故乡、乡土联系在一起,这一定义显然是对鲁迅和茅盾意义上的"乡土文学"的综合理解。1986年,丁帆、徐兆淮在《新时期乡土小说的递嬗演进》一文中一致认为,"人们已不约而同地意识到:乡土文学成败的重要标志便取决于具有地域性的风俗画描写是否能取悦于读者",并指出"新时期乡土小说发展到今天,不仅要求作家在描写风俗画的同时融进深邃新鲜的思想内容和哲学观念,更重要的是须有贯注于整个作品的高层建筑式的当代意识气韵"[②]。1992年,丁帆在《中国乡土小说史论》中进一步提出:"如果忽视了鲁迅和茅盾用'地方色彩'和'异域情调'特征来规范乡土小说外部特色的深刻见地,乡土小说就很难在与农村题材的分界线上画上一条红线。"[③] 由此可见,"地方色彩"和"异域情调"成为划分是否为"乡土小说"的重要标志。

自20世纪90年代开始,在前现代、现代、后现代多元交混的时代文化语境中,丁帆意识到"中国乡土小说的外延和内涵都发生了巨大的变化,如何对它的概念与边界重新予以厘定成为中国乡土小说亟待解决的问题",并提出"典范意义上的现代乡土小说,其题材大致应在如下范围内:其一是以乡村、乡镇为题材,书写农耕文明和游牧文明生活;其二是以流寓者(主要是从乡村流向城市的'打工

[①] 雷达、刘绍棠:《关于乡土文学的通信》,刘绍棠、宋志明:《中国乡土文学大系》(当代卷),农村读物出版社1996年版,第2207—2208页。
[②] 丁帆、徐兆淮:《新时期乡土小说的递嬗演进》,《文学评论》1986年第5期。
[③] 丁帆:《中国乡土小说史论》,江苏文艺出版社1992年版,第26页。

者',也包括乡村之间和城乡之间双向流动的流寓者)的流寓生活为题材,书写工业文明进击下的传统文明逐渐淡出历史走向边缘的过程;其三是以'生态'为题材,书写现代文明中的人与自然的关系"①。根据丁帆对乡土小说题材的阈限,笔者认为当代乡土小说内涵大致包括三个方面:一是从写作主体来看,乡土小说作者既包括农裔城籍知识分子作家,也包括由乡入城的以"我手写我心"的"打工作家";二是从写作客体来看,既包括反映传统乡土社会农耕文明和游牧文明的题材,也包括描写城乡之间双向流动的流寓者生活题材,还包括书写现代文明中人与自然关系的生态题材;三是从审美特征来看,乡土小说不仅具有"地方色彩"与"异域情调"相互交融一体的"三画"美学品格,同时融进深邃的思想内容和哲学观念,描写农村的风土人情和农民的生存图景。

三 乡土小说的研究现状

自"五四"新文学以来,乡土小说一直是中国现当代文学创作的"重头戏",占有非常重要的地位。因此,有关乡土小说的研究,一直以来也是现当代文学研究中的热点,一些学者从乡土小说发展历史、题材内容、作家个案、地域文化、文本形式等多个方面,运用多元研究视角进行了深入的研究,建构起一套较为完整的乡土小说理论体系。涉及乡土小说研究,目前大致分为以下几个方面。

(一)乡土小说发展史研究

丁帆的《中国乡土小说史论》对20世纪乡土小说发展作了"史"的梳理,勾勒了"乡土小说"作为世界性母题在世界各国的发展轮廓,对"乡土小说"这一歧义纷呈的概念在细致梳理的基础上进行了自我厘定。在此基础上由"史"入"论",对乡土小说进行深入的理论剖析,对这一过程中的特定作家、特定现象进行了重点分析和探讨,同时对乡土小说的审美特征、文化冲突主题、创作方法等问题进行了专题研究,为20世纪乡土小说研究提出了极有价值的观点

---

① 丁帆:《中国乡土小说史》,北京大学出版社2007年版,第18—19页。

和方法。① 此后，丁帆在对《中国乡土小说史论》进行修订的基础上出版了《中国乡土小说史》。② 该书呈现了中国乡土小说自鲁迅的《狂人日记》始至20世纪末期近80年来跌宕起伏的发展历程，具有卓越的文学史价值。新近出版的《中国乡土小说的世纪转型研究》，考辨了"乡土小说"这个有着自身传统和谱系的文学现象的当代流变。③ 从1992年出版的《中国乡土小说史》，到2001年出版的《中国大陆与台湾乡土小说比较史论》，再到2013年出版的《中国乡土小说的世纪转型研究》，一个时间上自20世纪初开始迁延至今百年，空间上涵盖大陆和台湾两个互相关联却又不同的"汉语"写作——华语乡土小说，被丁帆进行了"文学史"的充分厘定和澄清，并对"乡土小说"这个作为中国现代文学中拥有最多写作人口和最重要写作成果的门类予以考量和衡估。另外，陈继会的《中国乡土小说史》，将乡土小说自"五四"以来从肇始、发展、成熟到当代的多样化发展过程进行了细致全面的史学描述，对中国乡土小说的主题模式、流派演变和地域风格进行了新的探索，为乡土小说史研究作出了积极贡献。④

（二）乡土小说主题研究

陈国和的《1990年代以来乡村小说的当代性》，以1990年以来的乡村小说为研究对象，从乡村生态、乡村政治、乡村寓言三个方面，刻画了"当下乡村的深层危机"，具有鲜明的现实感。⑤ 张懿红的《缅想与徜徉：跨世纪乡土小说研究》，从直面现实、文化批判、历史反思、家园守望四个方面，在具体解读作家作品的基础上对世纪之交乡土小说主题进行了分析和归纳，整体反映了20世纪90年代以来乡土小说的发展状态。⑥ 黄曙光的《当代小说中的乡村叙事——关

---

① 丁帆：《中国乡土小说史论》，江苏文艺出版社1992年版。
② 丁帆：《中国乡土小说史》，北京大学出版社2007年版。
③ 丁帆：《中国乡土小说的世纪转型研究》，人民文学出版社2013年版。
④ 陈继会：《中国乡土小说史》，安徽教育出版社1999年版。
⑤ 陈国和：《1990年代以来乡村小说的当代性》，中国社会科学出版社2008年版。
⑥ 张懿红：《缅想与徜徉：跨世纪乡土小说研究》，中国社会科学出版社2009年版。

于农民、革命与现代性关系的文学表达》，选取《太阳照在桑干河上》《创业史》《平凡的世界》和《高兴》四部长篇，讲述了中国农村半个多世纪的历史，反映了中国农民在革命与现代化浪潮冲击下的特殊命运。[①] 王华的《新世纪乡村小说主题研究》，在对新世纪乡村小说界定的基础上，从乡村现状、文化反思、家园重建三个方面，观照新世纪乡村小说主题的变化。[②] 周水涛的《新时期小城镇叙事小说研究》，则从历史叙事、政治叙事、文化叙事等方面对新时期以来小城镇小说主题进行了开掘，在理论建构与实际批评这两个层面都做了开创性工作。[③] 叶君的《乡土·农村·家园·荒野——论中国当代作家的乡村想象》，立足于中国当代作家对乡村的观照出现新的视角和表达方式对基于乡村的"乡土""农村""家园""荒野"四种文学景观进行了深入细致的理论分析和文本阐释。[④]

（三）乡土作家个案研究

杨剑龙的《放逐与回归——中国现代乡土文学论》，从宏观和微观两个层面对现当代乡土文学进行了分析解读，从现代乡土作家鲁迅始到当代乡土作家汪曾祺、何立伟等进行个案研究，并紧紧扣住乡土文学特定的文化审美意蕴层面来进行理论建构。[⑤] 范家进的《现代乡土小说三家论》，将聚焦点对准20世纪中国文学中描写乡村的三个重要人物——鲁迅、沈从文、赵树理，通过对他们的乡土小说及人生命运旅程的解剖与分析，试图由此厘清中国现代作家面对乡土时的三种基本思想姿态、情感姿态和艺术姿态，提出了有价值的思路和观点。[⑥] 罗关德的《乡土记忆的审美视阈——20世纪文化乡土小说八家》，对20世纪具有代表性的八家文化乡土小说家进行了个案研究和比较，从中勾

---

① 黄曙光：《当代小说中的乡村叙事——关于农民、革命与现代性关系的文学表达》，四川出版集团、巴蜀书社2009年版。
② 王华：《新世纪乡村小说主题研究》，北京理工大学出版社2011年版。
③ 周水涛：《新时期小城镇叙事小说研究》，社会科学文献出版社2012年版。
④ 叶君：《乡土·农村·家园·荒野——论中国当代作家的乡村想象》，中国社会科学出版社2007年版。
⑤ 杨剑龙：《放逐与回归——中国现代乡土文学论》，上海书店出版社1995年版。
⑥ 范家进：《现代乡土小说三家论》，上海三联书店2002年版。

勒了20世纪中国文化乡土小说的整体走向。① 陈昭明的《中国乡土小说论稿》，对现当代乡土小说代表作家及创作进行了分析和解读，探讨乡土小说与时代和社会的联系，着重阐释了其思想内涵和审美价值。② 陈国和的《1990年代以来乡村小说的当代性》，以贾平凹、阎连科和陈应松为个案，深入地探讨了1990年以来乡村小说的当代性问题。③ 刘涵之的《沈从文乡土文学精神论》，以沈从文乡土文学的精神现象为考察对象，探讨了沈从文置身于特定文学场域的文学理想及文学实践的价值取向和美学旨趣。④ 郑恩兵的《二十世纪中国乡村小说叙事》，通过对废名、沈从文、赵树理、莫言等作家个案分析，对20世纪中国乡村小说进行了研究和探讨，提出了一些有价值的观点和启示。⑤

（四）地域乡土小说研究

张瑞英的《地域文化与现代乡土小说生命主题》，选择极具代表性的四个作家群体——浙东作家群、湘楚作家群、巴蜀作家群、关东作家群及其创作文本作为研究对象，对不同地域文化背景下的乡土小说的生命主题进行了历史性观照。⑥ 赵学勇、孟绍勇的《革命·乡土·地域：中国当代西部小说史论》，着眼于西部独特的地理人文环境对西部小说的巨大影响，分别从当代西部小说的流变，西部小说在当代文学格局中的地位，西部小说家的审美追求，西部小说与宗教、民俗文化的关系，西部小说与"新都市小说"的比较，"全球化"时代西部小说的选择与走向等方面展开论述，展现了当代中国西部小说的独特成就。⑦ 吴妍妍的《现代性视野中的陕西当代乡土文学》，选择现代性视

---

① 罗关德：《乡土记忆的审美视阈——20世纪文化乡土小说八家》，天津社会科学院出版社2005年版。
② 陈昭明：《中国乡土小说论稿》，大众文艺出版社2007年版。
③ 陈国和：《1990年代以来乡村小说的当代性》，中国社会科学出版社2008年版。
④ 刘涵之：《沈从文乡土文学精神论》，湖南大学出版社2008年版。
⑤ 郑恩兵：《二十世纪中国乡村小说叙事》，河北出版传媒集团、河北教育出版社2011年版。
⑥ 张瑞英：《地域文化与现代乡土小说生命主题》，中国海洋大学出版社2008年版。
⑦ 赵学勇、孟绍勇：《革命·乡土·地域：中国当代西部小说史论》，中国人民大学出版社、山西教育出版社2009年版。

角进入乡土文学,通过宏观研究和个案分析从乡村革命书写、农民进城书写、乡村历史书写和"废乡"书写四个方面梳理了陕西当代乡土文学发展脉络,呈现出陕西当代乡土文学的总体面貌。①

(五) 乡土小说专题研究

贺仲明的《一种文学与一个阶层:中国新文学与农民关系研究》,将话题集中于近一个世纪以来新文学与农民关系,对乡土文学创作进行了细致解剖,对中国农民心灵和精神进行了深度解读。② 李莉的《中国新时期乡族小说论》,借助"乡族小说"这一概念对新时期以来乡土题材和农村题材小说进行了全面而系统的梳理,提供了观照此类小说的一个全新视角。③ 余荣虎的《凝眸乡土世界的现代情怀——中国现代乡土文学理论研究与文本阐释》,在立足现代视野乡土理论思考的基础上,分别从文本研究和个体作家与不同的乡土文学景观的关系层面论述了渗透其间的现代情怀,并以此作为切入点对中国现代乡土文学进行了理论和文本阐释。④ 禹建湘的《乡土想像——现代性与文学表意的焦虑》,以"乡土想像"这一命题作为切入点,从文化研究的角度把乡土与现代性问题联系起来考察,从历史语境与文学运行机制这一视域着眼,揭示出了乡土想象的现代性症候,并着力对中国乡土文学的"运行机制"进行了梳理和分析。⑤ 张丽军的《想象农民——乡土中国现代化语境下对农民的思想认知与审美显现》,从现代文学的农民形象入手,探寻乡土中国现代化语境下中国现代知识分子对农民的审美想象,为 21 世纪新乡土中国现代化转型和当代"三农问题"的解决呈现了一份来自文学的历史思考。⑥ 张永

---

① 吴妍妍:《现代性视野中的陕西当代乡土文学》,人民出版社 2010 年版。
② 贺仲明:《一种文学与一个阶层:中国新文学与农民关系研究》,人民出版社 2008 年版。
③ 李莉:《中国新时期乡族小说论》,中国社会科学出版社 2008 年版。
④ 余荣虎:《凝眸乡土世界的现代情怀——中国现代乡土文学理论研究与文本阐释》,四川出版集团、巴蜀书社 2008 年版。
⑤ 禹建湘:《乡土想像——现代性与文学表意的焦虑》,湖南人民出版社 2008 年版。
⑥ 张丽军:《想象农民——乡土中国现代化语境下对农民的思想认知与审美显现》,山东人民出版社 2009 年版。

的《民俗学与中国现代乡土小说》,从民俗学视角对20世纪二三十年代中国现代乡土小说进行整体性研究,探讨了民俗学与中国现代文学的关系。①吴海清的《乡土世界的现代性想象——中国现当代文学乡土叙事思想研究》,以中国现当代文学研究史中的乡土叙事理论为研究对象,系统梳理了启蒙主义、马克思主义和文化—审美主义的乡土叙事理论发展史,并在此基础上着力展现了现代性思想与乡土叙事理论间的关系。②

(六)乡土小说分期研究

一些研究者对不同时期的乡土小说进行了分析研究。如赵顺宏的《社会转型期乡土小说论》,从村社结构、民俗表现、精神意象、话语形态和叙事形态等方面,对20世纪80年代前后到20世纪末这段社会转型期内的乡土小说创作进行了分析研究。③傅异星的博士学位论文《多样现代性追求与乡土中国的悲悯书写——新时期乡土小说研究》,从启蒙话语和意识形态话语等"现代化"话语在80年代后的祛魅过程切入,考察了新时期以来乡土小说及其嬗变,探讨了中国知识分子对乡土中国现代化问题以及中国新文学的反省与思考。④赵允芳的《寻根·拔根·扎根:90年代以来乡土小说的流变》,以20世纪90年代以来的乡土小说作为研究主体,提出乡土小说围绕着根性内涵的演变而清晰地呈现出"寻根""拔根""扎根"的精神探求特征,其对90年代新乡土小说流变的研究取得了某种开创性的成果。⑤蔡哲的博士学位论文《从农民到农民工——论1990年代以来的乡村书写》,以20世纪80年代的乡村故事作为前史,与20世纪90年代以来的乡村书写相结合,清理出一条"从农民到农民工"的

---

① 张永:《民俗学与中国现代乡土小说》,上海三联书店2010年版。
② 吴海清:《乡土世界的现代性想象——中国现当代文学乡土叙事思想研究》,南开大学出版社2011年版。
③ 赵顺宏:《社会转型期乡土小说论》,学林出版社2007年版。
④ 傅异星:《多样现代性追求与乡土中国的悲悯书写——新时期乡土小说研究》,浙江大学,博士学位论文,2008年。
⑤ 赵允芳:《寻根·拔根·扎根:90年代以来乡土小说的流变》,作家出版社2009年版。

叙事脉络，展现了"自给自足"的乡村世界如何被以"城市化"为表征的新的历史逻辑所打破的当代图景。① 韩文淑的博士学位论文《新世纪中国乡土叙事研究》，在20世纪中国乡村叙事的坐标与延长线上，通过对数量甚丰的21世纪以来的乡村叙事文本的宏观面貌与微观性征的学术分析与学理阐释，勾画、描绘出乡村叙事在此时间段内的艺术特点和发展趋向。② 赵丽妍的博士学位论文《新世纪乡土小说研究》，以21世纪前十年的乡土小说为关注对象，对这段时期乡土小说的题材内容和叙事技巧进行梳理和评价。③

（七）乡土小说比较研究

丁帆的《中国大陆与台湾乡土小说比较史论》，以历史和美学的开阔视野，既对20世纪中国大陆与台湾乡土小说因两地相同的传统文化背景以及互为影响的政治文化而产生的相类的文本进行了梳理，又对因不同政治、地域和文化背景而造成的发展差异，进行了系统而科学的比较研究。④ 罗显勇的博士学位论文《论20世纪大陆与台湾乡土小说的母题及其文化渊源关系》，论述了大陆与台湾乡土小说在新旧文化冲突下崛起的过程及特点，相同的文化背景下大陆与台湾乡土小说共同的文化母题以及外国文学与西方现代主义思潮对大陆与台湾乡土小说的冲击与融入。⑤ 郭家琪的博士学位论文《鸿沟与跨越——两岸乡土小说比较》，探讨了20世纪70年代起至21世纪初台湾与大陆两岸乡土文学之异同，并对两岸乡土小说有关审丑与审美、现代化、地缘与文学场域等种种问题进行了探索。⑥ 另外，王晓恒的博士学位论文《五四乡土小说与80年代寻根文学比较研究》，从这

---

① 蔡哲：《从农民到农民工——论1990年代以来的乡村书写》，上海大学，博士学位论文，2013年。
② 韩文淑：《新世纪中国乡土叙事研究》，吉林大学，博士学位论文，2009年。
③ 赵丽妍：《新世纪乡土小说研究》，吉林大学，博士学位论文，2012年。
④ 丁帆：《中国大陆与台湾乡土小说比较史论》，南京大学出版社2001年版。
⑤ 罗显勇：《论20世纪大陆与台湾乡土小说的母题及其文化渊源关系》，复旦大学，博士学位论文，2003年。
⑥ 郭家琪：《鸿沟与跨越——两岸乡土小说比较》，北京大学，博士学位论文，2013年。

两个时期乡土文学创作产生的背景、对于民族传统文化的态度、在启蒙语境上的区别与联系、创作主体的情感态度及其在作品中的体现几个方面来挖掘这两个时期文学创作的异同。① 另外，胡菁惠的硕士论文《"弃父"与"寻父"：五四乡土小说与新时期寻根文学之比较》，以"五四"和新时期两种文学思潮为研究对象，展开对"弃父""寻父"不同创作倾向的原因分析，从历史、文化层面探讨它们存在差异的根本所在。②

从上述有关乡土小说研究的梳理和分析中可以看到：第一，尽管有关乡土小说的系统研究已经取得了较大的成就，建构起一套较完整的乡土小说理论体系，但这种研究与百年乡土叙事历史存在一定的距离；第二，尽管对百年乡土小说在不同层面进行了研究，但对新时期以来的乡土小说研究，要么集中在某一个作家或者专题上，要么集中在某一个时期或者某个地域，在进行全面系统的观照和深入细致的研究上仍有待进一步深入探究；第三，尽管对新时期以来的乡土小说进行了一些研究，但由于对多元化语境下众多的小说文本难以把握，有关研究尚未形成与乡土小说创作相适应的局面。因此，有必要对新时期以来三十余年的乡土小说进行一次全面梳理和深入分析，以探讨新时期以来乡土小说的主题特征及所蕴含的深层次原因。

四 本书的研究角度与总体思路

乡土小说是中国现当代文学的重要组成部分，是中国现当代小说重要的题材之一。自 20 世纪 70 年代末到 21 世纪初，中国社会正处在从农业文明向现代工业文明加速转型时期，乡村与城市的撞击和交流，传统与现代的转换与融合，给乡土小说创作提供了无穷的资源。同时，一大批作家积极投身乡土小说创作，开创了中国乡土小说异彩纷呈的可喜局面。本书以 20 世纪 70 年代末至 21 世纪初三十余年乡

---

① 王晓恒：《五四乡土小说与 80 年代寻根文学比较研究》，吉林大学，博士学位论文，2009 年。

② 胡菁惠：《"弃父"与"寻父"：五四乡土小说与新时期寻根文学之比较》，厦门大学，硕士学位论文，2008 年。

土小说为研究对象，采用类型研究与个案研究相结合的方法，从政治学、社会学、文化学、生态学等视角，对相关乡土作家及其创作文本进行分析解读，在此基础上梳理新时期以来乡土小说的发展脉络，深入发掘多元语境下乡土小说的主题思想，力图从历时性角度揭示新时期三十余年乡土小说出现的某些延续与新质。为了达到这一目的，本书共分五个章节展开。

第一章：现代化大潮下的乡村景象。新时期以来乡土小说所呈现的乡村生态，主要表现为荒芜的土地、破败的生态、虚空的村庄，村庄政治逐渐走向瓦解，包括宗族势力的隐退、乡村权力的滥用、基层选举的变味等方面。同时，传统乡村道德沦丧、人际关系变异、农民人性裂变，这些预示着乡村伦理也不断趋向堕落溃败。本章主要从生态景观、政治映像和伦理图式等方面，考察城镇化大潮下的乡村现实景象的书写状况以及作家对乡村发展和农民命运的思考。

第二章：城镇化进程中的民工命运。在市场化大潮的推动和裹挟下，"向城求生"成为一种追求现代化的精神实践，成为一股不可抗拒的历史潮流。新时期乡土小说展现了一批批乡下人伴随着社会转型期特有的躁动，慷慨悲壮地开始了逃离故土、拥抱城市的迁徙之旅以及他们漂泊异己之域的生存状态和身份危机。本章试图从土地意识、生存现状和身份危机等方面，深切思考城镇化进程中农民进城叙事的当代性问题，剖析进城农民在城市里的生存状态。

第三章：城乡二元结构下的女性追求。新时期小说中的乡村女性有的留守乡村，承受着沉重艰辛的劳作、寂寞压抑的性爱和焦虑恐惧的生活，凸显出城乡二元结构下的时代隐痛；有的走进城镇，在五彩缤纷的城市迷失伤痛，饱受了进城生活的辛酸苦难；更有一些乡村"叛离者"，冲破传统藩篱，找寻自我、反抗男权、追求独立，成为乡土世界的新女性代表。本章试图通过对新时期以来乡土小说中留守乡村的农家女、走进城镇的打工妹、冲破藩篱的新女性的考察，探寻城乡二元结构下乡村女性的命运遭际。

第四章：社会转型发展中的人性碰撞。新时期乡土小说承继"五四"时期人道主义思潮，关注人的生存状态和生命意识的传统，抚慰历史创伤，复苏人性书写，张扬原欲性爱，同时聚焦底层人生，关注个体生存，书写日常生活，找寻生命本真，凸显新时期作家的人道主义价值追求。本章从反观历史、剖析个体、细读当下等角度，深入分析新时期乡土小说所体现出来的人性意识以及作家对社会转型过程中人性的探寻和思考。

　　第五章：全球化语境下的文化选择。新时期乡土小说对乡村生态的诗意描写、灵魂故土的找寻和乡土现代化的反思，展现了乡土作家对质朴自然的田园牧歌式乡村生活的向往，对社会改革进程中乡村道德观念、文化精神裂变的思考，流露出作家面对全球化时代乡土文化溃败的现代性焦虑情绪以及构建和谐自然生态和理想精神家园的美好愿望。本章从田园牧歌、精神家园、诗意栖居等方面，探寻全球化语境中乡土小说所呈现的乡土文化景象。

第一章　现代化大潮下的乡村景象

20世纪，现代化大潮席卷全球，人类新文明走向辉煌。那么，什么是现代化？从字面上来看，"现代化"（modernization）就是"使成为现代的"之意。它所对应的历史过程已有几个世纪，但它作为一个术语，直到20世纪60年代才进入人们的研究视野，并在西方社会科学研究中逐渐流行起来，其含义一般性地表述为人类社会自科学革命以来的高速变迁过程。从西方语境来看，在时间尺度上，"现代"泛指中世纪结束以来延续至今的这一历史时段，它较早使用在文艺复兴时期一些人文主义先驱的著作之中。在价值尺度上，是指对立于封建中世纪、具有新的观念体系和精神特征的新时代。简而言之，"西方的现代化就是中世纪结束后，人类社会不断向一种具有新的观念体系和精神特征的新时代发展的动态过程"[①]。从广义上来看，现代化主要是指自18世纪中叶工业革命以来现代生产力导致社会生产方式的大变革，引起世界经济加速发展和社会急剧变化的大趋势。具体来说，就是以现代工业、科学和技术革命为推动力，实现传统农业社会向现代工业社会转变，使工业主义渗透到经济、政治、文化和思想等领域并引起社会组织与社会行为深刻变革的过程。本书所述的"现代化"主要是自中国近代洋务运动以来，特别是20世纪80年代改革开放以来至今这一历史发展阶段。

[①] 张文博：《现代化进程中的农民身份构建》，中央民族大学，博士学位论文，2012年。

费孝通先生指出:"从基层上看去,中国社会是乡土性的。"① 传统中国的社会政治结构主要有两个特点:一是以血缘关系为纽带、完备而系统的宗法制度;二是严格的君主专制制度。在漫长的历史长河中,中国一脉相承的君主专制制度与带有某种血缘温情的宗法制度相结合,形成一种"家国同构"的社会政治结构。1840 年鸦片战争后,西方资本主义的入侵打破了清王朝闭关锁国状态,冲击了落后的封建专制制度,加速了中国自然经济的解体,从而导致中国沦为半封建半殖民地社会。由此直接导致思想启蒙运动、洋务运动、戊戌维新、辛亥革命等事件,形成西方文化对中国传统文化第一次冲击浪潮,中国被迫开启艰难的现代化进程。1949 年新中国成立以后,为了尽快恢复和发展生产,经过三年经济恢复时期之后,国家实行了社会主义三大改造,开始了社会主义工业化进程。经过二三十年的发展,中国的工业体系已初具规模,并为社会主义现代化建设打下了基础。1978 年 12 月,十一届三中全会确立以经济建设为中心,拉开了改革开放的序幕,开启了中国社会主义现代化建设的新时期。而新时期的改革是从农村开始的,家庭联产承包责任制的实施,极大地调动了农民的生产积极性,促进了农村经济的繁荣和发展。但进入 20 世纪 90 年代以后,在市场经济的冲击和城市化的推进下,古老的乡土世界挟裹在时代旋涡中,以前所未有的速度发生了翻天覆地的变化,同时呈现出一些亟待解决的突出矛盾和问题。比如"三农"问题逐渐显露,大量耕地资源抛荒浪费,大气、水、土壤等环境污染加剧,农村留守儿童、妇女和老人问题日益凸显,乡土特色和民俗文化流失等②。新时期以来的乡土小说,以强烈的现实主义精神真实地记录下中国现代化大潮中乡村社会变迁的历史脉动,形象地展现出农民土地意识嬗变、乡村伦理道德式微、乡土精神家园瓦解的现实图景,传达出作家对当下农村现实和底层农民的关注以及对乡村现代转型和农民未来命运的

---

① 费孝通:《乡土中国 生育制度》,北京大学出版社 1998 年版,第 6 页。
② 中共中央、国务院:《国家新型城镇化规划》(2014—2020 年),新华社 2014 年 3 月 16 日发布。

思考。

第一节　生态景观：家园的荒芜与废弃

所谓乡村生态，是指乡村人在一定自然和社会环境中的生活状态以及内在的精神世界，主要包括乡村自然环境、社会环境和精神世界等方面。与城市相比较，乡村一般都处于偏远封闭的地域，它不仅有自己较原始的自然环境，农耕文明的简朴生活方式，更有其悠久的历史和具有一定自在意义的"小传统"文化——这一切构成相对完整而独立的乡村生态——也就是费孝通等社会学家所谈到的"乡村社区"[1]。在中国现代文学里，对乡村生态书写呈现出两种不同的景象：一种是乡土浪漫书写。如以废名、沈从文为代表的抒情乡土小说流派，继承中国传统田园诗歌书写传统，呈现一种牧歌式田园生活景象。一种是乡土现实书写。如以鲁迅、茅盾为代表的现实乡土小说流派，以现实主义创作手法展现了一个本真的现实乡土世界。新时期以来，一批乡土作家直面乡村现实，以冷峻的笔调展现了一个在城市化大潮挟裹下昔日诗意田园情调逐渐走向消逝的乡土世界。

一　荒弃的土地

千百年来，在传统自然经济占统治地位的村落社会，人们聚族而居，安土重迁，常年以种地为生。无论老一代农民，还是新一代农民，都对土地有一种难以割舍之爱和企图拥有更多土地的愿望。因此，"赋予土地一种情感的和神秘的价值是全世界农民所特有的态度"[2]。正如赵园所说："在自觉的意识形态化，和不自觉的知识、理论背景之外，有人类对自己'农民的过去'，现代人对自己农民的父、祖辈，知识者对于民族历史所赖以延续、民族生命赖以维系的

---

[1] 贺仲明：《乡村生态与"十七年"农村题材小说》，《文学评论》2006年第6期。
[2] ［法］孟德拉斯：《农民的终结》，李培林译，社会科学文献出版社2005年版，第59页。

'伟大的农民'那份感情。在这种怀念、眷恋中，农民总是与大地、与乡村广袤的土地一体的。"① 处于天地间的生民，对于天地化育尤其是对于母性大地的感激，直至当代仍作为乡土文学的诗意源泉。综观中国现当代乡土文学，作家钟爱他们发现并大大地丰富和诗意化了的"人与土地"这一层关系，这也是人与自然关系中被人描绘最充分的一种关系。李广田在《地之子·自序》中写道："我是生自土中，来自田间的，这大地，我的母亲，我对她有着作为人子的深情"②，这正表达了人对土地的眷恋和热爱。中国知识分子往往自觉承继"土地"的精神血脉，"大地之歌"更是成为近代以来中国知识分子的习惯性吟唱。然而，土地对农民来说，既是他们生存的依托，又成为束缚自身的桎梏。世代安土重迁无形中限制了农民精神世界的扩展，进而造成了农民狭隘守旧、不思变通的性格特征。可以说，农民的一切劣根性来源于脚下的土地，他们正是有赖于对土地的依附而成其为农民的。因此，农民与土地之间形成了一种畸形的关系：与其说土地属于农民，不如说农民属于土地。20世纪30年代，左翼作家如实地认为"封建制度是更深地表现于现有的土地关系上"，他们也依据这一认识，去写"关于土壤的故事"，力图"写出土壤的历史"。从《春蚕》《秋收》《丰收》等作品，我们可以看出老一代农民对土地的固守，而当时左翼作家对老一代农民的这种守土意识是持批判态度的。40年代的解放区乡土小说，延续并放大了左翼农村小说的部分思想特征，书写农民得到土地后不但物质上有了保障，精神上也有了依托。这一时期的乡土小说往往把农民对土地的依恋与守护做正面意义的渲染，并一直延续到新中国成立后的"十七年文学"。有学者指出："人对土地的痴恋与依赖是村社自然经济的精神标记，现代工业文明对古老的农业文明的冲击在很大程度上意味着人与土地间依存关系的淡化与疏离。处在这样的文明蜕变进程中，困守土地只能是一

---

① 赵园：《地之子——乡村小说与农民文化》，北京十月文艺出版社1993年版，第21页。

② 赵园：《地之子》，北京大学出版社2007年版，第3页。

种历史的喜剧。"①进入新时期以后，乡村这个传统田园世界开始了骚动与喧哗，农民与土地的关系也呈现由固守走向逃离的嬗变轨迹。

20世纪80年代初，农村土地联产承包责任制的推行，以前那种畸形的人与土地的关系第一次有了根本性改变。家庭联产承包责任制的实行，既满足了农民几千年来对土地的渴盼，又打破了固守僵化的劳动机制，极大地调动了农民的生产积极性，进而从根本上动摇了传统土地观念的根基。在广大中国农村，虽然老一辈庄稼人仍死守着土地，但新一代农民已开始尝试走出黄土地，到外面更广阔的世界去寻求一种新的生活。这一时期，在传统土地观念与商品意识的冲突碰撞中，农民的心灵感受着剧烈的震荡，历经了内心的磨砺和艰难的蜕变过程。路遥《人生》中的高加林是千千万万渴望摆脱土地束缚的农村青年中的代表。高加林生在黄土地，长在黄土地，他是吸吮着黄土的乳汁长大的，在他身上流淌着黄土的血脉，因而高加林身上遗传了不少传统乡村文化的因子。后来，高加林进城上学后身上的泥土味渐渐淡了，有着不同于父辈的理想和追求，不愿像父辈那样一辈子固守黄土地。从某种意义上讲，高加林是一个不够"安分"的人，可以说是农村新生力量的代表，是农村中觉醒的年轻一代。由于接受过现代文明的洗礼，他的思想意识、精神追求终究不同于一般的农村人。通过与城市的对照，高加林深深地认识到农村的封闭、愚昧和落后，因此不愿意把自己的一生捆在高家村这块土地上，而决计去城里寻找崭新的生活。他向往城市，向往外面的世界，认为那里才有施展自己才华的天地。然而，面对乡村与城市、传统与现代，高加林陷入两难的境地。在爱情上，高加林对黄亚萍的恋情，表现出对城市生活的追求，对现代性的追求，而对刘巧珍的抛弃，则意味着对乡土的背弃、与土地的决裂。由于内在与外在的双重原因，高加林最终被遣送回土地，受到"大地母亲"合乎逻辑的惩罚。这是新时期农民挣扎着冲破土地束缚而以悲剧告终的一次艰难尝试。而《河魂》中的二爷在

---

① 谭桂林：《文艺湘军百家文库·谭桂林卷》，湖南文艺出版社2000年版，第235页。

参观完城关大队后，看到发展商品生产给那里的农民带来富裕，经过痛苦思考决定让权，不再充当改革的绊脚石。可是当小磕巴要用仅有的一万元钱去开矿而不是修坝时，二爷的心再一次被折磨着，因为这意味着他将放弃他脚下这片赖以生存的土地，但最终二爷在痛苦的灵魂嬗变中完成了对自己的超越。可见，商品经济以它强大的攻势一点点改变着农民对土地的依附关系，也解放着套在农民心灵上的精神枷锁。另外，《平凡的世界》中的孙少平则开始了对城市的进攻，在城市中寻找一种不同于前辈的新生活，此后的文学作品中便有了更多的表现。可见，新时期农民不再是固守在土地上的庄稼人，对土地的态度已在不知不觉中发生改变，他们既立足于土地，又不被土地所困，这一伟大的转折实现了农民灵魂的解放。

进入20世纪90年代，改革开放的深化把农村卷入整个市场经济体系，落后的生产方式与保守的经营理念使农村与城镇的差距越来越大，农村成为城镇工业的原料供应地和成品倾销地，土地的重要性也进一步遭到质疑。90年代的"高加林"们纷纷丢开祖祖辈辈赖以生存的土地，义无反顾地开始了艰辛的城市寻梦之旅。对此，作家们以强烈的现实主义精神直面乡村现实，展现出新一代农民土地观念的嬗变现状。像王梓夫的中篇小说《向土地下跪》透过60年时代变迁，用小说主人公康老犁的一生串起中国从解放区土改到新世纪经济开放后人们对土地情感变迁。在60年社会变迁中，作为老一代农民的康老犁，抱着不能释怀的土地情结，在小说中表现得近乎痴癫。他热爱土地，执迷土地，正如康老犁自己所言："男人嘛，最亲的就两样：一是土地；一是老婆。土地能打粮食，有粮食就能活命，土地是让你活命的，你说亲不亲？……要想让土地跟你亲，你得好好伺候它。精耕细作，土肥苗才能壮，伺候土地跟伺候老婆一样……你疼她，她才能疼你。"在康老犁心里土地就是图腾，他视土地如亲人，像疼老婆一样疼着自己的土地。然而，在市场经济的冲击下，生活在土地上的年轻一代，对土地的情感已经决然不一样。"村里的年轻人都中邪了，一个个都跑到城里打工去了。村里的地都留给了'三八六九'了。……村子里一下冷清下来，趴在土地上的没有顶得起裤裆的男人。"后来,柳树庄越来越让康老犁觉得陌生,塑料厂、家具厂、电镀厂、铝合金厂,沿着潮白河边一家挨一家安家落户。更有甚者,从国外回来的外商冯有槐还在潮白河边建高尔夫球场。对此,康老犁日夜守护着葫芦垡,成了最后一个捍卫土地的斗士。在球场奠基仪式上,他跪在一望无际的肥田沃土上,发出声嘶力竭的呼喊:"把祖宗的地留下吧,留给咱们的后辈子孙吧!"他对土地的态度与政府的态度、与广大跟着政府走的农民的态度,形成了鲜明的对比。土地在老一代农民眼里,可以说是他们的命根子。但农村的新生代农民多数没有务农经历,甚至对农业生产有一种本能的排斥。与老一代农民相比,他们受到城市文明的洗礼,乡土观念日趋淡化,对土地情感日渐式微。康老犁的下跪不知能否守住柳树庄这块土地,作者向我们传达出一个沉重的时代命题。张继的中篇小说《去城里受苦吧》则讲述一个因失去土地而告状最终却演变成一个不告状的黑色幽默故事。农民贵祥的两亩好地在没有得到自己同意的情况下被村长给卖了,便一怒之下去市里告状。然而,当贵祥到城里后,告状根本不存在成功与否的问题,而是已经失去了其本来意义而变得毫无必要。最先点明这一点的是包工头王建设。当贵祥夜闯市政府被警察拘留,王建设出面保释时告诫他:"其实你告不告都无所谓,你就是告赢了,也就是二亩三分地的事,二亩三分地又能卖几个钱?你跟着我打工,保证比你种那二亩三分地挣得多,我一个月开你六百,行吧?"进而,城里女人李春把一个门市部给了贵祥,这个门市部彻底改变了贵祥作为一个告状者的形象。自此,他开始自己思考告状的意义,"忽然想到了一个很重要的问题,那就是,他如果赢了的话怎么办?贵祥发自内心地问自己说:'李木如果把地补给了我,那么,我还要回家去种地吗?'这事实上已经存在许久,感觉上却突如其来的问题刹那间就使贵祥汗流浃背起来"。后来,当老刘告诉他市长表叔的电话,希望能给他告状有所帮助时,"贵祥看着号码,想起了告状的事,他竟然有一种恍若隔世的感觉,如果不是老刘提醒,他就把这事忘了,现在这件事,怎么这样小呢"。老婆徐钦娥的话就更直截了当:"生意都忙不过来了,还告什么状?"此时,贵祥甚至不再怨恨村长李木,倒要感激他把自己逼到城市里来。到这里,他告状的意志彻底消失了。这反映在城市的进逼下,贵祥们所认为重要的二亩三分地,在城市面前根本不是个事,从而告状之事逐渐被消解。"没有了地我心里怎么有点不踏实呢?"这只是贵祥们的一点感叹。乡村,他是不想回了,宁愿到城里受苦去。

在刘醒龙的中篇小说《黄昏放牛》中,跟随大儿子在城里生活了六年的胡长生回到乡下,发现田地普遍撂荒、乡村青壮年劳力大量外流。曾经当了多年劳模的他决心用自己的劳动向村民证明种地也能致富,但结果大半年的辛劳换来的只是一张白条、一张教育集资收据和四十几元的现金。小说通过反映当下农村土地荒芜、种地赚不到钱的现实,展示出变革中农村经济的萧条以及农村经济运作的尴尬。同样,李一清的《农民》也率先唱响了农民被剥离土地的哀婉之歌。作者笔下的"牛啃土"村庄,过去的油菜花香再也闻不到了,"它被蓬勃生长着的遍地外国草特殊的青生气,和从不远处养殖场方向飘送过来的臭气取代了"。于是,主人公牛天才便发出"这狗日的土地,你说我到底是该爱它,还是该恨它"的疑问与叹息。赵德发的《缱绻与决绝》则展示了人们对于土地由"缱绻"到"决绝"的全过程。最初在外打工的有十来个人,因为他们回来显示了在城市"大把大把"赚钱的机会,"天牛庙历史上从来没有过的候鸟式的大迁徙开始了",留在家里的中青年男人算来算去,发现种地不行,辛苦一年净收入还不足两百块,不如在外面打工一个月的钱。"不干了呀!刀压着脖子也不种地了呀!"尽管打工农民走的时候不忘"向自己的女人喊一声:'别叫地荒了呵!'"可地还是荒了。还有《秦腔》中清风街也荒了29亩地,村里男男女女都去外面打工,老村主任夏天义慨叹:"不明白这些孩子为什么不踏踏实实在地里干活,天底下最不亏人的就是土地啊,土地却留不住他们!"另外,像宋唯唯的《长河边上的小兄弟》、赵大河的《西北风呼啸的下午》等,都反映出农村新一辈农民纷纷外出打工,造成当地耕地大面积抛荒,整个村庄笼罩在一片荒凉之中,而这种荒凉正是中国乡村现状的一个缩影。

二 破败的生态

人是自然之子,自然是人类的家园。人与自然的关系,不仅是哲学的一个重要范畴,也是文学艺术的一个重要主题。早在 20 世纪二三十年代,废名的《竹林的故事》与《桥》,沈从文的《边城》与《长河》等作品,在人与自然的和谐之中挖掘生命的神性,将清新淡雅的自然景物与敦厚朴素的乡村风情相融合,展现出一幅前现代中国宗法乡村社会宁静幽远的田园牧歌图景。此后,师陀、萧乾、汪曾祺等作家的乡土抒情小说,以自己的乡村经验积存为依托,在风景画、风俗画、风情画的浪漫描绘中,构筑起一个民风淳朴、风景优美、彰显人性光辉的乡土世界。进入新时期以后,以张炜、阿城、张承志、何立伟为代表的一批乡土作家,继承乡土抒情小说创作传统,倾心于描摹秀丽多姿的山水风光,表现人与自然的和谐关系,形成了一种清丽优美的田园牧歌式乡土小说。如张炜在《九月寓言》中描述了自然是大地生命的外观,九月的野地"由于丰收和富足,万千盛霖都流露出压抑不住的欢喜,个个与人为善。浓绿的植物,没有衰败的花,黑土黄沙,无一不是新鲜真切,呆在它们中间,被侵犯和伤害的忧虑空前减弱,心头泛起的只是依赖和宠幸"。可见,张炜笔下的原野是"生命的腹地,是精神的自由奔突的场所,泥土、水源和花草,与张炜的生命足迹、心灵根须粘合在一起,组成了他更为辽阔的心灵莽原"[①]。作者通过对"地瓜""黑夜""九月"等意象的深情歌吟,为我们呈现了整个小村生命存在的本源状态:万物以自己的本真形态存在着,在大自然中尽情展露生命的真实之美。

进入 20 世纪 90 年代以来,随着工业化、城镇化的快速发展,人们在得到"金山银山"的同时,却也在不同程度上牺牲了青山绿水,农村生态破坏与环境污染问题日益突出。《中国环境发展报告(2012)》指出:"中国的城乡环境继续面临巨大挑战。在广大农村地区,由于长期的点、面源污染交织,工矿污染凸显,污染与生态恶化

---

① 张炜:《九月寓言》,上海文艺出版社 1993 年版,第 341 页。

并行,导致农村居民的生存安全受到影响,并且直接影响到食品安全。"由此可见,农村环境生态问题已经日益成为一个社会问题。对此,一些作家以冷峻的笔调去审视那块土地上的严峻形势,去反思那块厚土中的社会变迁,表现出强烈而自觉的生态意识。如陈应松在《松鸦为什么鸣叫》中通过描写人与人、人与自然关系的失衡状态,表达了对生态和谐的诉求。小说故事发生在神农架腹地的一个几乎与世隔绝的山村,这里只有一条通往房县的古盐道,要想走出去得走上好几天。为此,修路成了村民们的梦想。可是公路修通以后,并没有给山民带来预期的好处,反而导致山区自然生态的破坏,"山的身子炸松了,神也散了"。一车一车的木材源源不断地运往山外,导致参天大树被砍光,"神农架的山好像渐渐地矮了",山上已经没有药材可挖,连柴胡这种极为普通的药材都被挖光了。夏天下暴雨的时候,泥石流出现了,干旱也出现了。冬天的雪下得小了,也推迟了,甚至四月份雪还没化。在他的另一部小说《望粮山》中,追逐暴利的山外商人与穷红了眼的山民里应外合,无节制地砍伐山区林木,导致被泥石流洗劫过的村庄"站立不住的,面相光鲜的'壮汉子们'一个个倒下去了,剩下的是些老弱病残的无用的落木和虫眼的树",这就是乡村经历自然灾难后的惨状。同样,陈茂智的长篇小说《归隐者》也反映出,在现代化和商品经济的双重挟裹下,古老瑶寨不可避免地遭受现代化浸染而失去往日的安宁与平静。一些人为了自己的经济利益,不惜以破坏环境为代价,使香草溪自然生态遭受破坏。像福建林老板以为瑶族山寨修路、架电之名,以在香草溪修建水电站为幌子,肆意偷挖当地稀土矿、水晶石,导致山地水田被淹,祸事不断。当矿石挖走后,电站林老板却翻脸,不愿兑现原来答应承担修路的资金,导致工程队被迫停工。更有甚者,当村民催付修路、架电款时,他又提出要把那几棵国家一级保护植物红豆杉挖走。最后,林老板跑了,却把祸事留了下来。修电站的地方,两边大大小小的山头,早已被挖得千疮百孔,大雨导致泥石流在山谷堆成一个巨大的土坝,将香草溪堵成一个人见人怕的湖泊。小说对无视大自然的内在价值以及对经济利益无节制追逐的人类中心主义自然观进行了深刻的批判。

同样，冉正万的长篇小说《纸房》也凸显出乡村自然生态在市场经济冲击下日趋破败的现实图景。以前"纸房的山是青的，水是绿的，雨滴是干净的，下雪时，每一粒雪米都晶莹剔透，晶体里仿佛有一根细小的秒针在滴答作响……现在呢，山变样了，水干涸了，雨水浑浊。雪很少下，即使下一点也敷衍了事，还没落到地上就被漫天的尘土裹挟而去，即使掉到地上，也担惊受怕似的往土缝里钻。以前是一年四季常青的地方，现在变得一点绿色也看不见了"。黄金公司成立后，仅仅用了三天时间，就把大树全部砍倒了，小树则被连根挖起来运走。就像一个姑娘被突然剥了个精光，变成了不知道羞耻的荡妇，任人宰割和开采。挖掘机挖出来的树根横七竖八地摆在一边，像大地的肠子。可见，在现代金矿开采和冶炼工业进驻之后，纸房的自然生态遭受到前所未有的破坏。小说展示出在市场经济蛊惑下，西部传统乡村土地伦理缺失与背叛下的剧痛。乡村自然生态被市场经济大潮破坏的悲剧，同样在程相崧的《生死状》中上演。小说中的马庙镇地处边远，没有任何优势资源，也没有工业基础。为此，当地政府为追求亮丽的GDP政绩，将一个高污染的化工厂争取到当地投资。为了征地建厂，张镇长要求所有村长到镇里开项目落地生根动员会，并要求他们签订"生死状"。但化工厂建成后，当地乡村生态遭受严重污染和破坏，蛤蟆长出了三条腿就是高污染下乡村生态变异的明证。继而，化工厂的高烟囱泄露的毒气，直接导致马庙镇程庄附近几个村落许多人非正常死亡。原本蓝天白云的村庄被笼罩在无处不在的死亡阴影之下。可见，"化工厂的高额利润，地方政府的GDP累积，度假村的盛宴等光鲜事物的背后，伏藏的是乡村的物种变异，生态的沦陷，村民的白骨"[①]。作品反映出在当前中西部地区承接产业转移背景下，一些地方政府为了追求所谓的GDP政绩，而以招商引资名义引进高污染企业，导致农村生态遭受污染和破坏的社会现实。另外，张炜《刺猬歌》中的村庄原本是一个山清水秀风景秀丽的地方，

[①] 汪树东：《经济大潮下乡村生态和心态的沦陷——评程相崧的中篇小说〈生死状〉》，《小说林》2014年第3期。

当老驼父子建造"紫烟大垒"和"蓝烟大垒"后,"山地和平原的人进入了真正的沮丧期,一种弥漫在大地的、无休止的、羞于启齿的气味"主宰了这块古老的大地,整个村庄充满了臭气,水源遭到了污染,村人得了难以医治的怪病。同样,在荒湖的《谁动了我的茅坑》中,乡村土地被工厂侵占,生态遭受严重破坏,"西头的庄稼地正在热火朝天施工,那是疤子的女婿要办石灰厂,而去年他办的硫酸厂已使村里的河水污染,鱼虾绝产"。可见,在由农业社会向工业社会转型过程中,往日那风景怡人、世外桃源般的村庄已不复存在,以农耕文明为基础的传统村庄只能被动地接受现代工业文化给它带来的一切。面对这种历史性的变革,作家们只能躲在社会一隅为已逝去或即将逝去的田园村庄,哀婉地奏唱悲伤的时代挽歌,并以此引发全社会对现代性的反思。

三 虚空的村庄

村庄是传统社会的基本单位,是乡土中国的基本载体。社会学、民俗学研究者认为,村落是由家族、亲族和其他家庭集团结合地缘关系凝聚而成的社会生活共同体。[①] 传统村庄作为一个自给自足的社会共同体,不仅是现代社会学研究的一个视角,也是千百年来文人书写的对象。在中国古典文学里,就不乏关于村庄的描写和叙述。如陶渊明笔下宁静安逸的桃花源,陆游笔下柳暗花明的山西村,孟浩然笔下绿树青山的故人庄,杜牧笔下细雨朦胧的杏花村,杜甫笔下饱受战乱的石壕村等,成为乡土中国当时社会现实的一个缩影。但是,"在乡土中国文化语境中所产生的村庄的印象却是模糊的,它给人的印象只是几幅充满清新纯朴气息或苦难不幸图景平面画面,我们很难看到更为细致的村庄的结构和意义,作家对待村庄的态度也仅是一种情感上的依恋,而不

[①] 王恬:《古村落的沉思:中国古村落保护(西塘)》,《国际高峰论坛文集》,上海辞书出版社 2007 年版,第 68 页。

是一种理性的观照和介入"①。村庄的真正发现是一个现代性事件，而这个现代性事件伴随着新文学的肇始而发生。当时，经历西方工业革命的帝国主义，用坚船利炮撞开了古老中国的大门，从此中国被迫开启了现代化进程。在西方参照系的全新视角下，村庄的整体形象和内在精神开始凸显出来，于是就成为中国知识分子表达情感和思考社会的视角，成为中国现代文学书写的主要对象。在中国现代文学史上，最早对村庄和农民进行观照和书写的就是鲁迅。在鲁迅的影响下，众多乡土小说作家将视角聚焦童年故土，在他们的作品中展现出一个个风貌各异的文学村庄。像《阿Q正传》中的未庄、《残雾》中的枫溪村、《小二黑结婚》中的刘家峧、《太阳照在桑干河上》中的暖水屯、《创业史》中的蛤蟆滩、《人生》中的高家庄、《爸爸爸》中的鸡头寨、《老井》中的老井村、《无风之树》中的矮人坪、《受活》中的受活庄、《空山》中的机村等，这些村庄大多地处偏僻，交通不便，过着"鸡犬之声相闻，老死不相往来"的岁月，千百年来处于一种近乎静止的状态。然而，伴随热潮涌动的现代化运动，一个个村庄被史无前例地遭受冲击、改写，甚至终结而走向消逝。根据民政部的统计数据，2002年至2012年，我国自然村由360万个锐减至270万个，10年间减少了90万个自然村，其中包含大量有历史文化价值的传统村落②。可见，"中国城市的发达似乎并没有促进乡村的繁荣，相反的，都市的兴起和乡村的衰落在近百年来像是一件事的两面"③。新时期以来的乡土作家，以敏锐的视角穿透现代性的层层迷雾，描绘出现代化大潮下乡土社会的变迁，真实地再现了乡村现代化背后的另一幅图景。

赵本夫的短篇小说《即将消失的村庄》，就为我们展现了当代农村日益走向虚空破败的现实图景。小说开头是这样叙述的，

---

① 夏维波、刘佳音：《村庄的意义与表达》，《文艺争鸣》2008年第7期。
② 陈杰：《10年减少90万个自然村 中国传统村落"正在拨打120"》，《人民日报》2013年6月5日，第12版。
③ 费孝通：《乡土重建》，上海观察社1948年版，第17页。

"溪口村的败落是从房屋开始的。在经历过无数岁月之后，房屋一年年陈旧、破损、漏风漏雨，最后一座座倒塌。轰然一声，冒一股烟，就意味着这一家从溪口村彻底消失了。每倒塌一座房屋，村长老乔就去看一下，就像每迁走一户人家，他都要去送一下，这就是他的职责"。作者在平淡的叙述中，流露出对当下乡村在城市魅惑下不断坍塌的思考。溪口村，这个屹立在中国乡土上的古老村庄，历史上经历过多次灾难，不管是瘟疫、饥饿、匪祸，但灾难过后人们还会回来，不管逃离多远，还会扶老携幼回到溪口村重建家园。但在现代化、城市化大潮下，溪口村人在外面发了财，却再也没有回来。十年了，村里没建过一座新房，老屋却倒了几十座。英国诗人库柏指出，上帝创造了乡村，人类创造了城市，但人类创造的急剧膨胀的城市却导致上帝创造的乡村正在消失。像赵本夫笔下的溪口村，曾经美丽的村落变得荒芜，往日的热闹归于寂静，昔日的炊烟渐渐隐去，正是当下中国千千万万个村庄的缩影。同样，梁晓声的中篇小说《荒弃的家园》也反映了因为农民大量外出务工导致农村大片田地荒芜的景象。"在方圆百里内，翟村从前并非一个穷村，甚至一度曾是一个较富裕的村，拥有的土地是方圆百里内最平整的土地"，但在市场经济的冲击下，"一拨拨的翟村的青壮农民们，相约着，扛着简单的行李卷，纷纷离开翟村……原本五百七八十口人的翟村，总共剩下了还不到六十口人。尽是些卧床不起的人，重病缠身的人，有残疾的人或神经有毛病的人"。作者笔下的乡村在商品经济大潮的冲击下，再也没有了往日的劳动场面，原来被束缚在土地上的农民纷纷涌进城市，只有少数人还在荒凉的土地上劳作着，满院子长了野草，犹如一片废弃的"荒园"。

  乡村作为一个自然地理空间，不仅是乡土中国基本的生活场所，更承载着乡土中国数千年农耕文化和民族情感。改革开放以来，中国内陆乡村大量青壮年外出打工，农村人口经历了从"不离土不离乡"到"离土不离乡"，再到"离土又离乡"的阶段，以致形成了一个个庞大的"空心村"①。罗伟章的《我们的路》就向我们展现出一幅因农村人口流失,导致土地荒芜,乡村依旧被贫困和落后笼罩的现实图景。五年不曾回家的郑大宝在新春来临之际付出丢掉工作和两个月工资的代价回到家乡,却发现村子里"田野忧郁地静默着,因为缺人手,很多田地都抛荒了,田里长着齐人的茅草和干枯的野蒿;星星点点劳作的人们,无声无息地蹲在瘦瘠的土地上。他们都是老人,或者身心交瘁的妇女,也有十来岁的孩子。他们的动作都很迟缓,仿佛土地上活的伤疤。这就是我的故乡"。他的另一篇小说《大嫂谣》也形象地书写了当下乡村家园失陷的图景:"房子彻底垮掉,到处是朽木烂瓦,周围长满了一个人多高的茼蒿,我路过的时候,几只野鸭从那茼蒿丛里飞起,嘎嘎地鸣叫着,飞到了遥远的树梢上。"土地依旧在,但只是一具僵硬的躯壳了。在荒湖的《半个世界》里,"这个名叫土村的曹姓村庄,几年间已变得面目全非:祖辈们留下的老房子大多都空着,烂的烂,垮的垮"。即便是土村当年有名的种田能手,为了能早日脱贫致富,也放弃了自己的种田专长,正儿八经地做起了收破烂的生意。这些小说真实地反映了城市化进程中大量农村青壮年劳动力流入城市,造成传统乡村不断走向衰败的社会现实,展现出乡村社会背后隐含的种种危机。正如打工诗人柳冬妩在诗中写道的那样,"门前的路被杂草掩盖,我只能在记忆中分辨出来,一些亲切的门已不存在,剩下的门一直关着。锈迹斑斑的锁,等待偶尔的打开和最终的离去,钥匙锈在千里之外的背包里"②。然而,一批批乡村人的逃离,不仅使村子失去了往日的喧哗,没有了昔日热闹的劳动场景,更直接造成了传统乡村历史文化的消亡。曹乃谦的《最后一个村庄》中的"二十一村"是一个地处山西、内蒙古边境的原始村庄,人们日出而作,日落而息。但村里人为了生计都到陕西挖煤去了,只剩下一个老女人和一条老狗"罗汉",整个村庄变得死一般的寂静。小说

---

① "空心村"是指随着我国城市化和工业化进程的加快,大量的农村青壮年都涌入城市打工,除去过年的十几天,其他的时间均工作、生活在城市,因此使得留在农村的人口都是老弱病残的现象。因其农村常住人口有如大树之空心,故名之空心村。

② 柳冬妩:《空心的村庄》,《创业者》2003年第6期,第36—37页。

在开头写道,"背后的日头把她的影子打在坡下,像个镰刀,镰刀旁边还有一个黑影,那是她的罗汉"。"不知道它是真看见了什么还是觉得这世界太寂寞了,它就'汪汪汪'地那么叫了几声,紧接着,他们背后的马头山就有回音传过来'汪汪汪';随后,'二十一'就又静了下来,静得能听见墙那头滩坡上放羊汉在唱麻烦调。"透过人影、狗吠和山的回响这些细节,我们可以看出"二十一"这个穷山村的沉寂与荒凉。那个留守村庄的老女人寂寞中渴望亲情,于是她便在所有的地里都插上她扎的草人,还按大小给它们起了名字,把原来村里所有人名字都用上了,把已经过世的那些死鬼的名字也用上了,不管村长和会计她都用上了。这样无论她走到哪里都有熟人和她做伴,她就不孤单能和它们说话,而且由着她的想法说。小说用冷峻而伤感的笔触,淋漓尽致地把最后的村庄那死一般的沉寂活脱脱地展示了出来。最后,这个"麦田的守望者"因种植大烟而被公安机关带走关进了监狱,"二十一"随着村里最后一个女人的离去走向消亡。像"二十一"这样的村庄积淀着丰富的地域文化内涵,散发着浓郁的乡土气息。但是由于偏远、落后、保守、封闭以及村民们的愚昧,这些村庄随着村民的迁徙而逐渐消失。小说透露出作者对一种逝去乡土文化的担忧以及对乡土生活的苦恋。

第二节 政治映像:权力的瓦解与消遁

"政治"一词,最早文字记载是在《荷马史诗》中,最初含义是城堡或卫城。古希腊的雅典人将修建在山顶的卫城称为"阿克罗波里",简称为"波里"。城邦制形成后,"波里"就成为具有政治意义城邦的代名词,后同土地、人民及其政治生活结合在一起而被赋予"邦"或"国"的意义。后又衍生出政治、政治制度、政治家等词。因此,"政治"一词一开始就是指城邦中的城邦公民参与统治、管理、斗争等各种公共生活行为的总和。中国先秦诸子也使用过"政治"一词。《尚书·毕命》有"道洽政治,泽润生民";《周礼·地官·遂人》有"掌其政治禁令"。但在更多的情况下是将"政"与

"治"分开使用。"政"主要指国家的权力、制度、秩序和法令;"治"则主要指管理人民和教化人民,也指实现安定的状态等。现代意义上的政治,是指对社会治理的行为,亦指维护统治的行为。

所谓乡村政治,是指维持乡村社会秩序的一种权利结构、组织结构设计和相关制度安排,及其在乡村公共事务联结上的人与人之间的社会关系。"乡村政治可以包括两个不同的层次:一是在乡村展开的国家政治,二是乡村社会内部展开的政治。"[①] 中国传统乡村聚族而居,以家族和宗族为基础的宗法制,构成整个乡村生活与乡村秩序的基础。但晚清以来,由于科举制度的废除、国家权力下放到乡村,破坏了宗法制度赖以存在的基础。尤其是20世纪二三十年代,帝国主义资本的入侵导致农村小农经济的破产,加速了维系乡土中国运转的宗法制度彻底走向瓦解。其具体表现在:其一是家族血缘关系弱化;其二是家族长老权力弱化;其三是家庭家族力量弱化;其四是传统宗法秩序弱化。1949年新中国成立后,国家权力直接介入到乡村生产和分配领域,建立集体生产、集中分配的人民公社体制,取代了传统的社会宗法制度。新时期以来的改革开放,重构了整个中国的乡村社会生活,加速推进着乡村社会由传统向现代转型。[②] 在这种转型过程中,乡村内部治理形态和社会结构也随之发生深刻变迁。新时期以来的乡土小说,直面乡村社会现实,直击乡村政治现状,展现了社会转型期乡村政治生态图景,构成当代乡村叙事的多维景观。

[①] 贺雪峰:《乡村的去政治化及其后果——关于取消农业税后国家与农民关系的一个初步讨论》,《哈尔滨工业大学学报》(社会科学版)2012年第1期。

[②] 有学者认为,中国社会转型是从1840年鸦片战争开始,经历从1840年至1949年慢速发展阶段、1949年至1978年中速发展阶段和1978年至现在快速发展三大阶段。也有学者认为,当代中国经历了三次转型。如谢晖教授在《当代中国的乡民社会、乡规民约及其遭遇》一文中提到第一次转型是以辛亥革命为契机的政治领域革命,推翻了中国"皇权国家"与"宗法社会"两分的局面,建立了一个由"政治国家"统揽全局的政治结构体系。第二次是中华人民共和国的成立,进一步地强化国家与社会在中国合一的情形。第三次是改革开放以来,在很大程度上讲,其使命是为了使统揽一切的"国家主义"有所改观,实现"政治国家"与"市民社会"的分野。

一 乡村秩序失衡

秩序是人类社会为克服冲突和混乱而力图实现的一种社会状态。这里所说的"乡村秩序"代表一种乡村社会相对稳定和均衡有序的状态。贺雪峰指出:"村庄秩序的生成具有二元性,一是行政嵌入,二是村庄内生。人民公社是行政嵌入的典型,中国传统社会的村庄秩序则大多是内生的。内生的生存秩序依赖于村庄内部人与人之间的联系,这种联系因其性质、强度和广泛性,而构成联系中人们的行动能力。正是这种行动能力本身,为作为相对独立社区社会的村庄提供了秩序基础。"[①] 从内生秩序的角度来看,村庄秩序的安排主要构筑在由个人所取得的以血缘、地缘关系为中心的差序网络中,人们基于各自身份的不同而承担不同的义务,并根据这些义务对自我行为作出安排。新中国成立前,乡村社会秩序主要靠宗法制度、亲情伦理来维系,呈现一种相对稳定均衡有序的状态。新中国的成立,摧毁了封建的乡村社会秩序,农村社会与国家之间建立了新的联系。特别是人民公社政社合一体制的建立,国家行政权力冲击甚至取代了传统的社会控制手段,实现了对乡村社会权力的垄断。20世纪80年代改革开放以来,随着家庭联产承包责任制的实行和社会主义市场经济体制的建立,原有建立在传统家族基础上的血亲宗法共同体和大集体时代的政社合一的乡村秩序走向瓦解,以变动为基本特征的诸种因素正推动着乡村秩序的现代转型。具体表现在:农村基层政权对农民的控制减弱,传统家族权力对农民的约束弱化,乡村宗族伦理在一定程度上呈现脱序状态。这种乡村政治秩序的变化与转型在新时期以来的乡土小说中得到了充分的反映。

一方面,展现了基层权力的消退。改革开放以前,村落社会关系国家化使得村落权力呈现出高度的集权性,农民的生产生活都受制于乡村基层政权。进入新时期以来,随着人民公社体制的解体和村民自

---

① 贺雪峰:《乡村治理的社会基础——转型期乡村社会性质研究》,中国社会科学出版社2003年版,第4页。

治的实施，国家基层权力对乡村的控制不断弱化，农民逐渐从高度集中的政治体制中解脱出来。像80年代初何士光《乡场上》里的冯幺爸，过去的穷日子使他不得不委曲求全、苟且偷生，不敢说一句真话，以至于做人的尊严丧失殆尽。农村实行联产承包责任制以后，长年倒霉背时、被人视作狗一般生活着的庄稼人冯幺爸能挺直腰杆做人，敢于站出来替任老大家说公道话，以致几乎使乡场上整条小街沸腾起来。虽然这是两个女人之间的一件极小的生活纠纷，但其背后折射出乡村政治正在发生某些微妙的变化，人们的怕官惧官心理在一定程度上减弱。随着农村改革的不断深入，这种新变化在新时期小说中不断得到演绎。贾平凹的《浮躁》则更加全面深刻地反映出中国乡村政治在改革大潮中所发生的深刻变化。像金狗和雷大空们在社会变革浪潮的冲击下，带着对为官不仁权势者的愤慨与不平，怀着渴望摆脱自身贫困生活和屈辱地位的强烈愿望，向以田中正、田有善为代表的田家和以巩宝山为代表的巩家政治势力，自觉或不自觉地展开反抗和斗争。小说反映出随着联产承包的实施和村民自治的进入，以往大一统的农业集体化模式被打破，农村经济与人际关系开始重新调整，农村旧的政治权力结构开始松散，农民从政社合一的体制中解放出来，不再受制于农村基层组织，不再害怕乡镇干部权势，预示乡村基层政权对农民的约束走向弱化。进入21世纪，伴随着城乡流动的加快和农业税的全面取消，国家对农民的控制进一步放开，农村基层政权影响力不断消退。

另一方面，表现了长老权威的弱化。费孝通先生指出，传统乡村是一个"熟人社会"。在这种社会结构中，家族长老集经验、知识与权力于一体，在家庭、宗族乃至村际社会网络中具有绝对权威，维系着整个家族的伦理纲常，影响着整个村庄的盛衰治乱。进入20世纪80年代以来，随着农村新的经济政策的实施和村民自治制度的建立，中国社会的乡土性受到巨大冲击，进而导致乡村长老权威逐渐失去存在的土壤而不断弱化。像贾平凹《腊月·正月》里的韩玄子满腹经纶而被镇上人尊为圣贤，甚至连公社干部有事也要与他商量。但自改革开放以来，随着那个被他看作"二流子"的王才在村上办起加工厂，韩玄子的地位从此在村里便一落千丈。在这种情况下，他试图通过女儿结婚大摆筵席来笼络乡亲，以维持其德高望重的"长老"地位。但临近开席时不仅乡亲们来得很少，就连原先说好前来贺喜的公社书记和县委书记也没出席，而是到王才家视察加工厂去了。由此可见，在外来物质力量的冲击下，韩玄子所代表的乡土长老权威已退到次要地位。张炜《古船》里的四爷爷赵炳借着民族的危难和混乱，凭借着家族宗法势力登堂入室，把持着洼狸镇的大权，在赵氏家族和洼狸镇拥有双重"家天下"的特权。赵多多为一己之私夺取了粉丝厂的大权，疯狂地剥削洼狸镇的贫苦乡亲。但见素、抱朴两兄弟为了洼狸人的利益，为了洼狸人能过上温饱生活，他们与以赵炳、赵多多为首的恶势力抗争到底，最终抱朴当上了粉丝厂总经理。老一辈的渐渐逝去，新一代慢慢崛起，预示着洼狸镇乡村秩序翻开了新的一页。尤其是进入 21 世纪以来，伴随着市场经济体制的建立和城乡二元结构的打破，乡村内生性"长老统治"逐渐让位于乡村新兴力量。像贾平凹《土门》里的仁厚村地处城乡接合部，村民为了保护家园不得不让盗贼来当村长。村民推举成义的原因不是因为他具有高超的德行和出众的才华，而是"狗东西成义是一身毛病，可他是能顶住事的人"。也就是说，村民看重的是他的泼赖品性，这种品性在当下乡村社会"能顶事"。这正反映出当下乡村"去政治化"后出现"混混治村"的现实，某种意义上预示那种"长老统治、爱无等差"的传统乡土社会已成为远逝的乌托邦。还有陈启文《逆着时光的乡井》中的幺爸，因为曾为村民打出石泉井而备受爱戴，在村里具有崇高的威信和声望，享有每天第一个汲水的权利。但后来石泉井因肆意开采煤矿而干涸，村民便纷纷搬到煤矿所在地。在煤矿老板金钱的诱惑下，幺爸在村民心中的位置最终被麦秋取代，彻底改变了村里旧有的秩序与格局。可见，在市场经济冲击下，昔日独享权威的老人被边缘化，乡村长老权威几乎消失殆尽。由此可见，随着工业化、市场化和城镇化的快速发展，中国乡村社会结构发生了根本性改变，同时也解构了原来意义上的乡村秩序，导致在某些局部出现紊乱失范的现象。

二 乡村权力异化

所谓权力异化，是指权力主体被权力本身所奴役和统治的一种客观状态。丁帆先生指出："即使在财富的权力改变了乡土的中国的今天，意识形态仍然强力渗透进文化，行政强权仍然分化着乡村，这个有浓厚官本位传统的民族难以摆脱对政治的热恋。"[1] 当前，我国正处在社会转型变革时期，由于法律、道德等调控机制的不健全，一些乡村基层权力出现某些畸变和异化，权力崇拜意识日益膨胀，基层人治色彩比较严重，少数村干部将权力作为腐败的资本，甚至利用它作威作福整治村民百姓。新时期以来，直面乡村社会现实，批判乡村权力异化，成为乡土叙事的一个重要方面。

一是乡民崇权意识浓厚。像阎连科的"乡村权力叙事"、刘震云的故乡系列、陈应松的乡村政治小说等，分别从不同的角度对中国乡村权力崇拜、现实乡村政治生态进行了深入的揭示，反映出中国乡村权力异化背后隐藏的社会危机。如《两程故里》中的程天青，放下城里赚钱的生意，半夜赶三十里路回来"选村长"。为了当选村长，他给庆贤爷吸去嘴里的浓痰，掏钱为他治病，还为村里通电，修缮程庙……作者让我们看到了即使在改革开放后的 80 年代，农民对乡村权力的渴望还是如此的急切。还有《情感狱》里的连科，为了当上大队秘书，假装追求不喜欢的乡长家的三姑女，全村人为了能争取到大队秘书位置使出浑身的解数，甚至不惜牺牲家人的幸福和救命的救济粮去巴结公社书记。《日光流年》中的司马蓝，从孩童时期就想着要当村长，显现出超强的权力欲望。在蓝百岁死后，他向蓝四十承诺当上村长就娶她，吩咐蓝四十编造让他当村长的遗言，抢先一步坐上了村里的第一把交椅。当村长的威望受到挑战时，他却不惜放弃漂亮的心上人，违背诺言与势均力敌的杜家联姻，娶了干瘦如柴的表妹翠竹。而令人不可思议的事情，《黑猪毛、白猪毛》中镇长开车轧死了人，村庄里的人竞相争着替镇长去认罪坐牢，甚至不惜给其他人下跪

---

[1] 丁帆：《中国乡土小说史》，北京大学出版社 2007 年版，第 329 页。

求情,"去坐牢"竟成了"奔前程"的最佳出路。由此可见,阎连科笔下的乡民对权力的渴望与崇拜到了何等地步。正如阎连科自己所言:"因为自己从小生活在乡村的最底层,对村干部有一种敬畏感,这可能使我对乡村的政治结构有一定了解而形成一种崇拜心理,它可能会成为我作品中'村落文化'非常大的一部分。"①

二是乡村基层权力滥用。像何申《信访办主任》中的村支书杨光复,曾为村民们吃苦受累,办了些实事,市里、县里把他树为典型。但在市场经济的冲击下,他实行家长制,在村里一手遮天,谋私图利,把挣钱的副业和工厂低价包给亲友,侵占耕地为自家修坟,这些所作所为遭到村民的反对。当调查组来到村里时,他极力讨好和贿赂上级领导,一旦形势不利时,便蛮横粗野,呈现出一副典型的农村新地主形象。小说反映了20世纪90年代农村改革不断深入和社会主义市场体制逐步确立后的乡村社会现实,凸显出乡村权力在市场经济条件下开始走向异化。同样,阎连科在书写乡村权力崇拜的同时,还揭示出乡村当权者的贪婪与无耻。在《耙耧山脉》中,"村长"活的时候,在村里欺男霸女、作威作福。他的前房媳妇生下死婴,便吩咐儿时一起耍泥猴长大的李贵扛去埋了,还要求在小坟边值守两天以防让野狗给扒了,而李贵不得不带着自家孩娃在那里睡了三天。"村长"还利用手中的权力霸占了李贵家的儿媳妇和寡妇张妞。"村长"死后把儿子扶上村长宝座,继续在村里无法无天,村里那些曾经被他欺侮的人则继续忍受他儿子的欺辱。同样,《受活》中的受活庄乡民则在权欲的促使下,被带入深深的苦难之中受尽磨难。偏远封闭的受活庄住着一批残疾人,他们自给自足,互帮互助,过着殷实悠闲的日子。但当茅枝婆带领大家"入社"之后,庄上的人们便遭受各种各样的黑灾红难。尤其在柳县长的权力欲望和时代流行的物质欲望的双重刺激下,受活庄人成立"残疾人演出团",以出卖他们的缺陷换取金钱,结果这些残疾人用屈辱赚来的钱却被圆全人抢光了。不仅如

---

① 阎连科、梁鸿:《巫婆的红筷子:作家与文学博士对话录》,春风文艺出版社2002年版,第14页。

此，槐花和儒妮子们也全让圆全人糟蹋了。阎连科的此类题材创作，深刻揭示了农村基层政治权力的滥用，不仅使村民遭受物质上的剥夺，还蒙受了精神上的摧残，"真实地再现了乡土世界在权力异化下乡里众生的生存状态"[①]。还有周大新的《湖光山色》中，村主任詹石磴利用手中的权力处处压制村民，后来旷开田在楚暖暖的支持下竞选上村主任。然而，他还是像前任村主任一样滥用权力，俨然变成一个肆意妄为的"楚霸王"。另外，刘醒龙的《黄昏放牛》、王方晨的《乡村火焰》、陈应松的《狂犬事件》、胡学文的《命案高悬》等小说展现了权力下的恶，对乡村权力关系进行了深刻批判。

三是权力导致人性异化。毕飞宇的《玉米》中的主人公玉米，成长在一个有权势的家庭，她的父亲王连方当了20年的村支书，因此，玉米从小就体会到全村人对她们家的尊敬。到了谈婚论嫁的年龄，为了借助婚姻从低处向高处攀升，她在父亲王连方的撮合下，将一颗真挚的心交给了彭国梁，因为在玉米眼里，彭国梁就是文明的代表。后来，父亲王连方因触犯军婚而被免职。从此，王家一蹶不振，成为村里人欺侮的对象，玉秀、玉叶去看电影时被村里人有计划地轮奸了。在这种情况下，彭国梁成了玉米唯一的依托，可疯狂的村人告诉彭国梁"玉米被人睡了"，玉米百口难辩，无法讲出事实真相，最终选择退婚。为此，玉米痛定思痛最后毅然嫁给公社革委会副主任郭家兴，做了这个年龄足以当她父亲的男人的小老婆。世态的炎凉，现实的残酷，让玉米认识到"过日子不能没有权"，因此在她看来，"只要男人有了权，玉米的一家还可以从头再来"，只有得到权力的重新垂青，她的生命才有意义。可见，毕飞宇笔下的玉米是一个权力的追求者，也是一个权力的牺牲者。小说通过描写平凡百姓的日常生活揭示出权力给人的身心带来的伤害和疼痛以及随之而来的人的扭曲、人的异化问题。同样，毕飞宇的另一部长篇小说《平原》，则更加形象地诠释了人们在权力的日常生活化中所经历的各种不幸和精神伤害，描绘了那个时代的人们为何活得如此不尽如人意。主人公端方

---

① 陈英群：《阎连科小说创作论》，郑州大学出版社2010年版，第117页。

高中毕业后回到王家庄务农,但他明显觉得自己在一个狭小的,甚至是难以呼吸的空间中苟延残喘。在端方看来,生活的全部意义就在于"逃离"王家庄去当兵,他没有除此之外的第二种想法和出路。为此,他试图讨好村支部书记吴曼玲,因为吴曼玲有可以决定端方命运的"权力"。但端方最终没能逃出他一直想要逃离的王家庄,没能摆脱想要改变的命运,反抗"权力"而不得不被"权力"牢牢套住。对于端方的"疼痛",李佩甫《城的灯》中的冯家昌感同身受。冯家昌跟端方一样,出身于一个贫穷而困顿的农民家庭,母亲临终时将弟弟们托付给他。作为长兄的冯家昌为了家族的使命,在情感的旋涡中挣扎,在权力的迷阵中突围,带领众兄弟先后入城,一个个由"蛋儿"变成了"人物",完成了由乡下人到城里人的整体转变,实现了冯氏兄弟挺进城市的壮举。然而,冯家昌虽然成功地走进了物质之城,却又被精神之城所吞没,而成为城市的一只"羔羊"。小说展现乡村政治权力对普通人日常生活的无形宰制和规约,揭示出人们在追求现代性过程中所遭受权力奴役背后的隐痛。

三 乡村治理危机

20世纪80年代以来,中国乡村进入一个前所未有的快速转型期,但在不断加速的"去乡村化"过程中,"乡土中国虽然有了比以往任何一个历史时期都要大得多的发展,但与之相伴而生的乡村治理危机也是史无前例的"[1]。其中村民自治"这项理论上极富有建设意义的制度推行的现状并不尽如人意,有很多地方还处于相当不成熟的状况,甚至一定程度上被异化,名存实亡"[2]。尤其在现代化、城镇化和市场化进程中,一些乡村基层组织涣散、干群关系对立、乡村选举变味,乡村政治一定程度上呈现脱序失范景象,隐现出乡村基层治理危机。新时期以来,一些乡土作家直面乡村现代化过程中出现的问

---

[1] 李兴阳:《乡村治理危机与乡村权力批判》,《湖南科技大学学报》(社会科学版) 2013年第6期。

[2] 徐理响:《乡村政治文化:历史变迁与时代选择》,《中共杭州市委党校学报》 2005年第5期。

题，在其创作中表达了对乡村现代化的深沉关注，同时流露出对乡村治理危机的深刻忧思。

一是乡村选举脱序。20世纪80年代改革开放以后，中国农村出现两个最引人注目的变化：一是在经济上推行家庭联产承包责任制；二是在政治上实行村民自治制度①。村民自治的推行实现了中国农村治理模式的重点转换，导致整个农村政治生活发生根本性变化，促进了农村的经济发展和社会进步。然而，一些乡村的民主选举流于形式，没有真正体现和维护村民权益。像李洱的《石榴树上结樱桃》里的村主任孔繁花为谋求连任，安抚羽翼，拉拢上级，还伙同丈夫张殿军请客拉票，甚至模仿外国总统在村口巷尾搞亲民表演。然而，在换届选举的节骨眼上，关系到繁花能否连任的计划外怀孕的妇女姚雪娥却突然失踪，而计划生育问题对村长连任可以一票否决。为此，孔繁花决定将此事查个水落石出，从而导致背后的秘密接二连三地浮出水面。不但村委会班子成员在背着她四处拉票，就连她最信任的接班人也在背后捅刀子。孔繁花机关算尽最终掉进身边最亲近的丫鬟身份的孟小红所设计的圈套。在官庄村这场权力斗争中，表面看似风平浪静，背后却暗流涌动，村里各色人等各顾各的利益，各色人有着各自的盘算。小说用诙谐幽默的叙述呈现出当下乡村，在政治权力角逐与博弈中尔虞我诈的社会现实。同样，曹征路的《豆选事件》也通过乡村选举这一主题，真实地反映出乡村民主实践的艰难。在方家嘴子，现任村长方国栋有着显赫的家族背景，因此村里党政权力被方国栋一家垄断。方国栋依仗家族权势横行乡里，成为一方村霸。他利用手中的权力为自己谋取私利，把村集体的一千多亩菜花地，"今天卖一块，明天卖一块，卖的钱又不明不白"，而自己在县城买了洋楼，开上了小轿车。对此，村民们慑于方家的权势，大都忍声吞气，即使方家嘴子除方国栋之外唯一的人大代表继仁子，也蒙受老婆菊子与方

---

① "村民自治"的提法始见于1982年我国修订颁布的宪法第111条，规定"村民委员会是基层群众自治性组织"。村民自治是广大农民直接行使民主权利，依法办理自己的事情，创造自己的幸福生活，实行自我管理、自我教育、自我服务的一项基本社会政治制度。其核心内容是"四个民主"，即民主选举、民主决策、民主管理、民主监督。

国梁有不清不白关系的奇耻大辱。对此，退伍军人方继武便发动村民组织护地队，选举让村民放心的村长以维护村民的利益。但大部分村民因怕受牵连而退缩，只有少数几个年轻农民参与护地斗争。不仅如此，在方国栋的金钱利诱和政治威逼下，很多村民纷纷去登记。最后，菊子以吊死在方家门口的方式，才使选举取得差强人意的结果。作者通过"豆选事件"凸显出乡村政治在权力与资本影响下的脱序景观。另外，梁晓声《民选》中的翟村老村长韩彪凭借其拥有私人银矿的权势，在翟村为富不仁、坑害乡里、违法犯科。为此，村民们想借"民选"的机会，选掉他们一向畏惧的有钱有势的霸道村长。韩彪便费尽心机操纵村民选举，指使侄子韩小帅们责任包干，用钱贿赂拉选票。在他看来，"在本县的地盘里，凡自己想要的，各方面就他妈的该给自己！给就叫'民主'。否则，不管什么方式，都他妈的不是'民主'"。当贿选遭受失败后，他还公然指使韩小帅等打手闯进翟学礼家，试图杀死新当选的村长。最后，翟村的"民选"在两个人倒在血泊中而结束，这预示着中国农村基层民主还有很长一段路要走。另外，叶广芩的《对你大爷有意见》中揭示选举前已内定了名单，郑局廷的《夹缝》反映民主选举的虚假，李洱的《龙凤呈祥》描写乡村换届拉选票行为，杨少衡的《啤酒箱事件》反映选举因选票被毁而中止。这些小说展现乡村民主选举在执行过程中存在诸多问题，并对乡村民主选举制度流于形式现象进行了批判。

二是乡村治理失范。进入20世纪90年代以来，随着社会主义市场经济的建立，经济资本逐渐全面渗透到乡村生活，村庄权力结构中出现了一些新的形态。比如，大量土地被征用过程中村干部群体（体制内精英）的"富人化"，体制内部精英中非党员干部的比例上升，村企业管理层的作用越来越突出（如"老板治村"）、非正式的领袖人物（如"乡村混混"）分割村落社区的权力等，中国村落社区一个多元化的权力结构正在形成[①]。对此，孙惠芬的《歇马山庄》、蒋子龙的《农民帝国》、关仁山的《天高地厚》、阙迪伟的《乡村行

---

① 刘华安：《村落社区权力结构变迁及其影响》，《理论与改革》2007年第5期。

动》等小说,真实地反映了社会转型期乡村社会现实,揭示出乡村权力异化背后的治理危机。无论是歇马山庄、蝙蝠村,还是郭家店,正处在从传统向现代转型之中。歇马山庄办起了砖厂,许多家庭在尝试滑子菇种植,厚庆珠的理发店"一个月能挣一千元"让村庄骚动不安;蝙蝠村已经走在城乡一体化途中,村办工业开始走上股份制发展路子,传统种植业正在被现代农业所取代,一些村民已经离开土地走进城市;郭家店已经处在传统农村向现代农村的激烈对撞之中,它的"躯体"已经城市化了,只等着它的精神现代化。这些村庄已经不同于前现代的乡村,其政治权力被当地的能人把持着。歇马山庄是林治邦,蝙蝠村是荣汉俊,郭家店是郭存先,他们凭借善经营、懂管理、有能力,在经济上取得成功后逐渐进入村级权力中心,成为村里权力的实际控制者。但由于当前农村监管机制不健全,对能人缺乏必要的监督和制约,一些地方出现"能人专制"现象。像林治邦儿子结婚大摆宴席,村里人都齐刷刷地来了,都知道林治邦在歇马山庄能呼风唤雨;荣汉俊成为蝙蝠村的"座山雕",不仅控制着蝙蝠村,甚至能左右蝙蝠乡,影响上达县府;郭存先这位救星式人物则成了郭家店的土皇帝,几乎拥有生杀予夺的大权。同歇马山庄、蝙蝠村、郭家店一样,阙迪伟《乡村行动》里的上街村,由熊家四兄弟把持着,村长是熊老三,熊老大是村委兼会计,熊老二也是村委。村里办了轧钢厂和轴承厂,法人代表都是熊老三。他们一家掌握着村里的权力与资本,在村里横行霸道,鱼肉乡里,肆无忌惮,"村里没人敢放熊家一个屁"。这些小说对当下乡村政治进行了原生态揭示,展现了社会变革时期乡村人的现实处境,传达出作家对现代化背景下乡村治理危机的忧思。

第三节 伦理图式:价值的倾覆与重构

"伦理"一词,最早见于《礼记·乐记》:"乐者,通伦理者也。"《说文解字》中解释说:"伦,从人,辈也,明道也;理,从玉,治玉也。"这里,伦即人伦,指人的血缘辈分关系;伦理,即调整人伦关系的条理、道理、原则，也即"伦类的道理"①。通俗地讲，伦理是指人与人之间相处的道德准则。中国古代许多思想家，特别是儒家最重视伦理。孟子曰："舜使契为司徒，教以人伦：父子有亲，君臣有义，夫妇有别，长幼有序，朋友有信。"（《孟子·滕文公上》）后来，被确立为中国传统社会基本的五种人伦关系，即君臣、父子、兄弟、夫妇、朋友五种关系，处理这五种关系的标准分别为忠、孝、悌、忍、信，这成为千百年来我国伦理道德思想的核心。虽然历朝对儒家"五伦"思想的态度各不相同，但是不能否定的是儒家伦理规范一直延续了下来，成为维持中国传统乡土社会稳定的基础。

  费孝通先生指出："中国乡土社会的基层结构是一种我所谓'差序格局'，是一个'一根根私人联系所构成的网络'。"② 乡村伦理是维持乡村社会基本价值观念的道德体系，包括婚姻家庭观念、财富价值观念、乡村政治观念、人伦关系规范、传统孝道伦理等方面。在前现代传统农业社会，乡村伦理具有极强的稳定性，处于一种"近乎平衡、稳固即不变的状态"③。但自近代以来，在西方工业文明的巨大冲击下，中国传统乡村伦理发生了深刻变化。尤其是"五四"新文化运动，对儒家礼教进行了空前激烈的抨击和批判，传统伦理道德遭受了一次空前的冲击。新中国成立以后，农村政治、经济、文化发生了翻天覆地的变化，个体从家庭、宗族和社区的束缚中解放出来，但很快又被嵌入到国家集体化这一大的组织形式中。这一期间，传统伦理道德让位于国家主导的意识形态，个体完全服从于国家控制下的集体。改革开放新时期以来，改变高度集中的计划经济模式，逐步建立社会主义市场经济，在全国开始了完全意义上的社会经济结构转型。这场社会转型是以社会主义市场经济为基点，涉及社会经济生活、政治生活和文化生活等方面发生的相应变革，伴之而来的是人们伦理观、价值观和道德观的相应变化。尤其是 20 世纪 90 年代到 21

---

  ① 唐凯麟：《伦理学》，高等教育出版社 2001 年版，第 2 页。
  ② 费孝通：《乡土中国 生育制度》，北京大学出版社 1998 年版，第 31 页。
  ③ 金耀基：《从传统到现代》，广州文化出版社 1989 年版，第 49 页。

世纪初,在现代化、城镇化和市场化大潮的推动下,人们的价值观念和伦理道德遭受空前冲击,广大乡村社会伦理道德呈现某种脱序状态。受其影响,"利益的驱动几乎淹没一切传统乡村社会文化价值,而成为乡村社会的最高主宰"①。对此,一些乡土作家痛切地感受到世纪之交乡土中国所发生的传统伦理道德沦丧以及由此产生精神文化上焦虑的深刻变化,将笔触深入社会转型期乡村社会现实,书写出农耕文明裂变下中国乡土伦理的嬗变景象。无论是西部乡土作家贾平凹、夏天敏、罗伟章、谭文峰和刘继明等,还是中东部乡土作家赵德发、阎连科、陈应松、刘醒龙和孙惠芬等,他们在世纪之交创作的乡土小说,展现出乡村孝亲伦理断裂、婚恋观念裂变、人伦民风嬗变的现实图景,传达出作家对乡村传统伦理和淳朴民风飘然远逝的焦虑与忧思。

一 乡土现代化与孝亲伦理断裂

《尔雅·释训》曰:"善父母为孝。"《说文解字·老部》说:"孝,善事父母者。"因此,传统孝道就是建立在"善事父母"这一基本意义之上的。其基本内容包括:其一要养亲,即在物质方面养其体。子女要"谨身节用,以养父母"(《孝经·庶人章》),这是孝道最基本的要求。其二要敬亲,即满足父母的精神需要。《论语·为政》指出:"今之孝者,是谓能养。至于犬马,皆能有养。不敬,何以别乎?"因此,养的过程中必贯之以"敬"。其三要尊亲,即顺从长辈之思。孟子曰:"孝子之至,莫大乎尊亲。"(《孟子·万章上》)其四要谏亲。孔子指出:"事父母几谏。见志不从,又敬不违,劳而不怨。"(《论语·里仁》)父母有明显不对的地方,孝子要委婉地劝谏。其五要祭亲。孔子说:"生,事之以礼;死,葬之以礼,祭之以礼。"(《论语·为政》)也就是说,对于父母活着的时候要按礼节侍奉他们,去世后要按照礼节安葬、祭祀他们。其六要承志。孔子认为:"父在,观其志;父没,观其行;三年无改于父之道,可谓孝

---

① 刘铁芳:《乡村的终结与乡村教育的文化缺失》,《书屋》2006年第10期。

矣。"(《论语·学而》)作为子女,应当继承父母的正业善道,并将其发扬光大。以上六个方面,构成儒家"孝"的主要规范,也是儒家孝道的核心内容。[①]《孝经》指出:"夫孝,德之本也。又,天之经也,民之行也。"孝道是中国传统伦理的核心观念,千百年来一直备受人们推崇。但自20世纪八九十年代以来,在现代化、城市化、全球化大潮的冲击下,传统村庄已不再是终身依托的锚地,一拨拨乡下人带着"向城求生"的梦想,开启大规模进军城市之旅,数以十万计内陆村庄蜕变成"空心的村庄"。在这种情形下,乡村"四世同堂"的传统家庭结构被彻底打破,进而导致乡村长老权威失去存在的土壤,一些农村老人被子女遗弃在乡下独守"空房"现象不在少数。与此同时,随着城乡双向流动的不断加剧,城市商业文化、价值观念和生活方式在乡村强势着陆,原来意义上的乡村伦理秩序不断被解构。"在市场经济之经济理念的冲击下,家庭原有的温情渐渐淡去,利益的冰冷本质逐渐暴露出来"[②],传统孝亲观念日渐淡化,孝亲伦理走向断裂。在现代化转型的时代背景下,世纪之交的乡土伦理叙事最突出的主题,就是以细腻笔触展现乡土现代化背景下传统孝道日趋断裂所流露出的迷惘与无奈。

像贾平凹以《土门》《高老庄》《秦腔》为代表的乡土小说,从文化层面呈现出现代化进程中乡土伦理的嬗变。在《秦腔》中,夏家以仁、义、礼、智四兄弟为代表的夏氏天字辈中,遵从中国传统伦理道德观念,兄弟团结和睦,互敬互爱,互帮互助,传统家庭伦理得到了很好的维护。夏天仁为了让母亲大病早日痊愈,跪在地上祈祷苍天愿意将自己寿命减去十年给母亲,结果上天让天仁母亲活了下来,而他自己却过早地离开了人世。夏天智为了兄弟健康,深夜到两位哥哥住宅旁埋下"大力丸",以此来保佑他们健康长寿。还经常资助贫困家庭孩子上学,体现了"兄友弟恭""幼吾幼以及人之幼"的道德

[①] 李秋梅:《传统孝道伦理与当代和谐社会的构建》,青海师范大学,硕士学位论文,2008年。

[②] 王常柱:《家庭伦理近现代转型下的孝慈精神之嬗变》,《南京理工大学学报》2011年第5期。

风尚。这种至诚至孝的道德行为如同其名，正是中国传统孝道的真实写照。但到了第二代以君亭、夏风、夏雨、中星为代表的儿辈，传统文化被逐渐抛弃，对老一辈的伦理亲情与道德准则置若罔闻，出现了很多违背孝道伦理的做法。夏天义是一位德高望重的老村长，在村里享有崇高的威望和地位，可在家里却不得不忍气吞声。因为五个儿子儿媳为各自利益争论不休，妯娌之间闲言碎语，叔侄之间打骂逞凶，在给老人摊派粮食上斤斤计较，甚至连在怎样处理老人丧事上也力争三分，在家产分割上更是锱铢必较。君亭的父亲夏天仁去世后，君亭很长时间没有去上坟，即便父亲的坟被老鼠掏了个深洞，遇到下雨天水直往坟里灌，他也没有与叔辈一道去修理坟穴。而夏风在大年三十不顾一切离家出走让夏天智颜面扫地，尤其是夏雨与金莲侄女之间的淫乱，更使他身心遭受极大的刺激和重创，这些不孝行为加速了他最终走向死亡。随着天义、天礼、天智的相继离去，预示着以血缘关系为主的宗法社会的结束，也意味着维系家族凝聚力的伦理道德走向衰落和溃败。小说通过两代人的鲜明对比，展现了传统孝道不断走向衰败的社会现实，同时传达出作者对如何拯救乡土的思考与关切。自古以来，"孝"就不是个单纯的道德问题，而是与社会经济发展息息相关。在中国传统家庭结构里，每一个人都归属于各自的家庭，子女与父母的经济纽带非常紧密，因此孝道也被推崇到极致，像夏天仁、夏天智兄弟至诚至孝的行为正是农耕时代的产物。但社会经济的发展在很大程度上淡化了家族成员之间的纽带，从而导致整个夏氏家族结构趋向松散化，进而引发年轻一代孝道伦理日渐式微。小说为我们展现了城市化进程中乡村伦理道德裂变景象，传达出作者对如何拯救乡土的深情思考与关切。在小说中，作为晚辈的白雪心地善良，对老一辈依然关心孝顺，同时喜爱传统文化，使得她与天义之间情同亲生父女，这温情的一笔寄寓了作者对乡村未来的美好愿望。

相对于贾平凹，更多的乡土作家则从现实主义视角，展现市场经济条件下传统孝道的沉沦。无为的小说《爷爷》就以儿童视角真实地再现了农村老人生活的艰辛以及农村年轻一代孝道的丧失。爷爷"住在后山的半山腰那个不知多少辈子的窑洞里，去冬奶奶突然没了，就守着一堆坏洋芋过日子"，后来在儿子们家轮流吃饭，但总是受到子女们虐待。农历有大小月之分，每当轮到大月，儿子儿媳们都不愿意多赡养一两天，尤其是遇到闰月，爷爷的生活更是没有着落，经常受儿子儿媳们的怨气。爷爷在饥饿年代独自一人养活了四个儿子，但儿子们却不愿赡养年迈的父亲，经常让父亲受冻挨饿，更可悲的是儿媳们视公公为累赘，诅咒老人早点死去。最后，在儿子儿媳的不孝中父亲最终绝食而亡。在父辈的无私与子辈的自私对比中，小说展现出农村传统养老、敬老、尊老的传统观念逐渐丧失，传达出重建乡村孝道文化已迫在眉睫。还有芭茅《来福》里的父亲身在农村，生活艰辛，靠卖血送儿到城里读书。为了凑足五百元生活费给儿子，他在去背柴途中掉入山崖，临终前仍念叨还差二十元钱，但儿子却拿着父亲用生命换来的血汗钱在城里花天酒地。可见，传统文化倡导"父慈子孝"，强调双方对等的权利义务关系，可年轻一代却忽视了"子孝"的义务。在李广智的《人貂》中，当父亲因病归西之后，在城里当局长的大哥、在兰州做主任的二哥迟迟未归，尤其是二哥忙于生意，不但不愿回家处理父亲的丧事，还在信里惦念着父亲留下的家产。敬养父母是中华民族的传统美德，也是每一个儿女应尽的法律义务。然而，在现实生活中子女互相推诿、不尽孝道的现象比比皆是。小说以细腻的笔触展现了农耕文明裂变下的乡村社会现实，传达出面对乡村价值体系不断解体、传统孝道观念日趋淡化所流露出的迷惘与无奈。不仅如此，随着现代社会的转型变迁，传统父慈子孝的家庭伦理不断淡化，甚至出现虐弑父母的极端异化现象。阎连科《黑乌鸦》中的老爹病倒还没断气，但两兄弟为了钱便急着给父亲办丧事，扼杀了老爹生还的希望。不仅如此，兄弟姐妹在丧礼上不但不为死去的爹尽孝，反而彼此为了遗产而相互争斗。可见，孝道伦理已经被抛弃，丧礼俨然变成了一次分赃会。更让人悲哀的是自打工潮的兴起，很多农村年轻人离开家乡外出打工，导致农村传统"四世同堂"的超稳定结构瓦解，昔日具有绝对权威的家族长老变成无依无靠的留守老人，甚至还遭受儿女的唾骂和遗弃。像梁晓声《荒弃的家园》中的芹子，由于哥哥姐姐外出打工，独自一人留在家里伺候年迈瘫痪在床的老娘。因此,她便"憎恨那所有的人,所有的男人和女人,所有的自己从前的小姐妹们……她觉得他们绝无例外地,全体地都对她犯了一桩罪。那一桩罪应该被定为间接坑害罪"。为了早日摆脱成为累赘的母亲,芊子冷酷无情地让娘挨饿,娘低声下气请求给口水喝也装作没听见,还恶声恶气地羞辱奄奄一息的母亲,甚至用帚柄狠狠地毒打母亲。芊子在城市的诱惑下,丧失美好天性变得冷酷无情,丧心病狂地虐待亲生母亲。最后,竟然用赤裸裸的肉身引诱一名十五岁男孩纵火烧死了母亲。这些小说反映出以金钱和物质为主导的价值观,正在无形中改变着乡村传统家庭伦理观念,从而导致延续了几千年"父慈子孝"伦理道德日渐式微、走向瓦解。另外,刘醒龙《黄昏放牛》里秀梅的女儿女婿也是孝道尽失,他们对病重的母亲不管不问,还趁其病危之际抢走了金戒指,而导致母亲气绝身亡。这些小说使我们感受到乡村传统伦理道德在商品经济的冲击下丧失殆尽,淳朴的"地之子"在城市的魅惑中渐渐迷失了自我。而夏天敏的《土里的鱼》则向我们展示了乡村传统孝道的异化。小说中望云村的狗剩老汉临死前怀着一种企图改变儿孙命运的迷信愿望,宁愿自己到阴间受罪,要三个儿子"厝尸"。于是,子女争抢着为死去的父亲尽孝,但其目的不是传统意义上的守孝,而是希望父亲在天之灵能保佑他们享有更多的福分。身为村官的长子秋石把自己的官场得意和情场得意归因于厝尸中对父亲的祭奠;秋木则在争斗失败后采取了掘墓毁鱼的方式对秋石进行报复。儒家认为,"死,葬之以礼,祭之以礼",也就是说作为人子者,不仅要重视在父母生前的奉养尊敬,而且强调在其死后的以礼葬祭。然而,狗剩老汉的"厝尸",秋木婆娘走火入魔的祭奠,秋木满怀仇恨的掘土毁鱼,这些怪异的尽孝方式与传统意义上的孝道完全背离,其背后纯粹是赤裸裸的利欲追求。作者在对这种乡村愚昧尽孝方式的嘲讽中,传达出对重建乡村传统孝道伦理的呼唤。

二 乡村城镇化与婚恋观念裂变

家庭是以婚姻、血缘关系为主要纽带的人类社会生活基本单位。我国作为一个有着两千多年儒家文化传统的国家,在传统社会里一直尊奉着由先秦儒家创建的家庭伦理，主要体现在夫义妇从、父慈子孝、兄友弟恭、姑慈妇听等方面。这种以家庭为本位的伦理观，长期以来维系着传统家庭和社会稳定。而在众多的家庭关系中，夫妻关系是家庭关系的基础，在家庭关系中占有重要地位，没有夫妻关系就不会产生家庭关系。按照中国传统的看法，婚姻是"合二姓之好，上以事宗庙，而下以继后世"（《礼记·昏义》）。在男尊女卑的传统家庭关系中，丈夫是一家之主，妻子要绝对服从，"从一而终"，"嫁鸡随鸡、嫁狗随狗"，"生是夫家人、死是夫家鬼"，只能被动接受一切，从来没有自由可言。而在现代民主社会，由于婚姻已从昔日的"生育合作社"和"经济共同体"转变为今天"心灵的栖园"，夫妻关系已成为家庭生活的中心。换句话说，夫妻关系的健全与否直接关系到家庭的维系与发展。与传统文化语境下以"男主女从、夫唱妇随"为基础的对于夫妻关系和睦的要求不同，现代社会对于夫妻关系和睦的要求建立在性别平等的基础之上。此种新型的家庭文明属于一种"两性同体"的文明，需要两性在平等、和谐发展基础上的共同作业[1]。新中国成立后，随着农村社会制度的变革和生产关系的更新，亿万农民的传统思想、道德观念发生了历史性变迁，作家们以理想主义热情记录着农民命运变迁中情感的起伏和心理的变化，艺术地展现了人民历史的前进行程。在这一时期的小说创作中，人们的家庭伦理观也得到了普遍的表现。不少作品在反映新时代农村重大主题的同时，较为深刻地揭示了人们爱情婚姻观的变化。如孙犁的《村歌》、谷峪的《新事新办》、高晓声的《解约》、赵树理的《登记》《小二黑结婚》、李准的《李双双小传》等，形成了一个以反对封建婚姻伦理观念为中心主题的创作热潮。

20世纪80年代以来，随着改革开放的推进和市场经济体制改革的深化，城乡之间的双向流动不断加快，进而导致乡村城市化步入一个加速发展的快车道。处于变革时期的乡村女性，被挟裹在市场经济

---

[1] 周全德、李怀玉：《社会性别视角下的家庭转变》，《中华女子学院学报》2009年第8期。

洪流中，开始走出家门、走向社会，追求自我价值的实现。在这种时空背景下，乡村婚恋观念也随之发生了很大的改变，人们的婚恋自主性大大增强。新时期以来的乡土小说，真实地记录下农村婚恋演化的历史轨迹，展现了农民婚恋伦理观念的裂变历程。像80年代初张弦的《被爱情遗忘的角落》，就以现实主义创作手法展现了偏远的靠山庄菱花一家两代母女三人不同历史时期的爱情遭遇。母亲菱花当年曾与土改积极分子、长工沈山旺热烈相爱，是一个反对封建包办、追求婚姻自由的坚决反抗者，二十年后却为了"五百块钱彩礼加十六套衣裳"，竟逼着女儿走自己曾勇敢地否定了的道路，从而导致大女儿存妮含羞自杀。二女儿荒妹则因姐姐的惨死带来的耻辱和恐惧，而产生了盲目地害怕、拒绝爱情的变态心理，使她战战兢兢徘徊在爱情的大门之外。最后，荒妹毅然决然地冲破内心重重枷锁，解除疑虑和恐惧心理，开始从扭曲的灵魂中解脱出来，拒绝了母亲包办的婚姻，大胆地追求属于自己的爱情和幸福。此后，贾平凹的《小月前本》《鸡窝洼人家》以及《腊月·正月》也展现了新时期普通农民价值观念、婚姻观念、道德观念发生的深刻变化。其中《鸡窝洼人家》中的复员军人禾禾回乡以后，不甘心继续过种地的"安分"日子，千方百计地寻找发家致富的路子，改变这一成不变的生活。而禾禾的老婆麦绒是遵循传统生活规范的农村妇女，她经不起禾禾的一再"败家"，于是不肯跟禾禾再混下去而与他离异。从未离开过土地的回回则是一个传统的农村汉子，津津乐道于过那种把田种得干干净净、肚子不受苦的日子。而回回的老婆烟峰由于不满旧生活而与回回决裂，进而不遗余力地鼓励和支持复员兵禾禾。人生观和价值观的相同，使烟峰与禾禾走到了一起。同样，回回与禾禾的前妻麦绒都喜欢踏踏实实过日子而结合在一起。两对夫妻双双离异，重新组成新的家庭。这两个富有戏剧性的婚变，既表现了两个家庭为时代变革所付出的痛苦代价，又刻画了新一代农民新的道德选择和道德风貌。

进入20世纪90年代以后，随着人们婚恋观的日益自由和开放，社会上出现许多违背传统道德和法律的婚恋现象。比如：不断升高的离婚率，日益泛滥的第三者、"包二奶"，迅速结婚然后离婚的"闪婚闪离"族,不负责任和见异思迁的"婚外恋",只同居不结婚的事实婚姻,等等①。这些昔日城市人玩的爱情和婚姻游戏,在乡村世界也堂而皇之地上演。世纪之交的乡土伦理叙事,展现了农耕文明裂变下乡村传统婚恋观念不断裂变的现实图景。像谭文峰《走过乡村》中单纯美丽的少女倪豆豆遭到企业家倪土改的强暴,但村干部、村民们,甚至倪豆豆的家人,为了蝇头小利丧失了起码的道义,百般阻挠和迫害倪豆豆上告,最后导致倪豆豆上告以失败告终。21世纪初,伴随着城乡双向流动的加快,城里盛行的一些不良风气强势登陆乡村,侵蚀着乡村的传统伦理道德。在贾平凹的《高老庄》里,主动接受城市文明的子路,因不满婚姻生活的平淡,抛弃结发妻子菊娃,再娶了高挑年轻的西夏。然而,他这一离经叛道的不道德行为不但没受到村人唾弃,反而得到村人默许甚至羡慕。由此可见,乡村社会从一而终的传统婚姻观念不断淡化,对男性背叛婚姻的不道德行为予以默认。如果说《高老庄》里子路与结发妻子的离异存在某种文化冲突因素,那《秦腔》则展现传统婚姻美德在现代生活方式追求中被彻底击垮的现实。像夏风婚前对白雪百般迷恋,但婚后却抱怨妻子的不顺从,进而彼此间经常发生争执和吵闹,最后竟然寡情地抛弃亲生女儿;庆玉与武林之妻黑娥明目张胆地偷情,最后置家族尊严、社会公德于不顾,抛弃妻儿,公然与黑娥结合;三踅在庆玉唆使下,依靠其砖窑老板身份,霸占了武林的小姨子白娥,还恬不知耻地狡辩为"借地播种";白娥也不守妇道,竟然与三踅勾搭成奸,同时又与引生有着肌肤之亲;夏雨放荡不羁地与金莲的侄女谈恋爱,直到小说结束也没有结婚;陈星和翠翠曾几次大白天做爱而被人发现,甚至在夏天智丧事上还偷空"干事",事后翠翠还竟然向陈星张口要钱。可见,清风街年轻一代不再恪守传统婚恋伦理,甚至出现背离最基本伦理道德的行为。小说展现在市场经济的冲击下,以金钱为主导的价值观正在无形中改变着乡村传统家庭伦理和道德观念。贾平凹在《秦腔》中所展现的清风街,正是城市化进程中乡土中国的一个缩影。

---

① 陕劲松:《60年来我国婚恋观的变迁》,《理论探索》2010年第1期。

一方面，随着现代化的推进和经济社会的发展，乡村物质生活水平得到了极大改善和提升；另一方面，传统乡村儒家伦理已经失范，而新的道德规范尚未建立，整个乡村陷入一种史无前例的"道德困境"之中。

不仅如此，在城市化、市场化大潮冲击下，数以千万计乡村打工妹走进城市，她们在城市文化的熏陶和浸染下，从传统趋向现代，从保守走向开放，其生育观、贞操观、性观念等正发生着深刻的变化。在这种时空背景下，乡村传统婚恋观正逐渐被替代、移植或否定，一些非主流婚恋现象得到一定程度的宽容和认可。王梓夫的《花落水流红》中，美丽的桃花冲出了个天大的丑闻，陈瘌子的闺女小簸箕在外地做"鸡"发了财。但经过一段时间的骚动后，桃花冲女孩子争着进城做暗娼赚钱，然而村民们不仅不蔑视，还个个羡慕不已。在孙惠芬的《天河洗浴》中，吉佳和吉美是同一年出生的堂姐妹，她们一起离开歇马山庄进城，一起找到一家火锅店当服务员，又一起在店外边租房子。后来，吉美"变成一个坏女人，像电视里演的那样，身体被男人占了"。过年回家时，吉美的富有与吉佳的寒酸形成鲜明的对比，然而"无论是母亲，还是乡亲，她们居然谁也没把吉美搂一个男人的腰看成坏事，谁也没有"，反而，亲戚朋友对吉美的"能干"啧啧称赞。可见，当今乡村，金钱第一、笑贫不笑娼的新伦理观迷乱了人们的视线。同样，《上塘书》中的张家二姑娘和吕家大姑娘，主动投入有钱男人的怀抱，过着享乐的"二奶"生活，然而，"二奶"生活并没有对她们构成道德和心理上的压力，而且上塘村人对此也没有产生多少非议。可见，受现代金钱意识的污染，乡村传统价值观被扭曲，婚恋伦理发生变异，性已不再受感情忠贞的束缚，却成为赚取大把钞票的工具。孙惠芬将笔触伸向当下农村的内心深处，展现了城镇化和商品经济给农村带来的负面影响，传达出作者对乡村受现代金钱意识污染而导致传统伦理观念变异的深切担忧。另外，《玉娇玉娇》里的大姐置姐妹之情于不顾，毫无廉耻地去抢亲妹妹的对象；《九月还乡》中九月进城被老板猥亵后，主动在城市男人之间游荡；《苍耳》里留守少妇荷花耐不住寂寞，投入村里唯一的男人封手的怀抱;《北妹》里的李思江为了一纸暂住证,将少女的"初夜"献给当地村长;《哭泣的游戏》里的外省女孩黄红梅利用自己的优势,从一名按摩女做起最后成了一名娱乐城经理;《奔跑的火光》中的英芝,由最初卖艺不卖身发展到给钱摸一把,最后到出卖肉体走向堕落深渊;还有夏天敏《牌坊村》中的荷花,经受不住城市金钱和物质的诱惑,选择以出卖美貌和肉体的捷径来致富,而且在心理上没有丝毫感到耻辱;等等。透过这些作品我们不难发现,在市场经济的冲击和商业文化的渗透下,埋在骨子里的乡村传统贞节伦理正日趋崩溃,那个质朴清纯、充满诗意的乡村世界已渐行渐远。

三 村社松散化与乡风民俗颓败

费孝通先生指出,传统中国农村是一个"熟人社会",血缘是构建和维系乡村社会人际关系的基础。在这种亲密的血缘社会中,社会结构犹如一个以个体为中心形成的波纹式同心圆,"每个人都是它社会影响所推出去的圈子的中心,被圈子的波纹所推及的就发生联系",从而形成具有中国乡土社会特色的"差序格局"。在差序格局中,"社会关系是逐渐从一个一个人推出去的,是私人联系的增加,社会范围是一根根私人联系所构成的网络"[①]。由此可见,人伦关系是围绕人伦展开的人与人之间的关系,是人类社会最普遍、最常见的一种关系。在中国传统村社里,人们日出而作、日落而息,邻里之间以礼相待、和睦相处,"远亲不如近邻"便成为最质朴的乡村伦理认同,构成了一个个乡土村落的情感凝聚。新时期改革开放以来,随着乡村经济体制的转变、城乡二元格局的打破,中国社会正经历由"熟人社会"向"陌生人社会"转型,广大农民从农村走向城市,人际交往中的地缘在不断扩大,从而导致传统人伦关系格局被打破。尤其是20世纪90年代以来,市场经济所特有的等价交换、公平竞争等现代观念,极大地冲击着农民的传统价值观念和人伦道德,乡村人伦关系发生了正负两方面的变化:正面变化表现为"日趋具有平等性、

[①] 费孝通:《乡土中国 生育制度》,北京大学出版社1998年版,第30—33页。

开放性、流动性、竞争性；而其负面变化也日益凸显，主要表现在功利化、自我主义化、表面化、干群冲突紧张化"①。由于市场伦理和市场逻辑正在替代传统乡土伦理和乡土逻辑，进而导致乡村传统"差序格局"走向解体，村民之间传统人伦关系淡化，甚至一些农村乡土民风正不断走向异化。尤其是2006年免收农业税之后，中国农村基层组织不再与农民根本利益发生关系，也不再能将农民组织起来，农民处于"个人自治"的松散状态。农村原有的那种共同体已经消失，人与人之间不再像原来那样有着密切联系和交往。新时期以来的乡土小说直击乡土社会，展现了农耕文明裂变下村社松散化背后所呈现的乡风民俗嬗变的现实景象。

像陈应松笔下的望粮峡谷（《望粮山》）是"一个遍地虚妄，神经错乱的地方"，在这里传统家庭"差序格局"已全然解体。金贵的父亲余大滚子，早年以打老婆远近闻名；王起山为了报复岳父余大滚子，便将自己的老婆"下了膀子"；小满为了熬黄包刺将自己的姨妹作为诱饵，骗了金贵一头猪去买铁锅；金贵无意中讨饭讨到内乡找到了他的娘，而他娘却以为金贵是来要钱的，便以一种冷漠和嘲笑拒绝了金贵。可见，望粮峡谷不仅自然物质资源匮乏，同时更缺乏的是人伦亲情。不仅如此，在城市化大潮和市场经济的冲击下，传统的家庭人伦关系也变成了赤裸裸的金钱关系。阎连科的《黄金洞》也反映出传统父子之情、手足之情被赤裸裸的物欲追求和畸形的乱伦关系所异化。小说中的桃是一个城里人，为了金子抛夫弃子，来到农村倒卖金沙，成了富甲一方的女人。桃与"我"的大哥发生过关系，"我"也被桃的美色所诱惑。贡家为了财产和桃开始一场内斗，最后桃让"我"弄残了爹，大哥被爹设计而被"黄金洞"埋葬，最后桃成了"我"的媳妇。而"我"是个憨子，桃的目的全部达到。在罗伟章长篇小说《不必惊讶》中，成米和苗青夫妇为了金钱利益不惜牺牲手足之情，在房倒事件上自私自利让老大成谷承担修房任务，而成谷在

---

① 闫丽娟、胡兆义：《社会转型期中国农村人际关系的变迁》，《长白山学刊》2007年第6期。

修房时宁愿请外人帮忙也不愿意请自己兄弟帮忙。不仅如此，姐妹情感也因生存利益问题而异化，小夭到北京打工一直没有找到工作寄居二姐家，二姐夫因此常与二姐吵架，最后连二姐也变得对她不理不睬，甚至换掉了手机号码。由此可见，为了保全自身物质利益，兄弟之间手足亲情荡然无存，姐妹亲情也因功利影响不断疏远。在贾平凹的《秦腔》里，年长的父辈遵循"兄良弟敬、兄友弟恭"的传统伦理纲常，而年轻一辈为了各自利益兄弟失和、叔侄打骂、妯娌争吵。赵德发《缱绻与决绝》中的封运品为了能娶到年轻漂亮的女大学生丛叶，不惜制造车祸害死自己的发妻。还有阎连科《丁庄梦》里的丁庄，金钱至上观念腐蚀人伦、亲情，促使血缘亲情变质，人与人之间互相提防，甚至父子之间相互猜疑、兄弟之间相互反目，整个乡村伦理和淳朴民风在市场经济冲击下土崩瓦解。由此可见，"1990年代以来乡村生活中家庭、宗族意识逐渐边缘化。这种亲情的解体，使得各种赤裸裸的利益关系呈现在阳光底下。因而，缺乏温情包裹的乡村越发显得凋敝和丑陋"[1]。

不仅如此，在城市化和市场化的影响下，村社人际关系也发生了深刻裂变。像孙惠芬的《歇马山庄的两个女人》中李平和潘桃，在男性世界空缺出来的背景下，因同病相怜而交往密切甚至到了形影不离的程度。然而，当男性世界回归时，"姐妹情谊"退到了幕后，两个女人间的"攀嫉"心理开始占了上风。成子回来后，李平的世界丰满了，而潘桃一个人孤单徘徊在幸福世界外，于是强烈的心理失衡使潘桃不顾一切地想要压倒对方。最终，潘桃、李平两个新媳妇走向反目而形同陌路。在残雪的《民工团》中，工友们为了能"换取轻松一点的活儿"，巴结工头、互相告发，甚至不惜牺牲血缘亲情。小说中的"我"只想做好分内工作，不想掺和他人是非，但却不由自主地被卷入告密的怪圈中。如果不接受告密这一潜规则，就会被罚干最累的活，被群体孤立甚至谋杀。作者以细腻的笔触传达出在现代商

---

[1] 陈国和：《1990年代以来乡村小说的当代性》，中国社会科学出版社2008年版，第99页。

业化的冲击下乡村人际关系的变迁与异化。陈应松的《马嘶岭血案》也同样向我们展示出乡村伦理的溃败和农民人性的裂变。小说中以祝队长为首的地矿踏勘队肩负着为当地经济发展、为世居深山区的群众致富的历史重任，来到马嘶岭勘查金矿。然而，踏勘队勘测到的金矿极可能被少数权势者霸占，九财叔等普通农民只能出苦力、当挑夫，这便激发了九财叔等人的怨恨。最后，六名踏勘队员全部被九财叔砍杀在马嘶岭上。这令人震颤的血腥悲剧背后，让人们看到随着贫富差距的拉大、个人欲望的膨胀，在仇富心理诱发下人性发生畸变，人与人之间的亲情被撕裂。更有甚者，像刘庆邦《神木》里的唐朝阳、宋金明两人靠抓"点子"将人带到煤窑将其杀死，并谎称是自己的亲人在矿井出事向矿主索要赔偿金，农民元清平和他未成年的儿子元凤鸣惨遭毒手。可见，在金钱的诱惑下，传统人伦道德被彻底抛弃，进而泯灭最起码的人性。同样，黄建国《梅二亚回到梅庄》里的梅二亚，从南方城市回到日思夜想的家乡，可是现实却并不是她所想象的那样。村里人亲戚、同学、校长、村长，一方面纷纷算计着借钱要钱；一方面又在背后说她的钱来路不明，最终二亚不得不在新年爆竹声中离开梅庄。这些小说反映出当下乡村社会所熟知的传统伦理正在走向崩溃，透露出作者面对乡风民俗不断颓败的迷惘与无奈。

第二章　城镇化进程中的民工命运

所谓城镇化，就是指农村人口不断向城镇转移，第二、三产业不断向城镇聚集，从而使城镇数量增加、规模扩大的一种历史过程。它主要表现为随着一个国家或地区社会生产力的发展、科学技术的进步以及产业结构的调整，其农村人口居住地点向城镇迁移和农村劳动力从事职业向城镇二、三产业转移。城镇化的过程也是各个国家在实现工业化、现代化过程中所经历社会变迁的一种反映。具体而言，"城镇化"是指由农业人口占很大比重的传统农业社会向非农业人口占多数的现代文明社会转变的历史过程，是衡量现代化过程的重要标志。其本质特征主要体现在三个方面：一是农村人口在空间上的转换；二是非农产业向城镇聚集；三是农业劳动力向非农业劳动力转移。[①]

法国社会学家孟德拉斯在其代表作《农民的终结》一书开篇中指出："20亿农民站在工业文明的入口处：这就是20世纪下半叶当今世界向社会科学提出的主要问题。"[②] 自20世纪八九十年代以来，我国实行了一系列旨在促进城乡经济协调发展的改革举措和政策，如

[①] 《2012中国新型城市化报告》指出，新中国的城市化发展历程迄今大致包括1949—1957年城市化起步发展、1958—1965年城市化曲折发展、1966—1978年城市化停滞发展、1979—1984年城市化恢复发展、1985—1991年城市化稳步发展、1992年至今城市化快速发展6个阶段。尤其自20世纪90年代以来，伴随着社会主义市场经济体制改革的深化，中国城镇化迈入一个加速发展的快车道。到2011年年底，中国城镇人口占总人口的比重首次超过50%，标志着中国城市化首次突破50%。

[②] ［法］孟德拉斯：《农民的终结》，李培林译，社会科学文献出版社2005年版，第1页。

全面推行家庭联产承包经营责任制,实行农民土地承包权的长期稳定;调整优先发展重工业的工业化战略,支持农业和轻工业的发展;支持发展乡镇企业,促进农业剩余劳动力转移;逐步放开农产品流通和价格,培育农村商品市场;实施城镇化战略,积极发展小城镇等。但不可讳言的是,20世纪90年代以来到21世纪之初这一阶段,我国城乡差距扩大的趋势在继续发展,城乡二元经济结构的矛盾趋于强化。"面对日益开放,充满诱惑的外部世界,这一代人明白,要想致富,村庄是不可能提供资源和机会了,村庄已经丧失了经济上的重要意义,不再是一个终身依托的锚地。"[1] 于是,一批批乡下人伴随着社会转型期特有的躁动,慷慨悲壮地开始了进军城市的迁徙之旅,并已成为当代中国社会一大独特的社会景观。文学总是以其敏锐的触角来反映社会热点问题。新时期以来的乡土小说,以强烈的现实主义精神真实地记录下这一由乡入城的历史脉动,展现出中国城市化进程中数亿计乡下农民背井离乡进城谋生的生存境遇和命运遭际,传达出作家对城市化背景下农民工群体的深情关注和人文关怀。

第一节 逃离故乡:奔向梦想的乐土

长期以来,中国处于一个相对封闭静谧的传统农业社会,"以农为生的人,世代定居是常态,迁移是变态"[2]。但自20世纪初以来,随着中国由传统社会向现代社会的转型,本是一体的乡土中国分为城市和乡村两个相对的生存空间,从此中国大地上到处闪动着由乡村奔向城市的身影。尤其是20世纪八九十年代以来,伴随着城镇化的推进和市场化步伐的加快,农村落后的生产方式和保守的经营理念使得乡村与城市的差距越来越大。对于那些为生存挣扎在黄土地上的乡下农民来说,"他们唯一的奢望就是梦想逃离家园,逃离故乡"[3]。根据

---

[1] 吴毅:《记述村庄的政治》,《读书》2003年第3期。
[2] 费孝通:《乡土中国 生育制度》,北京大学出版社1998年版,第7页。
[3] 丁帆:《中国乡土小说史论》,江苏文艺出版社1992年版,第30页。

国家统计局统计数据显示，1985年外出农民工人数约为2500万，2001年外出农民工人数为8399万，到2009年全国农民工总量达到22978万，其中外出农民工总量为14533万。由此可见，"向城求生"更是成为农民的一种追求现代化的精神实践，成为一股不可抗拒的历史潮流。这种以寻找就业机会为目的的大规模跨区域流动，也成为世纪之交乡土文学创作的一大景观。

一 乡村苦难的书写

何为苦难？从狭义的个体角度来看，苦难可以理解为现实苦难（艰难和不幸的遭遇）和精神苦难（如痛苦）；从广义的社会学角度来看，苦难则可以理解为社会苦难（贫穷、动荡、战乱等）和大地苦难（自然、生态苦难）；从哲学的角度，苦难则可以被看作是"人存在着的本质困境和永无止境的痛苦遭遇"[1]。贾平凹在《我是农民》题记里写道，"人生的苦难是永远和生命相关的……真正的苦难在乡下"，因而，在乡土中国这片古老的土地上，农民依附于土地，生长于土地，苦难则是伴随以农为生世代农民的一种生活常态。正因为千百年来，苦难作为人类的一种根本生存处境而存在，因此，对苦难的书写便成为文学的永恒主题之一。正如陈晓明在《表意的焦虑》中所说，"文学几乎与生俱来就与苦难主题结下不解之缘"[2]。早在20世纪20年代，鲁迅怀着"哀其不幸、怒其不争"的启蒙主义情怀书写了老中国儿女的苦难历史。像《故乡》里的闰土在封建制度的压榨、盘剥和奴役下，由三十年前活泼机灵、勇敢英俊的少年变成穷困潦倒、愚昧麻木的农民；《阿Q正传》中的阿Q一贫如洗，在走投无路之际来到城市，开始了自己的"革命幻想曲"，最后被反动势力杀害；《祝福》中祥林嫂在封建礼教的迫害和摧残下，为争得做人的起码权利，最终被封建礼教和封建迷信所吞噬。小说深刻揭示了封建制

---

[1] 张宏：《新时期小说中的苦难叙事》，中国传媒大学出版社2009年版，第1页。
[2] 陈晓明：《表意的焦虑——历史祛魅与当代文学变革》，中央编译出版社2003年版，第395页。

度及文化对农民政治上的压迫、经济上的剥削尤其是精神上的奴役。此后,20年代的乡土小说在很大程度上延续了鲁迅的苦难书写,用隐含着乡愁的笔触展现了"乡间的生死";30年代的左翼文学直面乡村经济凋敝的社会现实,展现了农民破产的现实苦难以及不堪苦难的反抗斗争;40年代解放区文学和新中国成立后的"十七年文学",真实地描写了共产党领导下的农村生活和农民进行思想改造的艰难过程,这一期间翻身后的喜悦取代了苦难书写,这是中国现代政治革命进程在文学中的必然反映。

新时期以来,农村家庭联产承包责任制的实施,使我国农村经济得到极大发展,但农村经济繁荣只持续了较短一段时期。从80年代中后期开始,"三农问题"日益凸显,进入90年代后农村经济重新陷入困境,一些农村地区经济落后、物质贫乏、道德滑坡、传统沦丧依然笼罩在乡土上空,从而使农民"长期陷入一种日常性的以物质和精神的双重匮乏为主要特征的现实性苦难体验之中"[①]。新时期以来,高晓声、路遥、贾平凹、阎连科、李佩甫、余华、刘庆邦、刘醒龙、陈应松、孙惠芬等乡土作家,以现实主义创作精神直面乡村中的现实矛盾和苦难,向人们展示出一个在传统与现代、乡村与城市之间挣扎的乡土世界,并由此折射出作家的现代性焦虑。高晓声写于1980年的《陈奂生上城》,在城乡共生的对照语境中凸显了新时期之初的城乡差别,反映出乡村的落后和农民的愚昧,从而促使陈奂生后代们萌发出由乡入城的时代梦想。陈奂生"悠悠上城"后,在与城市的浅层接触中,他农民式的思维方式、生活习惯与城市有些格格不入。当得知在招待所住一晚需花费五元钱时,他感觉像"火钳烫着了手","浑身燥热起来",因为在招待所住一夜的代价相当于两顶帽子的钱。这个简单等式正显示出城乡之间的差异,也预示着社会变革初期乡村和农民真正的富裕还在远处。如果说高晓声的《陈奂生上城》反映了城乡之间的差距,那么路遥的小说则展现了陕北黄土地的苍凉与悲情以及黄土地上人们的苦难生活。路遥生长在陕西的一个

[①] 李杰:《论刘庆邦小说的现实性苦难书写》,《四川文理学院学报》2011年第5期。

偏僻山村,家庭生活极其贫困,为了不让他饿死,父亲在他七岁的时候把他过继给伯父。正如作者在《在困难的日子里》中写道:"饥饿经常使我一阵又一阵的眩晕。走路时东倒西歪的,不时得用手托扶一下什么东西才不至于栽倒。课间,同学们都到教室外面活动去了,我不敢站起来,只趴在桌子上休息一下。我甚至觉得脑袋都成了一个沉重的负担——为了不使尊贵的它在这个世界前耷拉下来,身上可怜其它部位都在怎样拼命挣扎着来支撑啊!饥饿使我到野外的力气都没有了。"① 这种苦难经历直接影响到他日后的小说创作,并淋漓尽致地反映在小说的字里行间。像《黄叶在秋风中飘动》《在困难的日子里》《人生》《平凡的世界》等小说,反映了"陕北黄土地上的农民,他们的命运几百年来一直都被自然左右着。可以说,不论是老一代农民还是青年一代农民,是乡村的领导者还是被领导者,是聪慧机智的还是憨厚老实的,他们都被这片黄土地戴上了苦难的镣铐。尽管他们用勤劳的双手积极抚慰着黄土,但他们依旧无法改变这块贫瘠的土地带来的生存困境"②。如《黄叶在秋风中飘动》中的高广厚,"在他33岁的生命历程中,欢乐的日子也并没有多少。他刚降生到这个世界,父亲就瘫痪在炕上不能动了。一家三口人的光景只靠母亲的两只手在土地上刨挖来维持。要不是新社会有政府救济,他们恐怕很难活下去。他是听着父亲不断地呻吟和看着母亲不断地流泪长大的"③。正因为如此,陕北人尽管对故土有着强烈真挚的爱,但始终没有停止过"逃离"和"出走",并且这种基于生存的"逃离"让人生带上了深重的苦难。像《人生》中的高加林,试图通过自己的学识和才智实现进驻城市的梦想,但在开启城市大门的同时,受到了来自城乡不同文化观念和物质诱惑的冲击,最终在进城路上碰得头破血流。

20世纪90年代以来,作家们对乡村苦难的关注已上升到整体

---

① 路遥:《路遥小说名作选》,华夏出版社1999年版,第202页。
② 孙桂丽:《苦难世界中的平凡情感——论〈平凡的世界〉中的情感世界》,《郑州铁路职业技术学院学报》2010年第6期。
③ 路遥:《路遥小说名作选》,华夏出版社1999年版,第372页。

性文化层面和民族心理，构筑了一个个遭受物质资源和精神世界双重苦难的乡土世界。如阎连科《年月日》里的耙耧山脉遭遇千古旱天，"小麦被旱死在田地里，崇山峻岭变得荒荒野野，一世界干枯的颜色，把庄稼人日月中的期盼逼得干瘪起来"。人们面对旱灾，只能挑着行李背井离乡，四处逃荒避旱去了。先爷为了让全村仅剩的一株玉米得到存活，将自己的身躯作为养料供给干旱大地上最后一颗玉米。《日光流年》中，旷古的蝗灾在耙耧山脉爆发，"所有的庄稼地都光光秃秃了。玉蜀黍地寸叶没有，连那些青嫩的玉蜀黍秆也都残存无几……豆没了，叶尽了，只有棵秆枯在田地里。坟上的柏树和松树，百年的青绿也终于在这一年的秋天没有颜色了"。由此可见，小说中"耙耧世界"自然环境的恶劣，物质资源的匮乏，反抗不得的宿命给村民带来了无穷无尽的苦难。不仅如此，耙耧世界的人们还遭受人为的灾害和悲剧。像《受活》里的受活庄，经历了大炼钢铁的"黑灾"、饥荒年代的抢劫等人祸；《丁庄梦》里的丁庄人靠卖血发家致富，尽情享受着数钱的快乐，但十年后热病如鼠疫般在村中蔓延，在不到两年的时间里不足八百口人的庄子竟然死了四十几口人，整个村庄陷入艾滋病的绝症噩梦之中。同样，李锐的《厚土》《无风之树》等以吕梁山为背景的系列小说，"表达了人们对苦难的体验，表达了苦难对人性的千般煎熬，这煎熬既是肉体的又是精神的，同时表达了自然和人之间相互的剥夺和赠予。当苦难把人逼近极端的角落时，生命的本相让人无以言对"[①]。像《无风之树》真实地呈现了矮人坪人在那个特定时代艰难的生存境况。暖玉目睹了饥饿至极的二弟被活活撑死的凄惨场面，经历了刚出生十个月的小翠猝死的沉重打击，还承受了长达近十年之久矮人坪光棍汉们的性折磨。而矮人坪的瘤拐们也同样处于苦难的煎熬之中，村里的大多数男人由于贫穷而娶不起媳妇。为此，村里人只好在集资救活暖玉一家人之后，把暖玉留下做了大家

[①] 李锐：《〈银城故事〉访谈》，《银城故事》，长江文艺出版社2002年版，第202页。

的"公共媳妇"。在这里,食与性的匮乏构成了矮人坪人艰难生存境遇的两个基本表征。另外,余华的《许三观卖血》《活着》《兄弟》,鬼子的《下午打瞌睡的女孩》《被雨淋湿的河》《瓦城上空的麦田》等小说,从不同的视角对乡村苦难进行了书写,他们的作品到处弥漫着无边的苦难。由此可见,农民以前对乡土的那种至爱之情已经荡然无存,乡村无论在何种意义上都成了被抛弃的对象,逃离土地,进入城市,便成为乡下农民最高的目标追求。

二 城市生活的想象

早在20世纪初的乡土小说中,城市作为与乡土相对立的元素,进入乡土作家们的叙述视域。如鲁迅《故乡》中的七斤"虽然住在农村,却早有些飞黄腾达的意思。从他的祖父到他,三代不捏锄头柄了;他也照例地帮人撑着航船,每日一回,早晨从鲁镇进城,傍晚又回到鲁镇",当他傍晚回来的时候,他家的门前就聚拢了三三两两的村民,七斤一边吃着饭一边谈论城中的见闻。进入20世纪八九十年代,随着城市化进程的加快,城市数量急剧增多,无论是东南沿海,还是内陆地区,大规模的城市群、城市带逐步形成。与此同时,城乡之间的闸门被打开,大批的农民不断涌入城市,城乡双向流动日益频繁。在这种情况下,乡土小说的视野也由乡村延伸至城市,城市意象在乡土小说中不断出现。早在新时期之初,铁凝的短篇《哦,香雪》就表达了乡下农民对城市的想象与向往。小说中的那纤细、闪亮的铁轨,犹如城市的触角绕到台儿沟脚下,从此打破了大山深处这个小山村的宁静。"台儿沟的姑娘们刚把晚饭端上桌就慌了神,她们心不在焉地胡乱吃几口,扔下碗就开始梳妆打扮……然后,她们就朝村口,朝火车经过的地方跑去","心跳着涌上前去,像看电影一样,挨着窗口观望"。因为,短暂停靠的火车"挟带着来自山外的陌生、新鲜的清风",给乡下农民带来了现代都市的诸多讯息。妇女头上的金圈圈、比指甲盖还要小的手表、人造革"皮书包"、带磁铁的铅笔盒,还有乘务员的"北京话"、车厢里的电扇、能松能紧的尼龙袜,这些象征着现代城市文明的符号让台儿沟的姑娘们无限地向往。此后,路遥《人生》中的高加林，郑义《老井》中的巧英，贾平凹《浮躁》中的金狗、《小月前本》中的小月，对城市生活和城市文明有着强烈的迷恋和认同，使得他们把"成为城里人"定为自己的追求目标。像《人生》中的高加林开始了与城市的"亲密接触"，城市在他眼中成为一种宗教和图腾，使他孜孜以求。

　　进入20世纪90年代以后，乡村向城市的流动成为历史发展的必然，越来越多的农民开始涌向城市，寻求更广阔的生存和发展空间。刘庆邦中篇小说《到城里去》就通过宋家银对"到城里去"意识的追逐，表达出乡下农民对城市的由衷憧憬和热切渴望。主人公宋家银是一个农村妇女，但却对城市充满着强烈的渴望，她把取得工人家属名分当作自己的荣耀。对工人身份哪怕是临时工身份的取得，也成了她所梦寐以求的，因为工人身份就意味着身份的改变，意味着城市身份的取得。为此，她嫁给了城里的临时工，依托于丈夫在城里工作的工人身份，以此来实现自己对于城市的梦想，昭示自己和乡土与众不同的自我优越感。而丈夫工人身份的丧失，使她的"工人家属"的身份受到了威胁。但宋家银并没有因为丈夫工厂的倒闭而放弃她的进城意识，她强迫自己的丈夫在村里"说瞎话"隐瞒厂子倒闭的事实，并强迫他再次进城，来维持她刚刚获得的优越感。而杨方成毫无目的地进城，只身来到郑州捡垃圾。从郑州向北京的转移，宋家银让丈夫又一次开始了自己的征程，同时也昭示着宋家银精神上的彻底裂变，对城市生活赤裸裸的家园幻梦取代了乡村的淳朴和善良。后来，丈夫在北京出事，宋家银的进城彻底击毁了她对城市的幻想，改变了她对城市的看法："去了趟北京，宋家银对城市又有了新的认识，那就是，城市是城里人的。你去城里打工，不管你受多少苦，出多大力，也不管你在城市干了多少年，城市也不承认你，不接纳你。除非你当了官，调到城里去了，或者上了大学，分配到城里去了，在城里有了户口，有了工作，又有了房子，再有了老婆孩子，你才真正算是一个城里人。"但小说并没有到此结束，她的进城意识还在继续，对丈夫的期望自然而然地寄托到了儿子的身上，"指望儿子能考上大学，给她争口气。就是砸锅卖铁，她也要供儿子上大学"。当儿子第一次高考没上线,不想复习要出去打工时,宋家银数落儿子,"打工,打工,你到城里打工打一百个圈,也变不了城里人,到头来还得回农村",并且断了儿子的退路,终于杨金光在高考的前一夜留下一封近乎决绝的信离家出走打工去了,发誓"不混出个人样就不回家"。宋家银也许从儿子的信中读出了希望,"没有张罗着去寻找儿子",而放手让儿子带着自己对未来的希望继续上路。李铁的《城市里的一棵庄稼》中的主人公崔喜"从没去过真正的城市,但从那条汩汩流动的河水里她看见了城市,看到了天堂一样的生活",为了进城费了一番心机,最终嫁给死了妻子、三十多岁的宝东,而如愿以偿地成了一个城里人。身份的改变压抑了自己的自由,后来在面对爱情与城市户口之间的选择时,她依然选择了后者,因为她实在无法抗拒城市户口的诱惑,"她对城市的渴望是胜过一切的"。同样,李肇正笔下的香香(《傻女香香》)也跟所有漂泊在城里的乡下妹子一样,她的最高理想就是进入"城市的心脏",成为一个真正的城里人。为此,她宁愿嫁一个城里的"爸爸",也不愿意嫁给像王家海那样与自己有着同样命运的乡下男人。不管是宋家银,还是崔喜、香香,她们的内心世界渗透着对城市的向往与追求,而且这种向往和追求又是那样的执着与虔诚。

同样,新生代"城籍农裔"作家邱华栋、鬼子、毕飞宇等对城市有着拥抱的渴望,进入城市并且融入城市成为他们文学叙事的一个指向。邱华栋的中篇小说《手上的星光》中有一段关于北京的描写:"有时候我们驱车从长安街向建国门外方向飞驰,那一座座雄伟的大厦,国际饭店、海关大厦、凯莱大酒店、国际大厦、长富宫饭店、贵友商城、赛特购物中心、国际贸易中心、中国大饭店,一一闪过眼帘,汽车随即又拐入东三环高速公路,那幢类似于一个巨大的幽蓝色三面体多棱镜的京城最高的大厦——京广中心,以及长城饭店、昆仑饭店、京城大厦、发展大厦、渔阳饭店、亮马河大厦、燕莎购物中心、京信大厦、东方艺术大厦和希尔顿大酒店等再次一一在身边掠过,你会疑心自己在这一刻,置身于美国底特律、休斯敦或纽约的某个局部地区,从而在一阵惊叹中暂时忘却了自己。灯光缤纷闪烁之处，那一座座大厦、购物中心、超级商场、大饭店，到处都有人们在交换梦想、买卖机会、实现欲望。这是一座欲望之都，尤其是当你几乎每天都惊叹于这座城市崛起的楼厦的时候。"在他的小说中，代表着现代化城市的一座座雄伟的大厦作为一种意象频繁出现，这些雄伟的大厦不仅作为一种背景构成了小说的叙事氛围，也作为一种意象表达着一个"进城乡下人"对城市的认知感受与理解把握。另外，在小说《哭泣游戏》中，主人公"我"充满了征服城市的欲望和融入城市的憧憬："这座城市已经变得越来越华美了，我想，而且变得越来越阔大了。当我站在长安街上的国际饭店顶层的旋转餐厅凝望的时候，我所能感受到的就是一种惊羡与欣悦。我的视线从东向西，我看到了中粮大厦、长安光华大厦、交通部大厦、中国妇女活动中心、对外经贸部大厦和新恒基中心这些仿佛是一夜之间被摆放在那里的巨型积木，就加倍地喜欢上了这座城市。"长期以来，我国"二元社会结构"导致城乡之间交流匮乏、信息闭塞，正如台儿沟的姑娘们一样，农民对于城市的认识是模糊和抽象的。但随着社会的变迁、现代化进程的不断加快以及传播渠道的日益丰富，农民的城市想象和自我认知也在发生着巨大的变化，呈现出对城市生活好奇的态势，从而表现出一种对于更高层次生存状况的自觉性和追求性。像夏天敏《接吻长安街》中的主人公"我"就表达出对城市的顶礼膜拜："我向往城市，渴望城市，热爱城市，不要说北京是世界有数的大都市，就是我所在的云南富源这个小县城我也非常热爱……当我从报纸杂志上一读到写厌倦城市，厌倦城市里的高楼大厦，厌倦水泥造就的建筑，想返璞归真，到农村去寻找牧歌似生活的文章时，我在心里就恨得牙痒痒的，真想有机会当面吐他一脸唾沫。"可见，农村无疑已成为被抛弃的对象，而到城里去则成了他们头脑中挥之不去的魅影。

三 向城求生的叙述

20 世纪 80 年代以来，伴随着改革开放的推进和城市化步伐的加快，广大农村地区出现了以寻找就业机会为目的的大规模跨区域流动，并在世纪之交成为当代中国的一大社会景观。当代农民由乡入城的跨区域流动，不仅为社会学家所发现，并在他们的研究中显得越来越重视，而且这一现象同样被文学家所感知，成为他们书写的重要母题。前面谈到早在改革之初的80年代，路遥就率先通过高加林吹响了逃离土地进军城市的号角。《人生》的故事发生在改革开放前夕陕北山区的一个村庄，文中所呈现的乡村世界仍处于"前现代社会"：艰苦的环境、愚昧的思想和封建落后的文化无时无刻不在影响着人们的生活，尤其是乡村传统伦理还没有受到"现代化"的侵蚀。同时，在城乡二元体制的制约下，当时乡下农民一般只能通过上大学、参军、招工才能实现进城的梦想。主人公高加林是村子里为数不多的到县城里读过高中的文化青年，但高中毕业后没能考上大学，城市毫不留情地把他遣送了回来，只能在高家村小学当民办教师，试图几年后通过考试转为国家正式教师，但好景不长，他的民办教师职位被大队书记高明楼的儿子顶替了。后来，高加林因偶然的机遇重新回到了城市。进城后的高加林克服了种种困难，终于有了自己的立足之地。在进军城市的道路上，为了拥有一段自己真正想要的生活，他决然抛弃了乡下姑娘刘巧珍，接受了城市姑娘黄亚萍。后来因进城这件事被人告发，高加林被取消公职又重新孑然一身回到了农村。作为新时期一个"孤独的个人奋斗者"，高加林试图通过自己的学识和才智进驻城市，但最终在进城的道路上败下阵来。

如果说20世纪80年代初期，对城市的现代性渴望还只是像高加林那样的部分青年农民的一种"离经叛道"，那么到90年代，中国乡村已被纳入现代化发展轨道，城乡之间流动日益开放宽松。同时，整个广大农村在经历80年代的短暂发展繁荣之后，到90年代中后期陷入极度的危机之中，"农民真苦，农村真穷，农业真危险"的"三农问题"变得更为突出，乡村与城市的差距也越来越大。在城乡差距拉力的牵引下，远离乡土，进入城市，便成为越来越多的乡下农民的一种自觉行为。李佩甫的长篇小说《城的灯》中的主人公冯家昌与高加林一样，出身于一个贫穷而困顿的农村家庭。冯家昌高中毕业后，决心当一个新农民来改变家乡的面貌，但遭到村支书刘国豆的阻挠，后经刘汉香斡旋到县城化肥厂做副业工。但当厂长想给他转正时，却因户口问题而未成功。后来，在刘汉香的极力帮助下通过当兵这条路走进城里，冯家昌经过自己的忍耐和努力带领众兄弟先后入城，最终成功地完成了他及整个家族向城市的挺进。相对于高加林而言，冯家昌是一个向城市进军的"成功者"。为了能够成为城里人，他在情感的旋涡中挣扎，在权力的迷阵中突围，最终冲破了难以逾越的种种城市藩篱，完成了他和冯家几兄弟挺进城市的壮举。但冯家昌又是一位"失败者"，他虽然成功地走进了物质的城，却又被精神的城所吞没，成为城市的一只"羔羊"。在冯家昌这里我们不难发现，乡村逃离者们从一开始就踏上了一条不归之路。最后，在冯家昌四十五岁生日那天，冯氏家族几个兄弟回到了久别的家乡，但此时的冯家昌感知到自己成为一个被乡村拒绝的"异客"。小说通过冯家昌为自己及兄弟们走进城市所做的艰难拼搏和所付出的代价，让我们看到进入城市的一代青年农民，在城市蛊惑下一步步熄灭人性之灯，最终迷失在城市的喧嚣之中。

进入世纪之交以来，伴随着改革开放的深入和社会主义市场经济体制的建立，广大农村一方面被纳入整个市场经济体系；另一方面却依然停留在落后的生产方式上，这使得城乡之间差距在一夜之间急剧拉大。像北上广等中心城市与发达国家和地区的差距不断缩小，甚至在物质文化生活方面似乎有过之而无不及；但在中国最广大农村尤其是西部乡村甚至还没有告别刀耕火种的"前现代"生活。在这种前现代、现代、后现代相互交织的时空背景下，"向城求生"更是成为一种追求现代化的精神实践，成为一股不可抗拒的历史潮流。像邱华栋、鬼子、毕飞宇、墨白等一批新生代作家，在他们的创作中也表达了拥抱城市的精神意向。像鬼子《瓦城上空的麦田》中"我"的母亲被别的男人带走了，他们去了米城。于是，"我"父亲便把"我"带到瓦城，以捡垃圾为生。父亲告诫说："只要你自己不离开瓦城，只要你永远在瓦城做下去，总有一天你会成为瓦城人的。"这体现出父亲对"我"成为"瓦城人"的一种期盼。在《被雨淋湿的河》中，陈村的老婆临终时要求陈村做两件事：一是"我那几分田，你就别种了"；二是把两个小孩的户口转了。由此可以看出，一位农妇临死前依然对城市念念不忘，甚至希望自己的下一代能够成为城里人。而墨白《事实真相》的开篇独白也表达出作者对城市的向往："我们在乡村，远远地望着灯火辉煌的城市，心里就生出一种对城市的仇恨和渴望来。城市就像一个温度适宜的大染缸，我们都想跳进来改变一下自己这丑陋的面容。城市就像一块巨大的磁铁，它把我们这些日益生长着铜臭气的乡下人的心吸得一刻不停地颤抖着，我们没有一个人能抗得住它发射出来的巨大的磁场，于是我们这些乡下人就像蜜蜂和苍蝇一样开始涌进城里来。"由此可见，在乡村走向现代化的背景之下，逃离土地、拥抱城市几乎成为乡下农民改变自身处境的一条现实途径。然而，乡下人心中的梦想之城，并不是他们所想象的人间天堂，更不是乡下人灵魂的栖息之地。乡下人的进城之路充满着艰辛，他们很可能是在城市边缘艰难跋涉，也很可能是在城市屋檐下无家可归。

第二节　困守异域：饱尝现实的苦涩

现代化进程中充满了冲突与裂变，处在这一过程中的人们常常呈现出一种精神和肉体双重悬空的状态。在初次踏入城市的乡下农民看来，城市生活无疑是丰富多彩、光怪陆离的，然而对于大多数进城农民工来说，它却是近若咫尺却遥隔千里的海市蜃楼。他们无法去欣赏大都市绚丽的美景，也无法去享受大都市诱人的芬芳，他们只能每天拖着那个疲惫不堪的身躯，去承受漂泊异乡的辛酸与无奈。可见，他们通往城市的道路，"绝不是铺满鲜花的康庄大道，而是一条沾满了污秽和血的崎岖小路"[①]，充满荆棘和坎坷，甚至从一开始便是一个生存两难。新时期以来的乡土小说，将叙述视角从农村延伸到城市，把握当下城乡之间双向流动这一丰富多彩的景观，形象地展示了乡下农民背井离乡进城谋生的生存苦难和心路历程。早期反映农民工生存境遇的是珠三角地区的"打工文学"。在

---

① 丁帆：《"城市异乡者"的梦想与现实》，《文学评论》2005年第4期。

那里形成了许多以发表打工文学作品为主的期刊，如《佛山文艺》《打工族》《打工知音》《南叶》《打工妹》《湛江文艺》《大鹏湾》《采贝打工文学》等①，这些文学园地培养了一大批打工文学的创作者，其中包括林坚、安子、张伟明、周崇贤等，他们创作了《南方的果园》《别人的城市》《下一站》《隐形沼泽》等作品。后来，打工文学逐渐由浪潮涌起的珠江三角洲涌向长江三角洲和北京等地，而且许多大型文学期刊也开始发表打工题材作品，如《人民文学》《十月》《芙蓉》《天涯》等。同时，打工文学开始进入专业作家创作视野，他们也创作了反映打工族生活的优秀作品。如残雪的《民工团》、尤凤伟的《泥鳅》、荆永鸣的《北京候鸟》、邓建华的《乡村候鸟》、白连春的《拯救父亲》、王祥夫的《找啊找》、孙惠芬的《民工》、贾平凹的《高兴》等，这些小说真实地展现了进城农民在城市的生存境遇和心路历程。

一 艰辛的生存

王岳川先生指出："每个人都有自己的身体，也有支配自己身体的权利，但这种支配不应该降低到动物的层面。"② 然而，对于进城的乡下人来说，身体已经不再属于自己，他们也没有支配自己身体的权利，而只能沦为像"包身工"一样的赚钱机器。因为对于进城农民工而言，"人就是身体，人不过就是身体"，他们进城后遭受的最直接的苦难就是从身体开始的。对于那些青壮年农民工而言，他们带着梦想，带着身体和精力来到城里，但从事的一般都是城里人所不屑的最苦最累最脏的活，拿的却是最微薄的工钱，经历着难以承受的生命之痛。像残雪的《民工团》就真实地展露了农民工日常生活的繁重与残酷：凌晨三点过五分就起床背一百多斤的水泥包；民工掉进石灰池就回家等死；掉下脚手架就当场毙命……在

---

① 郑晓明：《游荡在城市与乡村之间——"打工文学"的创作思考》，《深圳职业技术学院学报》2006年第1期。
② 王岳川：《肉体沉重而灵魂轻飘》，《文艺报》2004年10月12日，第2版。

这里，人的生命已经轻贱到了何等地步！然而，生存决定了农民工除了靠出卖劳力来换取微不足道的收入之外，他们别无选择。"我要养活老婆孩子，如果不外出赚钱，在家乡就只能常年过一种半饥不饱的生活。"在类似机器人一般的超负荷劳作下，工地上出现了种种怪异的现象："建筑队里流行着一种告密的风气"，因为通过告密可以换取轻松一点的活儿；"我"受了伤却被其他的民工羡慕，他们嚷嚷着"'巴不得成废人'、'巴不得晕过去'，那样就可以躺下了，那是多么好的事啊"。在劳累、疲倦、困顿面前，休息成了至高无上的奢求。

尤凤伟的长篇小说《泥鳅》则更加全面地展现了一群挣扎在生死边缘的底层农民工的生存苦难。小说主人公国瑞是一个生活在社会底层的农村青年，中学毕业后同千百万农民一样怀着最朴素的理想进城打工，希望通过自己的勤劳来改变自己的生活。他先后在化工厂干过污水处理、在饭店做过杂活、在建筑队当过小工、在搬家公司从事过搬运等又苦又累的活。后来，国瑞因自己长相英俊，经吴姐介绍到紫石苑别墅为阔太太当"管家"，从此陷入城市背后深不可测的旋涡之中。正如国瑞自己心里说的，那里"与自己原本的那个世界相隔十分遥远，近乎阴阳两界"。在紫石苑别墅，国瑞名义上说是做"管家"，实则是充当"鸭子"角色。正当他沉溺于其中不可自拔时，又被玉姐的丈夫三阿哥利用，当上了国隆公司的总经理，最后稀里糊涂落入骗子设计好的"融资"陷阱而锒铛入狱，成为一只"替罪羊"被送上刑场。小说中其他几个进城打工的"兄弟姐妹"也和国瑞一样，难逃在城市"被侮辱被损害"的厄运：蔡毅江在搬家公司干活时睾丸被挤破致残，绝望中选择了一条向城市报复的涉黑称霸之路；寇兰为丈夫治病被迫沦落风尘卖身筹钱，最后踯躅在飘雪的大街上无家可归；陶凤虽顽强地在蛛网般的男性欲望的围攻下守身如玉，但仍在一阵疾风暴雨式的人格侮辱后，导致精神失常而被送进精神病院；小解因受骗还债而铤而走险；王玉城被打致残最后被接回老家……可见，这群游入都市里的"泥鳅"，他们在城里难以找到自己赖以生存的土壤和水分，等待他们的不是被城市"吃掉"，就是在城市的泥沼中越陷越深而不能自拔。小说真实地向我们展现出一群游离在都市社会底层的农民工遭受侮辱与损害的生存图景，读之让人心情沉重。正如作者尤凤伟自己所言："《泥鳅》写的是社会的一个疼痛点，也是一个几乎无法疗治的疼痛点。表面上是写了几个打工仔，事实上写的却是中国农民问题。"[①] 我们从文中可以看出，这些乡下进城农民在城里不仅承受着无法承受的身体之痛，像蔡毅江、王玉城等在城里干着最脏最累的体力活，落下无法医治的终身残疾；更有甚者遭受难以言说的精神之痛，像国瑞、陶凤等在城市的诱惑和威逼下，不得不放弃乡村伦理所培养起来的价值观念，从而陷入极度的内心尴尬和痛苦之中。作者以《泥鳅》为书名，寓意极浓。泥鳅在鱼类家族中是比较低贱的一类，更没有城里大鱼缸中的金鱼那般名贵。但在主人公国瑞眼中，泥鳅是一种吉祥之鱼，生命力强，能给人带来好运，所以他在进城后把泥鳅喂养在玻璃缸中。然而，在紫石苑的一次家宴中，那一缸泥鳅却被都市人三阿哥一伙当成了味美菜肴给"米西"了。泥鳅也是鱼，民工也是人。然而，进城民工的命运却像泥鳅一样，成为被城里人任意宰杀的鱼，小说流露着作家对农民工命运的同情和关怀，同时揭露出城市对农民工的冷漠和欺诈。

同样，邓建华的《乡村候鸟》也通过一个个进城谋生者酸甜苦辣的生活故事，勾勒出这些生活在城市底层人群的生存苦难。斑点狗卖苦力，黑马当车夫，刁蛮爷收废品，醉鱼开录像厅，来米当代课老师，米良当小秘兼出卖肉体……他们每天从清晨到日暮行走在城市的边缘，干着最为人不屑的又脏又累的苦活。刘继明《回家的路究竟有多远》中进城打工的"我"，只因开工时打了一个盹，就被老板毒打致残，被抛到一个偏僻的地方自生自灭，并且打工辛苦大半年却一分工钱没有拿到，最后只得用手撑划板车踏上了回家的漫漫征程。罗伟章《故乡在远方》里的陈贵春，怀着美好的理想外出打工，却被城里的"小白脸"骗到两广交界的采石场，在那里饱尝灵与肉的双

---

① 尤凤伟：《〈泥鳅〉我不能不写的现实题材的书》，http://www.people.com.cn，2002-9-10。

重折磨,最终在走投无路的情况下铤而走险而被枪决。陈应松《太平狗》里的程大种,带着美好梦想和山里人的淳朴善良来到城里,可到城里后遭遇的却是种种陷阱,最后在城里人的哄骗之下进入了一家牢狱式工厂,在那里命丧黄泉成为城里的冤魂。这些小说用血与泪真实地展示出进城民工被奴役被损害的命运遭际,表达出作者对进城农民生存状态的关注和人生命运的关怀。另外,像鞠广大父子、吉宽(孙惠芬《民工》、《狗皮袖筒》)、王家才(李晓兵《生存之民工》)、车小民(顾武《拉车人车小民的日常生活》)、郑大宝(罗伟章《我们的路》)这些进城打工的乡下民工,除了身体之外几乎是一无所有,他们只能在杂乱的建筑工地、极其危险的矿井、条件恶劣的工厂,或像祥子一样充当人力车夫,靠出卖最原始的体力来换取生存所必需的货币。由此可见,他们来到城里绝对不是来享受生活,在某种意义上是在承受身体的苦难。相对于这些进城的乡下男性,那些从贫穷乡村来到现代物欲横流的大都市的农家女,她们在城市里也同样承受着"被侮辱和被损害"的身体之痛,这将在以后的章节中作专门论述。

二 苦难的生活

20世纪八九十年代以来,中国社会正处在历史性的转型和变革时期。广大乡下农民为了改变贫穷的现状,带着美好的梦想来到城市,建楼、修路、卖菜、送货、装修、清洁、做保姆、当保安……他们干着最累、最苦、最脏的活儿,用粗大的双手撑起一个又一个现代化的都市,但城市给予他们的不是温馨和欢乐,而更多的是疼痛和苦难。他们中的一些人连基本生活都得不到保障,有的甚至流落在城市边缘,陷入生活困境中苦苦挣扎。"起得比鸡还早,睡得比猫还晚,干得比驴还累,吃得比猪还差",成为形容中国农民工生存状况的"经典"比喻。面对进城民工的苦难,一些作家开始走进这一特殊群体,用他们的笔真实地记录下进城民工在城市边缘的生活境遇和命运遭际。如尤凤伟的《泥鳅》、荆永鸣的《北京候鸟》、罗伟章的《我们的路》、孙惠芬的《民工》等。发掘20世纪90年代以来的小说文本，我们可以发现这样一条脉络，即90年代作家关注的中心不再是文化冲突，而是流动农民人性生存状态的真实图景。作家所描绘的农民不再是80年代那种仍然处在两种文化冲突煎熬中的矛盾人物，而是在乡村别处如何艰辛生存的苦难者。从他们的身上，我们可以看出进城民工在走向城市的道路上感受着"激情、热情和狂喜"，但也不可避免地体味着"遭际、顿挫和泪水"，这是中国农民城市化进程中生活状况的真实写照。

荆永鸣作为一个有着切身打工经历的作家，他的"外地人"系列小说就真实地记录了外地人在城市生活的苦难与艰辛。《北京候鸟》中的乡下农民来泰，"膝盖处竟聚了一个碗大般的疙瘩，疙瘩以下的小腿很细，细得几乎没肉了，只剩下骨头了"，但为了生计不得不瘸着一条腿来到北京讨生活。当初因一时找不到工作，只有在"我"开的小餐馆里负责送菜。为躲避当地警察的检查，他不得不每天凌晨三点出发，八点钟前返回餐馆。后来来泰改行去蹬三轮车运送货物，却遭受当地人蚕皮子的排挤和痛打。最后，他用自己的全部积蓄盘下一家小餐馆，结果开业没几天却遭遇拆迁，血汗钱被人骗走而无处申冤。来泰的要求并不高，他只想通过自己的努力，在城市找到一个容身之地，但最终他这么小小的愿望都难以实现，只能像一只候鸟悲惨地寄居在城市的缝隙里。透过来泰在北京城的不幸遭遇，我们可以感受到进城民工在城市的生存是何等艰辛，他们的进城之路充满着意想不到的风险和苦难。《走鬼》中的民生和小芹，他们像千千万万来自五湖四海的外地人一样，从一个贫困的山村在拥挤如罐头盒一样的火车厢里煎熬了几天几夜，来到喧嚣而陌生的城市里谋生。经过一段孤立无援的漂流之后，才找到一个可以落脚的地方。最初，民生蹬着板车到很远的蔬菜批发市场里买菜，再拉到城市的一条小街上做卖菜的生意，一天下来能有一笔很小、但对他们来说也算得上是很不错的收入。可是没过多久，这个菜市场就被取消，所有的摊贩统统搬进一个新建的大厅里去，他们不得不与城管玩起永无宁日的"走鬼"游戏。还有《虫子》里的王奔，来到城市在一家餐馆做杂工，拿着每月三百元钱的微薄工资维持生活。每天择菜、杀鱼、洗盘子，尽管干这些细活，但还充满着"风险"：他做梦也没想到客人竟吃出来一只虫子。"王奔的脑子里'轰'的一声，还没等他从惊愕中镇静下来，只见那两个手指头轻轻地一合，一拈，王奔就觉得把自己给捏死了。"结果，王奔就被老板炒了鱿鱼，更要命的是还不给王奔的工资，只从牙缝里给了他一个字："滚！"作者通过通篇荒诞而又真实的描写，揭示出农民在整个城市大机器中不过是一只渺小的虫子而已，小说用血和泪来控诉城市给这群候鸟带来的肉体与灵魂的双重苦痛。

如同荆永鸣一样，作为乡土女作家的孙惠芬也将书写视角聚焦在进城农民身上，写出了这一弱势群体在城市面临的极其窘迫的生活困境。像《民工》里的进城农民每天人挨人地睡在由几辆旧客车车体拼接的工棚里，棚子里热得晚上无法睡觉，加上臭脚汗脚招来蚊虫，工棚臭气熏天，简直就像厕所一样。他们吃的是"大白菜大酸菜清汤寡水"的饭菜，而且还不能随便吃，因为"工地上严格规定，每顿饭每人只盛饭一次，而只要他们盛过一次饭，那掌勺的胖子便牢记在心"。如果再排队去打饭，就会受到不给工钱的威胁。可见，在鞠广大干活的那个工地，民工的生存条件苛刻到了极点。孙惠芬用细腻的笔触真实地再现了进城民工的生存状态，他们在城市的建筑工地干的是最累的活，为城市居民建起了一栋栋高楼大厦，但是他们却只能蜗居在那狭小而阴暗的工棚里，过着非人般的苦难生活。不仅如此，他们一年到头辛辛苦苦工作，却连基本的工资也得不到保障。像鞠广大父子在工地干了半年，因急于回家奔丧，却拿不到应该拿到的工资。小说《民工》里所发生的事情，正是中国广大农民工城市生存状态的一个缩影。还有石钟山《幸福的肾》中的李木根，在农村走投无路的情况下与妻子小香来到北京，最初在一家建筑工地搞建筑，妻子因怀孕在工地做饭。在单调沉寂的生活中，他们盘算着自己的未来，准备用挣来的钱在老家翻盖一栋新房。"结果，李木根只做了一场黄粱美梦，年底结算的时候，包头工卷起铺盖一走了之了。"那个姓梁的领路乡亲也吊死在工棚外的一个树桩上。无奈之下，他改行在北三环附近一个菜市场卖菜。每日里风雪无阻，起早贪黑，挣点钱也只能养家糊口，在这过程中，孩子、大人还不敢有病。有一次，他不经意间看到报纸上刊登的换肾广告，为此惊讶得喜出望外。"那一瞬间，李木根的心脏快速地跳了起来，十万元，一只肾值十万元，别说一只肾，就是一条人命能值十万元吗？"为了让母亲、老婆和孩子住上新房子，过上好日子，李木根决定将自己一只健康完整的肾卖给一个公司的董事长，因为对方开出十万元的高价。在李木根看来，十万元是新房子，是儿子未来的学费，是一家人过上好日子的重要筹码，与这相比，一只肾又算得了什么呢？李木根将那张十万元的存折"紧紧地揣在怀里"，"泪水从他眼角溢了出来"。这泪是拥有了钱、拥有了新生活的激动之泪，更是农民工面对生活的残酷、无奈屈从的悲戚之泪。由此可见，在城市巨大的生存压力下，进城农民竟然沦落到出卖身体器官的地步，可悲的是还充满了侥幸和对买肾者的感激。

三 疼痛的性爱

性爱是人的最基本的生理和心理需要之一，是除了饮食之外人类的第二自然本能。然而，随着城乡劳动力流动的增多，夫妻长期分居的现象越来越普遍，一些已婚或已成年的民工远离亲人，只身来到陌生的城市工作。在劳累的工作之余，他们正常的性需求因各种原因长期得不到满足。在这种状况下，很多人存在着性压抑；有的人因非法姘居闹得妻离子散，有的人因偷偷嫖娼患上性病，甚至触犯刑律。当前，进城民工们的性压抑已经成为一个不容忽视的社会现象[①]。据《瞭望东方周刊》调查表明，对于生理处于性欲旺盛期的年轻农民工来说，性压抑成了他们感情生活的一大痛楚。这些身在异乡的打工人群，不仅面临着巨大的生存压力和心理压力，还承受着难以排解的性压抑。

荆永鸣的《创可贴》就是一部反映进城农民工性饥渴现实境遇的作品。主人公胡三木来到工地两年多了，平时除了发些劳动保护用

---

① 王涛：《民工性状况写真》，《健康生活》2010年第10期。

品,其他什么也没有发过。这次,两位社区女干部来到工地给他们一边讲解,一边发放预防艾滋病的小册子和与此相配套的另一种东西——安全套,这让他们感到既害臊又为难。因为,对于农民工来说,性这个东西是难于启齿的,要说性生活,他们只能回家后才能有,或者老婆来工地暂住,平时那是想也不用想的。现在,两位女社区干部来发安全套,他们既然没有性生活,"发这个鸡巴玩艺!这上哪用去呢"?开始大家有些扭捏,到后来竟然抢了起来。"人们抢的,只是那种'一盒十袋,一袋两只装'的安全套,而那些如何预防艾滋病的小册子,却根本没人要。"抢到手的人有的扔了、玩了,有的将它吹成气球,用烟头一个一个捅破,"放爆竹似的,在一声刺激的脆响之后,便获得一种释放般的满足"。而胡三木却不动声色地留了一袋,想把这个东西给用了。但"这轻如鸿毛的东西,有时候竟然变得万般沉重,压得胡三木透不过气来——每当他把手伸进衣兜,有意或无意地触摸到它的时候,一种暗示,一种刺激,一种热血沸腾的感觉便直冲心口,非常难受"!有一次,他便拿着发下来的避孕套夹在钞票里,企图试探那个离了婚的翘屁股老板娘,却遭到这个霞什么的女人厉声责问而得了脑血栓。这些被胡三木一时灵感叫作"创可贴"的安全套,不但不能给进城民工带来生理上的安全,反而更加重了他们生理和心理上的疼痛和伤害,这种疼痛和伤害是任何"创可贴"都无法医治的,这正是当下绝大多数进城打工者的性爱现实境遇。其实,胡三木家里有一个非常漂亮的米脂婆姨,但是正如千千万万进城打工者一样,胡三木为了生计不得不背井离乡,离开自己的温馨家园来到陌生的城市。这不仅是简单的生活空间的转移,更是内心深处心灵情感的断裂。他们孤身一人生活在城市里,失去了家庭的温暖,失去了爱人的安慰,失去了灵与肉的爱抚,从而导致生理和心理的残疾和苦痛。

　　孟子曰:"食色,性也,人之大欲。"性爱的缺失和剥夺,目前已成为众多进城民工的生活常态。"已婚者长久别离,未婚者难觅伴侣,原本常态的性生活要么无限期地延误,要么欠缺得一塌糊涂,这种对人性本能的剥夺，无疑在人的生理和心理上都是摧残和扭曲。"[1]不但如此，即使那些夫妻双方进城或有性爱对象的民工，由于所处时空环境的限制也同样承受更加压抑的痛苦。像打工作家王十月《出租屋里的磨刀声》的天右与女友何丽为了释放情感，在狭窄的出租屋里做爱，却频频被隔壁的磨刀声打破，最后他俩的恋情被磨刀声摧毁。而磨刀人原本是一位小学教师，因爱上了村长的女儿在工作十一年后依然不能转正，于是便和村长的女儿宏一起来到南方打工。他们相濡以沫，可是却始终不能拥有一个完整的家——只因为贫穷。后来，宏去酒店工作被经理灌醉陪客人睡了，她对不起他，决定做一年的小姐，然后和磨刀人到没有人认识的地方生活。磨刀人对自己的无能和女人的委屈感到十分的痛苦，每晚都忍受着极大的屈辱感让自己的女人去陪别的男人睡，同时更无法忍受来自隔壁的欢爱声，于是在深夜"磨刀霍霍"来发泄心中的郁闷和怨恨。然而，这磨刀声"摧毁了天右和何丽脆弱的安全感"，打破了他们情爱空间和谐的气氛，最终使天右变成了"性无能"，女友何丽也因此离他而去。同样，荆永鸣的《大声呼吸》中虽然打工者夫妻共同生活在一起，但由于租住的房子很狭窄，而且隔音又不好，他们每次只能"小心翼翼地把门打开，再轻轻地把门关上"，"总之，在所有与声音有关的事情上，哪怕是上床睡觉啥的，都一律小心着，克制着"。每当他们想彼此亲热的时候，就会被隔壁的咳嗽声打扰，只能屏声敛气，"憋得心脏咚咚直跳"，感到格外的压抑。因此，他们渴望能够自由地"大声呼吸"。还有王十月《印花床帘》中的四个打工妹同住一室，已婚的梅为了能和丈夫偷偷恩爱一回费尽心思。有一次，梅让老公趁保安不备偷偷溜进来，悄悄藏在她四周围上了厚厚的床帘的床上，不料由于竹和兰打架时一不留神，竹坐倒在梅的床上，撞开了床帘倒在了男人的身上，梅的丈夫便暴露在众人面前。梅慌乱地穿衣，一脸尴尬，梅的男人此刻羞愧得恨不能找个地缝钻进去。郭建勋《天堂凹》里的德

---

[1] 常海：《性爱的剥夺与放纵——"打工文学"中的性爱与文明》，《沈阳大学学报》（社会科学版）2012年第2期。

宝和春妹,虽然同在一个工厂上班,但却不能过正常的夫妻生活,有时只能冒险偷偷溜进女工宿舍或者钻进荒地里解决生理需求。由此可见,进城打工者的痛苦不仅仅来自物质生活,更多的是来自生理和心灵的无奈和疼痛。

第三节　迷失旅途：遭遇身份的尴尬

丹尼尔·勒纳（D. Lerner）指出："传统社会是非参与型的社会,它通过世袭的办法把人们安排在各个彼此隔绝和偏僻的社区中,它缺少使人们相互依存的纽带,人们的视野被局限在一个地方。"①显然,农村生活体验以及由此形成的心理的、思维的、人格的特点是无法适应现代城市生活的。乡下农民进城后,在城市每天感受的是一种完全不同于以往在农村生活时的文化氛围,这种巨大的"文化震荡"使他们陷入人城分离的尴尬处境。对此,孟繁华先生也指出："乡下人进城就是一个没有历史的人,乡村的经验越多,在城里遭遇的问题就越多,城市在本质上是拒绝乡村的。因此,从乡下到城里不仅是身体的空间挪移,同时也是乡村文化记忆不断被城市文化吞噬的过程,这个过程对乡村文化来说,应该是最为艰难和不适的。"②

一　身份的危机

"我们已经生活在一种存在的领悟中,但同时存在的意义又归于晦暗","存在的不可定义性并不是叫我们取消对存在意义的追问,而是逼使我们去正视它"③。当前大批涌入城市的农民,正扮演着一种尴尬的角色——"农民工",这一称谓很明显地指出了这一群体的矛盾性和边缘性:由于生活、劳作的环境变了,方式变了,条件变

---

① ［英］安德鲁·韦伯斯特：《发展社会学》,陈一筠译,华夏出版社1987年版,第31—32页。
② 孟繁华：《"到城里去"和"底层写作"》,《文艺争鸣》2007年第6期。
③ ［德］海德格尔：《人,诗意的栖居》,郜元宝译,广西师范大学出版社2000年版,第42—44页。

了，他们已经不同于传统意义上的农民；但是，他们由于户口还在乡下，不能享有城里人的待遇和权利，因而处于半城半乡的身份尴尬状态。像范茂林的中篇小说《城市农民》就塑造了这样一个典型——被称为"城市农民"。主人公钟如意进入城市之后并没能事事如意，生活中，他不过是改变了一下生存的空间，转换了一个社会角色。尽管此时他可以和城市人一道共享这个空间，共同呼吸城市的空气，但在生存方式和生活质量上却很难与城里人比肩。在他眼中，城市仍然是城里人的。为了争取在城市立足和获取生存的条件，他请客、送礼、拉关系，甚而掏钱买户口，但最终仍是猴子捞月——竹篮打水式的一场空，尤其是买户口遭骗，积蓄用尽，几乎使他陷入绝境。钟如意只得退守他的最后一道心理防线，甘愿做一个城市的"边缘人"——城市农民。罗伟章《大嫂谣》中的胡贵是一个从川东走出去的农民，他凭借自己的憨厚老实和艰辛劳动在城里成为一个包工头，家乡人都把他当成"城里人"了，但他自己却认为还是个地地道道的农民，从骨子到表皮都是农民，他融不进城市，城市也不愿意接纳他。小说表达出进城农民在城乡文化冲突下的尴尬处境和身份认同危机。同样，这种身份危机在孙惠芬笔下的吉宽身上得到体现。"实际上，不管是我，还是林榕真，不管是许妹娜，还是李国平，还有黑牡丹、程水红，我们从来都不是人，只是一些冲进城市的困兽，一些爬到城市这些树上的昆虫，我们被一种莫名其妙的光亮吸引，情愿被困在城市这个森林里，我们无家可归，在没有一寸属于我们的地盘上游动；我们不断地更换楼壳子住，睡水泥地，吃石膏粉、木屑、橡胶水；我们即使自己造了家，也是那样浮萍一样悬在半空，经不得一点风雨摇动……我们的梦想伸展到不属于我们的种群里，触摸了我们跟这个压根就跟我们不一样的种群的界限，最终只能听到这样的申明，你错了，你不能把自己当人，你就是一只兽。"从吉宽的内心独白可以看出，进城农民来到城市后陷入一种"无根"的漂浮状态，他们在城市不仅要承受艰苦繁重的体力劳动，还要忍受城市文化对他们歧视和排斥的精神苦痛。

在这一方面，荆永鸣更是一个专写乡下人进城后所遭遇到文化尴尬的作家，他的系列作品所呈现的"尴尬中的坚守"，正是作家对城市文化批判的折射，对农民文化心理异化的深层揭示。为了突出进城者和城市人身份的差别和人城分离的尴尬处境，荆永鸣在《大声呼吸》里，对打工者的位置做了精心的安排。在京城开小饭店的刘民，平日里喜欢拉拉二胡，吼上两嗓子。热心的刘民加入了公园里那帮唱歌跳舞的老年人群体，正当他陶醉在"刘老师"的甜蜜回想中时，城里人老胡忽然问起他是干什么的。刘民迟疑了一下，说自己是开餐馆的。

老胡点点头说，这就对了。
彭梅不解地看着老胡，问他什么叫"对了"。
老胡说，您没瞧他指挥时的架势呀？一掂一掂的，嘿，他妈整个一掂勺！
老胡一边说，一边摹仿着炒菜掂勺的动作，还一挺肚一挺肚的，特别滑稽。
众人哄然大笑。
刘民顿时怔住。

刘民本以为自己像城里人那样在公园里蹦蹦跳跳，唱唱歌跳跳舞，有人称呼自己是刘老师，自己的城市人身份就加重了许多。可惜在老胡咄咄逼人的"这就对了"的话中，刘民的城市梦顿时破灭了。此后，他垂头丧气，硬着脖子离开了公园。刘民走后，留下的那帮老头老太太，开始认真讨论起这种身份差别，最后一个老太太站出来，说人与人之间最重要的是互相尊重。她的意思是并不要把城市和乡下区分得那么清晰，最重要的是要站在人的角度和立场上，去真诚地对待彼此。对此，老胡嗤之以鼻："我干吗要尊重他？他是谁呀？啊？我就看他是掂大勺！怎么啦？"身份的尴尬和生存的坎坷，将刘民这类在城里过得不错的乡下人的尴尬境遇刻画得入木三分。

另外，他的《北京候鸟》更是体现了进入都市中的外地人，总比城里人有着太多的阻隔，也有着太多的尴尬。这是农耕文明与工业文明和商业文明之间产生的文化冲突，正如作者自己所言："我笔下的人物差不多都处在不同的尴尬里——一个保姆精心伺候一个瘫痪的男人，在终于'养活了'男人的一只手时，这只手却要去摸她的羞处（《保姆》）——是尴尬；卖烧饼的小伙子用刀子吓跑了撒野的城里人，事后自己的手却老是抽筋儿（《抽筋儿》）——是尴尬；一个餐馆里的伙计在警察'查证'时被吓尿了裤子之后才意识到自己证件俱全（《有病》）——是尴尬；本篇中《北京候鸟》的来泰在城市的雨夜中找不到自己赖以栖身的居所也是尴尬。如此说来'尴尬'是不是已经不知不觉地成为我小说里的一种符号呢？"[①] 可见，荆永鸣的系列小说将进城乡下人陷入文化尴尬的无奈表现得淋漓尽致。对此，打工诗人辛酉在《我们这些"鸟人"》中也写出了进城民工的身份尴尬："我们这些生活在城市/却被称为农民的人/我们这些返回家乡/像是走在异乡的人/我们这些两栖人/我们这些两不栖的人/我们这些中间人/我们这些被抛弃了的人/我们到底都是些什么人?! /我们到底都是些什么人?! "这些进城民工游走在城乡之间，不知道自己是谁，是工人，还是农民，他们始终找不到一个准确的名称来界定。最后，只能称呼自己是像候鸟一样迁徙的"鸟人"。可见城市永远是别人的城市，进城农民工无法得到城里人的尊重，也无法真正走进城里人的情感世界，他们只能成为一群被挡在城市大门之外的边缘人。正如隋晓明在《中国民工调查·序言》中写道，"我们流浪，从上个世纪80年代到又一个世纪。我们见证这个城市的日新月异，但这万家灯火却离我们很远"[②]，这正是当代中国进城民工尴尬处境的真实写照。

二　人性的扭曲

相对于乡村"熟人社会"而言，城市完全是一个"陌生人"社会。每一个从乡下走进城市的农民工，他们在城市这一新的环境中，

[①] 荆永鸣：《在尴尬中坚守》，《小说选刊》2003年第9期。
[②] 隋晓明：《中国民工调查·序言》，群言出版社2005年版，第1页。

不仅承受着繁重的体力劳动，更经历着一种身份尴尬的痛苦，这种痛苦来自城市对他们的蔑视或者说他们对城市的不适应。面对这种不公正的待遇和心灵的苦痛，进城民工便不自觉地在平日卑微的举止中渗入了敌视与仇恨。在城市文明的挤压下，他们之中有的人选择在城市的夹缝中抗争，用自己的诚实劳动实现自我价值；有的人发现通过诚实合法的劳动并不能获得所期望的财富而陷入绝境时，便采取极端暴力的形式走向复仇的反抗之路。

李佩甫笔下的冯家昌（《城的灯》）就描写了乡下人冯家昌在走向城市的道路上人性如何一步一步扭曲蜕变的过程。从某种程度上，冯家昌似乎是高加林的翻版，作者是在把他放在城乡二元结构的中国现代社会中表现的。梦魇般的苦涩乡村记忆推动他不辞历尽千辛万苦逃离乡村，欺骗了深爱他的恋人刘汉香，背离了他从小建构的乡村文化价值观。在小说文本中，我们会看到两种文化价值在他这个不乏良知的生命个体中是如何进行厮杀和毁灭的。那发自内心的欲望与道德的冲突惨烈而痛心，凄绝而无奈：

> 夜里，躺在床上，冯家昌哭了，是他的心哭了。泪水在心上泡着，泡出了一股一股牛屎饼花的味道。还有月光，带干草味的月光。但，那就是泪么？那不过是一泡亏了心的热尿！当着周主任，他说出的那两个字，就像是铅化了的秤砣，一下子压在了他的心上。他觉得他是把自己卖了。那么快就把自己卖了。就像是一只赶到"集市"上的羊，人家摸了摸，问卖不卖？他说卖、卖。他也可以不卖的，是不是呢？可既然牵出来了，为什么不卖？

在冯家昌这里我们不难发现乡村逃离者们从一开始就踏上了不归之路。为了改变自己和家族的命运，冯家昌背离他从小建构的乡村文化价值观在城里夹着尾巴做人。经过长期的运筹谋划和不懈努力，他最终把冯氏家族逐步迁徙到城市，实现了由乡下人到城里人的转换。但城市的繁华并没有让冯家昌的内心得到安宁，他始终找不到自己对城市的归属感和城市对自己的认同感，从而成为一个不被城市和农村认同的"异客"。作者在最后安排了这样一个细节：在冯家昌四十五岁生日那天，几兄弟回到了家乡，想看看家乡的月亮，但是遭到了别人的拒绝。"就在这一刹那间，他们心里突兀地冒出一个念头：今生今世，他们是无家可归了！"最后，他们都跪拜在刘汉香的墓前。这个"城里人"真正在城市的灯红酒绿中找到了自己的位置了吗？真的得偿所愿、称心如意了吗？没有。城市的繁华并没有让冯家昌的内心得到安宁，而乡村却已没有了他的位置，他的心灵只能漂泊在路上。由此可见，冯家昌以及冯氏家族的进城之路，是以牺牲冯家昌的人性为代价的，他将永远背负着沉重的十字架而不得安宁。

邓一光的《怀念一个没有去过的地方》则通过描写一个新式农民远子闯武汉的悲剧命运，展现了他拥抱城市梦想的破灭，并最后走向与城市的对抗。当初，远子对城市有着强烈的冲动和梦想，在梦想的推动下，带领他的弟兄同闯武汉，但在一次次的失败后，梦想被城市碾碎。远子是进城乡下人的一个典型代表，他深刻地感受到城市以及城市文化的优势地位，他想依靠个人的力量去征服城市，但是当合法的谋生手段被城市所拒绝、排斥后，他们开始反抗城市，反抗社会给他们的命运。小说中的远子后来拒绝回乡的言语，是他心态最好的表达：

> 城市的意思是什么？是我们这种乡下人永远也不可能成为主人，永远也不允许进入，永远找不到位置放下自己的脚，城市就是这种地方。我不是不想干别的事，可你所谓的正经事，它们全是留给城市人了，城市人想不想能不能干都是他们的，他们宁肯把那些事呕烂也不会让我来干，他们不光不让干，他们中间的一个白痴都可以叫我滚。他们问我，你的户口呢？你的暂住证呢？你仔细听一听，暂—住—证，意思是停下来歇歇脚你就滚蛋，滚蛋以前还得把你弄脏了的地方收拾干净，因为你是乡下人，乡下人等于是城市垃圾。他们按照这个方式分出不同的人和人，然后他们就开始打包，把不同的人分别送到不同的地方去。我凭什么

就该遵守这种秩序？凭什么要按照他们的规定生活？我就要按照我的方式来生活，按照我的方式来征服城市，我不会听天由命，我就是做恶人，也要咬城市一口！

　　远子充满仇恨的演说，正是对城市的一种控诉，也是对自己农民身份的一种哭诉。远子悲剧性格来源于城市与农村的隔膜，来源于两个不同的身份和社会地位的群体所代表的文化的冲突。远子最终失败了，"像一堆垃圾一样，被武汉扫了出去"。小说向我们展示了在城市中挣扎的个体生命，反映了他们在当下城市化的大潮中与城市的冲突，他们对于城市的矛盾心态和扭曲心理。

　　同样，这种复仇心理在鬼子的《被雨淋湿的河》中也得以呈现。小说主人公晓雷家境贫寒，母亲去世后无心读书，便偷偷跑到外地去打工。但第一次出门就被骗到一个地处荒野的采石场。头一个月发工钱的时候，杨老板没有给他一分钱。第二个月发钱的时候，还是没有他的。老板是从第三个月开始发工资，好多工人因此干了一段时间无法忍受准备走时，前两个月工资就顺理成章成了老板的额外之财。晓雷知道后，便找老板要回那两个月工资，但老板却说"想要钱就接着干"，否则，就马上滚蛋。晓雷怒不可遏，一气之下杀死了那个榨取工人血汗钱的采石场老板。后来，晓雷来到了一家日本老板开的服装厂做苦力。为了抢时间按时交货，老板没日没夜地让他们加班。三个多月后的一天下午，为搜查一件衣服的下落，服装厂老板竟要保安当着所有职工的面扯脱一位嫌疑女工的裤子，而这位女工当时已怀有五个月的身孕。人格被亵渎、尊严被剥夺，让晓雷再一次站了出来，把那两个保安推倒在地上，并坚决做一个"不下跪的打工仔"。这件事情被媒体曝光后，晓雷不得不回到老家。回家后，他得知父亲工资被上级领导扣留拿去搞投资，于是又策划被扣押工资的教师集体去示威，晓雷因此事触犯了教育局领导。最后，他在一家煤矿打工时，被与教育局领导有亲戚关系的矿主陷害致死。尤凤伟《泥鳅》中的蔡毅江、小解同晓雷一样，他们在打工屡屡受挫后走上了反抗城市的毁灭之路。蔡毅江在天成搬家公司工作时睾丸被挤破，因得不到及时治疗而失去了"男根"。女友寇兰为筹集医药费受神秘女人"吴姐"引诱，被迫沦落风尘走上卖淫之路。蔡毅江与天成公司老板打官司，由于老板上下打点又输了官司。在绝望之中，蔡毅江组织了具有黑社会性质的"盖县帮"，从此走上了一条向城市报复的涉黑称霸之路。蔡毅江最初的报复是强奸了侮辱过他的女大夫黄群，继而又把黄天河的搬家公司给砸了。小解最初在"小肥羊"干杀羊工作，老板以帮助联系出国打工挣大钱为名，让想出国的小解交三千块钱办证，结果出国梦想破灭，老板不但不退钱还把他辞退了。小解当初为了拉朋友一把，也帮王玉成报了名，事没办成王玉成便要他偿还被骗的钱。小解一气之下铤而走险，去了上海做起绑票打劫的勾当，从熟人视线中消失成为一个城市"隐形人"。可见，这群游进城里的泥鳅，当生存的梦想在城市彻底破灭，他们往往会采取这种极端的反抗方式，并且为此付出了极大的代价，甚至走上一条自我毁灭的不归路。

三 心灵的漂泊

英国诗人弥尔顿的《失乐园》是关于"漂泊"主题的文学经典：当亚当和夏娃被上帝逐出伊甸园，辗转于罪恶、悲惨、死亡的原罪之路时，也就构成了人类存在的一个基本模式——漂泊。现代都市的诱惑和自身困境的双重牵引使乡下人以前所未有的姿态涌向城市，追寻梦想。但背负沉重的农民性使他们进城的步履艰难，始终难以像城里人那样心安理得地享受城市的荣光。不管乡下人在多大程度上实现了进城的梦想，但他们本质上依然是城市的过客。乡村的文化心理与城市的异域性，决定了他们的心灵更是难以找到停泊的港湾，漂泊便成为一种难逃的宿命。

在罗伟章的小说《我们的路》中，五年不曾回家的郑大宝在新春来临之际付出丢掉工作和两个月工资的代价回到家乡，却发现村子里虽然有那么多的人外出打工，故乡却依旧被贫困和落后笼罩着。土地依旧在，但只是一具僵硬的躯壳了，土地上的生命力已经荡然无存，换句话说，他们的土地已经在实质上丢失了，已经在城市的诱惑中失陷了。土地的失陷就是故乡的失陷，这对归乡者无疑是一种打击。但更大的打击来自现实和世俗目光对人格尊严的伤害。在城里饱受歧视和尊严羞辱的打工者本来以为回到故乡就能静静地疗伤,所以在一定程度上讲,在他(她)们的内心,回家之路其实就是一条尊严回归之路,回家的过程就是尊严回归的过程,他们希望能在故乡重拾他们在城里丢失的尊严。然而现实和世俗的目光将他们心中的这一切希望都摧毁了。林坚和张伟明作为深圳百万打工者中涌现出来的作家,基于自己的人生体验,则透过"漂泊者"的艺术视角,描述了现代人对"都市文明"的背离与向往的矛盾心理以及对都市生活的感应与富有哲理的思考。在《别人的城市》中,段志从小城市来到特区,打工数年,仍感到自己犹如"客人",在这个现代化大都市中,"没有人理我,也没有人注意我"。在段志的心目中,都市不过是"别人的城市",他目睹了都市中的丑恶,体验了因自己地位卑微而导致爱情夭折的痛苦。在迷茫失落中顿生憎恨之情,愤然离去。可是回到家乡,他却发现自己竟成了外人,第一次感觉到这个历史悠久的小城市的沉闷和压抑,最终还是离别家乡,再次外出打工,又漂泊到这个"别人的城市"里。正如夏天敏的《接吻长安街》中的主人公所言:"我的命运大概是永远做一个城市的边缘人,脱离了土地,失去了生存的根,而城市拒绝你,让你永远的漂泊着,像土里的泥鳅为土松土,为它增长肥力,但永远只能在土里,不能浮出土层。"身份上的"飘"和心理上的"飘"成了进城乡下人的真实写照。

另外,在《民工》《生存之民工》《回家》《小姐们》《狗皮袖筒》《瓦城上空的麦田》《红煤》《北妹》《小姐回家》等小说中,回归故土便成了众多选择中最为现实的一种。但在资本强烈冲击下的乡村,传统意义上的伦理道德、价值观念已经分崩离析,难以为继。乡村已经不是一方精神乐土,也就无法安息返乡者漂泊的灵魂。冯家昌、吉宽、鞠广大、钱小红、刘素兰等梦中的乡土已经面目全非。返乡后的阿莲在村支书等基层官僚的排挤打压下,不得不隐姓埋名流落他乡,再一次踏上流动之旅。刘素兰的酒店因为各方的赊账、赖账而被迫关门,也只能再次离乡进城。"面对被工业社会和城市化进程所遗弃的乡间景色,我像一个旅游者一样回到故乡,但注定又像一个旅游者一样匆匆离开。对很多人来说,家园的意象已经破碎,它只能像城市一样成为漂泊途中的一个驿站,那么下一站乡下人将飘向何方呢?他们的根究竟在哪里?"这是乡下人进城叙事提出的一个沉重的现代性命题。"我们的路"于是在此意义上成为一个社会隐喻,它将延伸至何方,它的终点又是什么?这无疑表征着知识分子在走向现代文明时,有对现实的忧虑,有对理想的迷茫,也有对乡村和现代文明的双重批判。正如有些论者指出,"在历史的暴力转换期,动力与反动力判断分明,而在和平转型期,价值判断则复杂得多,因为新与旧往往都可以在转型中获得同样合理的存在理由。所以,当现代化进程的帷幕全面拉开后,作家的价值取向似乎一下子遇到了难题,陷入了两难之境。但这并不降低作品的艺术魅力,因为作家正视并真实地表现了生活的二重性反而增强了作品的艺术韵味"[①]。同时,"家园何处"的尴尬状态也预示着城市与乡村之间的"断裂",从而启示我们往更深处思索城乡文明转化的复杂关系。

---

① 卜艳梅:《何处是我家园——李佩甫面对乡村和城市的两难选择》,《信阳师范学院学报》(哲学社会科学版) 2004 年第 4 期。

第三章　城乡二元结构下的女性追求

新中国成立后的1958年，《中华人民共和国户口登记条例》的颁布实施，使城乡之间区域界限分明、人员控制严格、产业分工清楚、管理方式迥异，从而形成了具有中国特色的城乡"二元社会结构"[①]。新时期改革开放以来，随着家庭联产承包责任制的推行和农村劳动生产率的提高，原来隐性的农村剩余劳动力便从农业中游离出来，农村劳动力转移问题日益突出。尤其是进入20世纪90年代以后，随着市场化的深入推进，在货币压力的驱使下，农民在土地上的生存空间越来越小，打工已成为农村大多数年轻劳动力的必然选择。但受城乡二元结构的制约，农民如果举家进城打工，将遭遇土地荒芜、子女教育、失业保障、住房、医疗、养老等一系列问题。为此，农村中的年轻妇女（一般年轻的未婚女性）选择进城打工，而年龄比较大的妇女（一般为已婚生子的女性）则选择留守农村，这是她们在当前条件下最大化自身利益的必然选择。在城乡二元体制下，无论是进城打工的年轻女性，还是留守农村的农家妇女，她们在城乡两个不同的空间，承受着这个时代难言的辛酸和隐痛。对此，孙惠芬、毕飞宇、迟子建、盛可以等一大批作家，对社会转型中的乡村女性命运给予了深切关注，塑造了一系列具有鲜明时代特征的农村女性形象。一类是留守在农村生活或劳作的女性形象，即留守者形象；一类

[①] 二元社会结构的概念是农业部原政策研究中心农村工业化城市化课题组于1988年最早提出并详细论述的。所谓二元社会结构，是指人为地把全体公民区分为农业户口和非农业户口，形成农民和市民社会地位完全不同的制度体系。这种举世罕见的城乡隔离制度，形成了城市和农村两个各自封闭循环的体系和市民与农民两种迥异的公民身份。

则是离开故土进城打工的女性形象,即打工妹形象;另外一类,则是冲破传统藩篱的叛离者,即新女性形象。这三类女性形象在新时期以来尤其是世纪之交以及当下的文学创作中得到了不同程度的展现。

第一节 留守乡村:在传统语境中安顿生命

新中国成立后,国家实行城乡二元户籍制度与管理体制,在这种城乡二元体制的制约下,一些农村青年男性通过上大学、参军、招工等极为有限的"合法"途径走进城市,而他的爱人或未婚妻则困守在乡村,成为农业生产的主要承担者。这些"半边户"[①]家庭的女人,则成为中国早期的留守妇女。尤其是20世纪八九十年代以来,随着家庭联产承包责任制的实行和市场经济体制的建立,农村剩余劳动力转移问题日益突出,同时农民在土地上的生存空间越来越小,进城务工便成为大多数乡下农民的一种现实选择。但受城乡二元结构的制约,农民如举家进城务工,将面临土地荒芜、子女教育、失业保障、住房养老等一系列问题。在举家外迁所需高成本的现实压力下,农村大部分家庭只能选择让丈夫外出打工、妻子留守农村,从而形成中国社会一个独特而庞大的留守妇女群体[②]。"据国家民政部统计,目前全国农村留守人口8700万,其中留守妇女4700万,占54.2%。全国妇联统计显示,妇女已占中国农村劳动力的60%以上。"[③] 年轻力壮的男人都到城里打工去了,村庄里只剩下女人、老人和小孩。农村那种"四世同堂"的传统生活、男耕女织的劳动场景已经远去。

[①] 如20世纪八九十年代的农村"半边户",在一个家庭中,一方为农村居民、一方为城镇居民。男人在单位工作,吃着国家"皇粮",而女人在农村当农民,种着"责任田",他们的子女一般也在农村。对这样的家庭,社会上当时称为"半边户"。

[②] 农村留守妇女因农民工异地流动而产生,受我国特殊的社会制度文化以及农民工家庭的理性选择、就业市场需求和留守妇女自身素质等方面的限制,农民工夫妻一方流动、另一方留守且是丈夫流动、妻子留守而非举家迁移的现象大量出现。(见任厚福《农村留守妇女形成的原因及其生存状况的改善》,《达州新论》2011年第4期。)

[③] 蔡敏、李云路、明星:《中国五千万农村留守妇女的艰辛与期盼》,http://news.xinhuanet.com/society/2011-03-07。

这些乡村留守妇女在农村耕种田地、抚育孩子、赡养老人，不仅独自承担着繁重的生产劳动和家庭责任，还承受着沉重的生存压力和心理负担，忍受着这个时代难以言说的辛酸苦痛。对此，路遥、铁凝、李佩甫、孙惠芬等乡土作家，将笔触深入乡村女性心灵深处，展现了城乡二元结构下乡村女性的生存图景，传达出作者对城市化进程中乡村女性命运的深切思考。

一　繁重的劳作

在广大农村尤其是中西部地区农村，留守妇女劳动力占据农村劳动力总数的一半以上，老人无法长时间从事体力劳动，而孩子因为年幼或上学，也无法每天长期从事体力劳动，生活的重担主要压在留守妇女的肩上，她们里里外外一把手，担负起了男人们外出务工后农村所有的生产生活责任。她们每天不仅要从事农活、养猪种菜等，还要洗衣做饭、照顾老人和孩子，尤其是农忙季节，农村妇女们干起活来起早贪黑，中午不离地是常有的事，有的农村留守妇女一年中总要累病好几次。总之，来自生产和家庭方面的双重压力往往令她们不堪重负。新时期以来的乡土小说对农村妇女给予了深切的关注，塑造了一批勤劳、贤惠、善良的传统农村留守妇女形象。像路遥中篇小说《人生》中的刘巧珍，可以说就是一个早期的乡村留守者。小说中的主人公高加林高中毕业回到村里当上了民办小学的教师，但不久就被有权有势的大队书记高明楼的儿子顶替了。正当他失意绝望的时候，善良美丽的农村姑娘刘巧珍闯进了他的生活。刘巧珍对高加林的爱充满牺牲精神，为了他愿意牺牲一切。后来，高加林进县城当上了通讯干事，刘巧珍毫无怨言地替他照顾年迈的双亲，经常给他家挑水、做饭、推磨、喂猪，承担起高家多半的农务和家务活。在城乡二元体制下，"渴望进城"成为众多农村人的梦想，因而，高加林的出走是一种必然，巧珍的留守也是一种必然。然而，在20世纪80年代初，由于受城乡二元体制的限制，巧珍的留守是一种无望的留守，她不能像90年代的农村女性一样走进城市，因此巧珍与加林的爱情也只能是悲剧结局。同样，李佩甫的《城的灯》也塑造了一个像刘巧珍一样的留守者——刘汉香。她是村支书刘国豆家的"千金",在爱情的选择和追求上,比刘巧珍更勇敢、更倔强,义无反顾地把自己的一生交给了自己爱的人。在冯家昌当兵期间,刘汉香还未过门竟不顾父亲强烈反对,毅然踏进冯家这个贫穷潦倒的家门,义不容辞地担当起了"嫂子"的责任,肩负起不堪重负的生活重担。为此,她断然割舍了父女关系,告别养尊处优的生活,在苦难的旋涡里艰难地挣扎着、拼搏着、等待着,用自己的勤劳、智慧、坚韧和毅力撑起了破败的冯家。然而,等来的却是冯家昌对爱情的背叛和抛弃。还有铁凝《麦秸垛》中的大芝娘是圣母型女性的典范,结婚三天丈夫骑了骡子参军走了,大芝娘怀着极大的耐心等待着参军的丈夫归来。但她最终等来的是提了干、说着村里人似懂非懂的话的丈夫提出跟她离婚。大芝娘在遭受丈夫的遗弃后,不顾已经离婚的事实辗转来到城里找到丈夫:"我不能白做一回媳妇,我得生个孩子。"她果然得到了孩子——女儿大芝,她以辛苦的劳作独立抚养大了孩子,不仅没有连累丈夫,而且在遇灾的年头将丈夫一家接到自己的家中吃住。不幸的是女儿大芝的惨死,使她又回到了从前孤苦无依的日子。在改革开放之初的八九十年代,中国农村有很多像巧珍、汉香、大芝娘这样的"留守者",她们不仅有着艰辛和心酸,甚至还存在着爱情、婚姻和家庭风险。巧珍、汉香、大芝娘的命运,正是那个特殊年代众多农村留守妇女命运的一个缩影。这一阶段的乡土叙事,"留守"成了乡村女性的基本姿态,"她们以或纯洁美丽或含辛茹苦的古老姿势静静守候在村口的老槐树下"[①]。

进入 90 年代以后,中国乡村一方面被纳入现代化、城镇化、市场化发展轨道;另一方面却依然停留在传统落后的生产方式上,城乡之间的差距一夜之间被迅速拉大。在这种前现代、现代、后现代并置的时空背景下,传统农村男耕女织变成了"男工女耕",乡村青壮年男性大都外出务工,留守在家的妻子成为农业生产主要承担者。有学者将世纪之交的内陆乡村形象地称为"空心村":"与发达地区的城

[①] 王宇:《现代性与被叙述的"乡村女性"》,《扬子江评论》2007 年第 5 期。

中村相对应的,中国数以十万计的内陆村庄正在蜕变成'空心的村庄',被现代化所遗弃的乡间景色,我像一个旅游者一样回到故乡,但注定又像一个旅游者一样匆匆离开。对很多人来说,'乡村'这个词语已经死亡。不管是发达地区的'城中村',还是内陆的'空心村',它们都失去了乡村的灵魂和财宝,内容和形式。一无所有,赤裸在大地上。"① 如果说新时期之初,"留守"只是一种个别姿态,那么到21世纪初,"留守"则成为一种叙事常态。面对农村土地上发生的深刻变迁,敏锐的乡土小说作家遵循现实主义创作传统,书写出城市化进程中乡村女性的现实处境。像孙惠芬在《伤痛故土》里所写道,"男人纷纷到外边打工赚钱,山里基本是女人的世界"。像三嫂留守在乡下农村,每天在田间拼命地劳作,"在田野土地上驾驭生活的能力无需任何人的宽容和忍耐,纵使你把尖刻变成利刃,急躁变成旋风,都无法摧毁她在垄沟里过生活的意志"。她一个人在山上搂草或在院里喂猪,承担着家里所有的家务活,但"极少有乡下女人那种因贫困、劳累而生出的叹息惆怅和向往"。《给我漱口盂儿》里的爸爸常年在外打工,妈妈负责照顾一家老少,还经常遭受奶奶的责备,不仅如此,家里将旧房翻新时,还是妈妈掏出了自己的积蓄用作开销的全部费用,即使是给婆婆过生日、买肉菜的钱也是她"披头散发,没个女人样子"在山上搂草挣的。《上塘书》里的"男人大多数都到外面做民工去了,可是上塘的土地没有一寸荒掉。水田灌水、插秧、锄草、收割,旱田打垄、下肥、掰棒,一应亘古不变的土地上的活路,全由女人承担。虽然女人被季节和日子累得头发终日蓬乱着,像苞米穗上的绒绒,脸皮粗得仿佛爆开的大米花,女人不是女人男人不是男人的,可水稻依然是水稻的样子,苞米也依然是苞米的样子,到了秋天,它们被女人们从田里归弄到家里,留足一年吃的,该缴公粮缴公粮,该卖议价卖议价,都运输到外面去了"。这些"歇马山庄的女人们",她们春耕秋收,养猪喂鸡,洗衣做饭,从年头到年尾,日出而作,日落而息,守望着生养的土地,守望着常年外出打工

---

① 柳冬妩:《城中村——拼命抱住最后一些土》,《读书》2005年第2期。

的男人，用自己勤劳的双手和瘦弱的身子维系和支撑着一个个家庭。从孙惠芬的小说世界里可以看到，当下农村呈现"男工女耕"的普遍状况，乡村留守女性困守在前现代的土地上，肩负着本应由夫妻双方共同承担的生产劳动和家庭负担。她们不仅承担着田间地头繁重的生产劳动，还要料理诸如洗衣做饭、喂禽养畜等琐碎的家庭事务，有的还要照顾年迈的老人和年幼的孩子，这正是城市化进程中乡村留守妇女的真实写照。

　　孙惠芬小说中所呈现的乡村现实，在方格子的长篇非虚构作品《留守女人》中得到了验证。像生活负担积极沉重的陈一娟，她丈夫在外打工不幸而亡，公公瘫痪在床整整三年，婆婆又不小心闪了腰，还有一个尚且年幼的儿子，家里的三亩水田、一亩多菜地都得靠她一个人劳作；另外一个留守妇女张勤也遭受同样的境遇，她的丈夫在外打工时不幸身亡，公婆年迈多病，老房子年久失修濒临坍塌，一儿一女读书学费需要筹集……一个年轻的乡村女性承受如此沉重的家庭负担。同样，"底层作家"罗伟章对乡村留守妇女生存状态也给予了深切关注。在《河畔的女人》里，"月牙滩"男人们离乡外出后，留给女人的是难以承受的繁重劳动。莓子的男人新婚三天后便去浙江打工，当她千里迢迢来到丈夫身边看到做搬运工凄惨的情景后，便决心回家好好操持他们的家。她每天起早贪黑地忙里忙外，后来因意外溺水导致流产，莓子没有将此事告诉丈夫，而是选择一个人默默承受失去骨肉的苦痛。当她第二次到浙江看望丈夫时，深悟生存比思念更重要，两天之后便毅然地踏上了回家的路。回家后，她喂猪、养牛、耕田、耙地，学会了一个乡下女人"熬日子"的真正内涵，莓子的苦难人生是千千万万农村留守妇女的真实写照。在《故乡在远方》中，石匠陈贵春为了还债去广东打工，妻子杏儿留守在家照顾年迈的父亲和年幼的儿女，并且还不时地有债主上门逼债。在无所依靠、万般无奈的情况下，她常常整夜整夜默默哭泣，可天一亮不得不马上起床，赶牛喂猪、犁田耙地，还去水田里打田坎，累得双腿直打战。由此可见，由于家庭中男性劳力的长期缺失，农村留守妇女承担着超负荷的生活重担，有的留守妇女想同丈夫一同外出打工，但赡养老人、照顾孩子的责任绊住了她们前行的脚步，她们的生活永远都是干不完的农活，做不完的家务，这便是当下农村留守妇女所处的现实境况。

二　寂寞的情感

"中国传统社会秩序是以男人构成社会结构关系的中心，而随着农民工向城市的涌入，农村的社会秩序也就受到了冲击，我们看到的不仅仅是缺失男性而导致的无数个无性婚姻里的空房状态，更多的是乡村女性用以支撑生活的精神的涣散。"① 当乡村男性劳动力外出打工后，夫妻之间无法实现面对面的情感交流，使得这些留守妇女不仅承担着难以想象的繁重体力劳动，还忍受着与丈夫长年分居的孤独与寂寞以及担心丈夫的安全和健康状况。据调查中发现，她们常年留守家中，独守空房，孤独寂寞，存在不同程度的"夫妻分居病"，成为当今中国最大的"寡妇"群体。农村妇女问题作家吴治平指出，繁重的体力劳动似乎还不难承受，让她们更加难以忍受的是长期的性压抑。尤其对于生理处于性欲旺盛期的年轻妇女来说，性压抑已经成了她们感情生活的一大痛楚。在梁鸿所著的《中国在梁庄》一书中，所提到"留守妇女"春梅，身上就体现着吴治平所言的"分居病"——担心外出的丈夫感情出轨，常常害怕、烦躁、焦虑……以致春梅最终用服毒这种极端的方式，结束了自己的生命。在谈及春梅的死亡时，梁鸿说："改革开放'劳务输出'一词成为决定地方经济的重要指标，因为农民出门打工才能挣到钱，才能拉动地方经济。但是，这背后有多少悲欢离合，有多少生命被消磨殆尽并没有纳入到考虑的范围之内。男子离开家乡，一年回去一次，至多两次，加起来不会超过一个月。他们都正值青春或壮年，也是身体需求最旺盛的时期，但是，却长期处于一种极度压抑状态。由于性的被压抑，乡村也出现了很多问题……留在乡村的女性大多自我压抑，花痴、外遇、乱

---

① 苏日娜：《试论孙惠芬笔下的乡村女性形象》，内蒙古师范大学，硕士学位论文2011年。

伦、同性恋等现象时有发生。"① 还有方格子的《留守女人》中，像冬兰、小梅、钱绒、书云、海玉等留守妇女，一方面因两地分居自身的情感与性生活得不到满足；另一方面还深深担忧男人在外对自己的情感是否发生变化。这些难言的苦楚以及对丈夫的担忧，正是当下乡村留守妇女所普遍面临的道德伦理困境。

梁鸿、方格子所反映的留守妇女生存现状，在孙惠芬笔下的"歇马山庄"也同样存在。在《歇马山庄的两个女人》中，年轻的李平和成子、潘桃和玉柱这两对夫妻刚结婚就面临分别的苦痛。小说对成子媳妇眼见年后丈夫就要进城打工而引起的忧伤有一段细腻的描述："到了腊月二十八，年近在眼前，成子媳妇竟紧张得神经过敏……每一夜的结束都让她伤感……好像年一过，日子就会飞起来，成子就会飞走。于是大白天的，就让成子抱她亲她，成子是个粗人，也是一个不很开放的人，不想把晚上的事做到白天，就往旁边推她……她趴到炕上，突然地就哭了起来……到后来，都快哭成了泪人。"当歇马山庄的男人们走光了以后，山庄的寂静就像一潭平静的、泛不起一丝涟漪的死水，沉默得让人喘不过气来。"一个已婚女人的真正生活，其实是从她们的男人离家之后那个漫长的春天开始的。在这样的春天里，炕头上的位子空下来，锅里的火就烧得少，火少炕凉，被窝里的冷气便要持续到第二天……屋子，是夜晚的全部，冷而空；院子，是白天里的全部，脏而旷；地垄，是春天的全部，旷而无边。"这些留守乡村的女人在无尽的等待中忍受着寂寞和辛酸，没有人替她们遮挡，没有人为她们分担。只有接近年关的时候，死寂的村落才会恢复往日的活气，因为在外打工的男人们将回家过年了。此时，"歇马山庄，一夜之间，弥漫了鸡肉的香味、烧酒的香味。这是庄户人一年中的盛典，这样日子中的欢乐流到哪里，哪里都能长出一棵金灿灿的腊梅"。男人的回归才使日子有了日子的样子，使女人才真正成其为女人。然而，第二年春天丈夫们再次离开歇马山庄外出打工后，她们的内心世界又充满着寂寞与苍凉。"送走公公和成子的

---

① 罗屿、刘建华：《"临时夫妻"折射农民进城之痛》，《小康》2013 年第 10 期。

上午，成子媳妇几乎没法待在屋里，没有蒸气的屋子清澈见底，样样器具都裸露着，现出清冷和寂寞，锅、碗、瓢、盆、立柜、坑沿神态各异的样子，一呼百应着一种气息，挤压着成子媳妇的心口。没有蒸气的屋子使成子媳妇无法再待下去，不多一会儿，她就打开屋门，走出来，站在院子里……她发现，屯街上站了很多女人。"这是夫妻离别后，李平留守生活的真实写照，更是歇马山庄女人们生存现状的缩影。她们拥有完整的家庭，却常年独守空房，默默承受情感空虚、生理需求的煎熬，过着"牛郎织女"般的生活。小说通过歇马山庄两个女人的日常生活，展现了转型期中国广大农村留守妇女孤独寂寞的生存状态。同样，孙惠芬的长篇小说《吉宽的马车》也同样展现了留守妇女孤独寂寞的生存状态。歇马山庄大多数男人，都离家做民工去了，只留下有名的懒汉吉宽，他瞬间变成了村里女人的宠儿，变成了女人的抢手货。她们虽然平时是很瞧不上他，但还是争先恐后雇着吉宽的马车。这不是因为吉宽的马车赶得好，而是在这位三十多岁未婚男子身上，她们可以用意淫的方式来满足自己的空虚和寂寞。在现代化、城镇化大潮的推动下，大批乡村男性外出务工导致传统家庭体系趋于涣散与虚空，然而，影响最大的莫过于给留守妇女带来身体与精神上的空置与伤害。作者用细腻的笔触通过歇马山庄日常生活叙事，真实地展现了中国广大农村留守妇女孤独寂寞的精神世界。

相对于孙惠芬而言，阙迪伟《麦地里的云》则更直面地展现了乡村留守妇女性饥渴这一社会问题。"村里的女人原来是相当娇嫩的，胜似花哩，可男人一走，就像失去雨露滋润，花儿开始憔悴了，枯萎了。村里的女人黯然失色，是田地里家里疯忙所致，也是想男人所致呐。"性生活是夫妻生活不可或缺的内容，可这些留守女人因男人外出而夜夜独守空房，饱受性爱缺失的煎熬。由此可见，在这样一个城乡双向流动不断加剧的时代，在一拨拨农村人进军城市的现代化追赶之中，我们这些乡村留守者不仅担负生活重压下的艰辛与苦难，更承受着来自生理与心理的煎熬与焦虑。小说以细致入微的笔触映照出当下留守妇女心灵深处的精神困顿以及苦难命运。不仅如此，农村留守妇女在承受长期性压抑的同时，还时不时遭受他人的骚扰之苦。

甚至一些留守者由于忍受不住长期的空虚寂寞，在男性的引诱和骚扰下出现情感出轨的情况。羊角岩笔下的老樟树湾（《沉默的老樟树》）与歇马山庄一样，村里的男性青壮年大都外出打工，造成留守妇女心理空虚而导致情感出轨。小说中的主角凤子腊月二十八结婚，正月初四丈夫就离开家乡到广东打工去了。怀孕后的凤子，经常坐林大力的出租车到镇上检查，在频繁的接触中两人慢慢产生了感情，林大力车头盔上的气味让她迷醉。同时，林大力也有心刻意使坏，从身体慢慢攻破了凤子的心理防线，最终凤子陷入林大力布置的情欲之网。但让凤子没想到的是，老樟树湾少说也有三十个以上的女人跟林大力发生过暧昧关系。"很多的时候，这是相互生理上的需要，久久得不到丈夫疼爱的女人，也是饥渴难耐啊！"作者借田玉华之口说出了当下农村留守妇女的隐痛，也道出了农村传统伦理面临瓦解的现实。另外，姚岚的长篇小说《留守》也向我们展现出乡村留守妇女承受着生理与心理的双重煎熬与疼痛。小说中的乡村代课教师常翠萍，耐不住煎熬与村主任李斌进行肉体狂欢，又与乡长高成林保持着暧昧关系。另一个留守妇女腊香无法抗拒村干部的性侵犯，背叛自己的丈夫与村支书常刘保偷情并生下私生子龚星。在向阳乡牯牛岭村，强人村霸俨然成了这个女儿国的"国王"，他们恣意霸占势力范围内任何一位有姿色的农妇，村支书常刘保"睡过的女人，少说也有三五十个"！在市场经济的冲击下，祖祖辈辈面向黄土背朝天的农民不再满足于解决温饱，而将目光瞄向了乡村以外的世界。但农民外出打工为家庭脱贫致富的同时，也给打工家庭带来一些潜在的危机。这些小说直面当下乡村社会现实，将笔触深入探寻到留守者的心灵深处，展现出一个寂寞与焦虑并存、苦难与颓败交融的留守世界，同时映射出当下农村现代化进程中的种种现实隐痛。

三 焦虑的生存

当前，农村大量男性劳动力外出打工，家庭的生活重担都压在留守妇女的身上，重活没有人分担，苦和累无人诉说，生活中缺少关爱，她们的精神就容易出现压抑和空虚。与此同时，留守妇女长期囿于家庭生活之中，生活的地域也比较狭小，导致她们的交往范围还是局限于血缘、地缘关系之上的亲属以及邻里之间的来往。在狭小的生活空间里，一些留守妇女与家里老人关系也不够融洽，尤其当其劳累过度、情绪低落时，极易与老人发生矛盾，还因时常担心丈夫在外背叛自己，而承受巨大的情感压力，慢慢累积形成焦虑心理，严重影响着身心健康。有调查表明，70%以上的留守妇女有心理压力，80%有失眠现象，多数留守妇女身心处于亚健康状态，比较突出的心理问题主要表现为人际关系敏感、心理焦虑抑郁、生活缺少安全感等。有报道称，安徽临泉男子17年强奸百余农村留守妇女，受侵犯妇女中只有少数人用策略逃脱了厄运，而且被侵害者大多数表示沉默。

像高远的《一个人的村庄》就是一部展现乡村留守妇女遭受性侵害的作品。"开了春，村里的男人大都像鸟一样从巢里起飞，飞到南方去打工"，只有马蔺少数几个没有飞走的鸟。由于农村麦收季节劳动强度大缺少帮手，一些留守妇女便叫马蔺开拖拉机帮忙收割麦场，像杏花、樱桃等便成为马蔺的"关系户"。"我"也有几次找马蔺帮忙，而且每次都支付了工资，但马蔺却并不在意钱，"他的兴趣在我挂在铁丝上的衣服，在洗过头发的水里，在家里随处可见的香皂和袜子上"。甚至有的时候，"他大白天到我家，反身掩上大门，张开胳膊，老鹰扑食般把我撵得团团转"。此后，"经常有人夜里光临我家，游荡在我家的后院里。……马蔺也加入了不速之客的行列，敲不开我顶得紧绷绷的大门，就翻过自己插了玻璃碴的围墙"。这些留守妇女整天生活在恐慌之中，尤其在夜里，她们经常被村里的男人骚扰。不仅如此，她们还遭受来自世俗偏见的无情伤害。"我白天不敢再坐在街道上了。一些人的目光里是带了刺的，而另外一些人，和我说话时不是用他们的嘴，而是用手。"不仅是马蔺，还有劳劳，甚至上了年纪的十三爷，也大白天来到"我"的家里，坐在"我"的床上，彼此之间还为此发生争吵。正在这时候，"村里那些我认识和不认识的，男的和女的，老的和少的，转眼间潮水般涌过来。他们饶有兴趣地参观了后院的围墙，墙顶残余的玻璃和墙根下的垃圾，又站在院子里倾听马蔺和十三爷不可开交的吵闹"。后来，卖麻花的、张罗完丧事的、捻绳子的、卖菠菜的、卖粉条的、卖酱油和醋的、出售洋芋的，一股脑都来了，"把这里当成了一个新兴的贸易集市"。夜幕降临后，死皮赖脸的马蔺，竟然进了"我"的家还在床上。于是，"我"在极大的惶恐与愤怒中，用菜刀剁了躺在自己床上的男人。小说以近乎疯狂、血腥、残忍的杀人作为结局，由此尖锐地反映了当下农村留守家庭所面临的社会问题，这个悲剧不仅是乡村留守妇女个人的悲剧，更是这个时代、这个社会的悲剧。在陈应松的《野猫湖》中，无论是香儿、庄姐，还是为村长养鸡"又穷又贱"的女人，在城乡二元对立关系中始终处于被压制的地位，她们的一切生存需要、生理需要和心理感受都被漠视和剥夺，处于被侮辱被损害的角色位置。她们不仅要与男性共同面对无法参透和把握的社会政治现实，还要抵挡来自男性包括家庭关系中的父亲、丈夫、情人，乡村政治代表村长以及浪荡游民的欺辱与引诱。小说深入到乡村留守女性的内心，展现了乡村女性生存的苦难、情感的孤独和心灵的扭曲。

这种悲剧同样在姚岚的《留守》中上演，小说中的留守女人不仅承受着生理与心理的煎熬与疼痛，她们的孩子也在爱的缺失中承受着人格的变异，甚至因此而走向自杀。像13岁的龚月，在家帮助母亲照顾弟弟妹妹、洗衣做饭、养鸡种菜，过早地承受着与其年龄极不相称的繁重劳动。后来，不慎家中失火，弟弟妹妹被活活烧死，龚月自杀未遂而身心疲惫；中学生刀条脸缺少父母管教，因敲诈勒索而被同学活活打死；晓峰迷恋网络和色情，年纪轻轻竟寻求性刺激，与龚月偷尝禁果而导致火灾；林齐馨、莉香等几个花季少女，因考试没考好便结伴去自杀。这些留守儿童的堕落甚至犯罪也给留守妇女带来极大的伤害，她们不仅承受着繁重的劳动、寂寞的情感，更承受着子女因教育缺失导致人格变异所带来的疼痛。同样，在娄山关的《留守女人》里，村里的中青年都出去了，只有六十岁以上的老男人留在家。另外，还有一位左腿切除了的二拐子。小说开篇凸显出男人外出后农村夜晚的寂寞与不安："今夜的清溪河静得出奇，窗前那棵苦楝树落叶的声音都能听得格外清楚。花叶躺在床上，有一种莫名其妙的浮躁，仿佛就是这夜静出来的。"在夜里，老鼠"吱吱吱"的叫声、"咚咚咚"的敲门声，还有二拐子半夜里在村子里晃来晃去的拐杖声，将乡村的夜晚增添了几分恐怖与不安，像花叶这样的留守妇女就是在这样的夜里一夜夜地熬着。作者借二拐子的嘴说出了留守女人的心里话："你们男人不晓得啊，女人也是人，是人就是有需要的。最好不分女人与男人，也不要分年老和年轻，你见过花开过多少次？数不清吧。但那花香变吗？没变吧。你见过月亮圆了多少回？数不清吧。你见过人传了多少代？数不清吧。但你见过人性变吗？没变吧。是人就永远需要爱，需要七情六欲。"是的，作为乡村留守女人，她们也是人，她们也需要关爱，需要丈夫的关爱，需要家庭的关爱，更需要社会的关爱，因为"留守的月亮也要圆的呀"，作者向我们提出了一个沉重而现实的问题。在《歇马山庄的两个女人》中，潘桃、李平等现代乡村女性，她们虽然生活相对比较安逸，但仍然受制于乡村传统习俗的压制。像潘桃不仅要忍受婆婆琐碎的唠叨，也会时刻遭受村里人的菲薄。"就说那潘桃，结了婚，倒像个姑奶奶，泥里水里下不去，还一天一套衣裳地换，跟个仙儿似的，那能过日子吗？"而带着累累伤痕从城市归来的李平，对姑婆的教导悉心听从，但最终还是因婚前的失身而遭受世俗恶毒的伤害。可见，这些乡村留守者，尽管她们的男人不在身边，但同样处于被男权世界压抑的状态，仍然没能逃脱"被奴役、被损害"的悲剧命运。

第二节　走进城镇：在现代探寻中拓展生命

伴随着中国现代化、城镇化和市场化的推进，"在城市文明和乡村文明的极大落差中，作为一个摆脱物质和精神贫困的人的生存本能来说，农民的逃离乡村意识成为一种幸福和荣誉的象征"[①]，"向城求生"更成为当代中国农村的主旋律，也成为亿万中国农民在谙熟了城市与农村的强烈对比之后对出路问题的最真切、最热烈的内心渴

[①] 丁帆：《中国乡土小说史论》，江苏文艺出版社1992年版，第30页。

望。尤其是20世纪90年代以来，数以亿万计的农民开始涌向城市寻求生存和发展的空间，掀起了一股浩浩荡荡的"民工潮"，其中有很多农村女性也纷纷加入到这支浩浩荡荡的队伍中。这些游走在城市边缘的"打工妹"，在遭人冷漠、不被尊重、关系疏远的环境中顽强地生存着，构成了当下中国社会最现实的生存图景。文学总是以其敏锐的触角来反映社会热点问题。早在1991年便出现了反映广东地区外来打工者生活的电视剧《外来妹》，在中央电视台播出后引起巨大反响，于是打工妹群体成为各界关注的热点。尤其是21世纪初一些反映"农民进城"的文学作品中，作家们对进城的乡下女性给予了越来越多的叙述和关怀。如刘庆邦的《到城里去》、孙惠芬的《歇马山庄的两个女人》、张弛的《城里的月亮》、李肇正的《傻女香香》、邵丽的《明惠的圣诞》、项小米的《二的》、艾伟的《小姐们》、李铁的《城市里的一棵庄稼》、盛可以的《北妹》等，这些小说都是以进城乡下女性作为主角展开叙述的，揭示了她们进驻城市后的生存境遇和心路历程，构成了当代"乡下人进城"文学叙述的一大看点。

一　失陷的身体

在一心想逃离乡土困厄的乡下人看来，城市意象被浅表化为霓虹灯、夜总会、狐步舞、爵士乐、酒吧群、立交桥、摩天大楼、购物中心……城市标志着一种更高的物质文明，一种更高的生活层面，充满着诱人的气息和无限的欲望，让乡下女性心中始终涌动着"现代性"的冲动和幻觉，给她们带来内心的骚动和渴望。像铁凝的《哦，香雪》中的台儿沟的少女们，对城市充满了憧憬和向往。进入90年代后，当她们真正走向城市，面对的"绝不是铺满鲜花的康庄大道，而是一条沾满了污秽和血的崎岖小路"[①]。在城市边缘生存的乡下女性，除了和进城乡下男人一样辛苦劳作之外，还要坚守女性贞洁和传统伦理，但她们卑微的身份和脆弱的心灵，又常常成为占据强势资源的城市男性猎取的对象，从而使她们在城市诱惑和现实压力下把持不

---

① 丁帆：《"城市异乡者"的梦想与现实》，《文学评论》2005年第4期。

住，陷入情感和欲望泥潭而不能自拔。她们之中有的寄居在城市家庭做保姆蜕变成"二奶"，有的寄生于美容院、洗头房和出租屋里堕落成"小姐"，以青春的身体换取生存的资本，走上以出卖身体为生的不归路。因此，乡下女性在城市"沦陷"成为新世纪民工题材小说的重要选题之一。

像邵丽的短篇小说《明惠的圣诞》就讲述了一个名叫明惠的农村少女曾怀着美好的期待进城寻梦，最终却走向堕落而自杀身亡的故事。明惠是读过高中的知识女性，她不甘心在落后贫穷的农村生活下去，一心想凭优异的成绩跳出农村，但高考落榜使她进入城市的梦想化为泡影。不仅如此，明惠高考落榜回乡，除了母亲无休无止的咒骂，还遭受村里人幸灾乐祸的讥笑和蔑视，"他们嬉笑怒骂的声音陡然增加了好几个调门，含沙射影的语言像带了毒刺的钉子"。更让明惠受不了的是，村里人现在开始恭敬黄毛，因为黄毛的女儿桃子从省城打工回来挣下大钱了、模样儿大变了。"脸儿白了，奶子挺起来了，屁股翘得可以拴住一头公牛，衣服洋气得挂人的眼珠子"，还带回了一个帅气的未婚夫。桃子的衣锦还乡给了明惠极大的刺激和羞辱，也增强了她对城市的向往。于是，明惠怀揣着改变命运的梦想踏进了城市，化名为"圆圆"，并依靠"最时鲜的武器"——美丽和稚嫩，开始了她按摩小姐的生涯，这也是一部分乡村进城打工女性的一项共性工作。圆圆学着别的姑娘，工作时间穿那种把奶子束得很挺的文胸，在冬天里仍然穿一件领口开得很低的薄羊毛套衫，用自己的身体吸引异性顾客。工作之余，她的休息时间渐渐被"表哥"们安排得满满的，结束的时候他们也总是悄悄地塞给她一些钱。"她不愿意让日子闲着，如果闲着，连一百元都没有。她不放过每一个人的邀请，哪怕那个人让她很不耐烦。"显然，在这里明惠的身体变成了具有"交换"功能的商品，与社会中的其他商品已经毫无二致。但"圆圆觉得一切都平平淡淡的，就连她身下的处女血都没有让她惊讶"。不仅如此，圆圆连自己躯体自然生理周期的出现也感到烦躁郁闷，"她很讨厌自己的月经，每次例假她都烦躁得要死，眼看着到手的钱却不能拿，还要找出许多理由搪塞"。可见，在明惠眼里身体已不再是身体，而只是纯粹的赚钱工具或者机器。"明惠对待身体的态度从根源上扼杀了其自我意识产生的可能性，她丧失了作为人自我意识的体现之一：尊严，这正是明惠在城中生活的卑微之处。"① 后来，为了比徐二翠更有出息，把孩子生在城里"做城里人的妈"，圆圆投入了副局长李羊群的怀抱，由按摩女摇身一变成为局长夫人，并过起了悠闲奢侈、无忧无虑的城里阔少妇的生活，"睡睡觉，看看电视，有时一个人出去逛逛，有时去洗洗桑拿，做做美容"，"在李羊群家里活得像一个小主妇"。但正当明惠为梦想的实现欣喜雀跃的时候，一次意外的圣诞聚会让她的梦想灰飞烟灭。在聚会上，"圆圆"面对那些举止优雅、高谈阔论的城市女人，感到骨子里自己作为一个乡下女人的自卑与尴尬。于是，在这个都市还沉浸在节日气氛中的时候，明惠便孤独地踏上了不归路。小说将视角聚焦社会底层，以细腻的笔触书写城镇化大潮中乡下进城女性的生存状态，为底层女性的生存发出强有力的质询。

同梦想"做城里人的妈"的明惠一样，李肇正的《傻女香香》里的香香，她的最高理想就是进入"城市的心脏"，成为一个真正的城里人。香香来自陕西一个鬼不生蛋的地方，村里的女孩因贫穷从小就做起"皮肉"生意（让人家睡一晚赚取五块钱）。香香为了逃避母亲的引诱来到城市，最初做收购塑料瓶、废报纸、纸板箱生意，一进一出，一买一卖，一个月可以挣三四百。她所住的地方是一栋即将爆破的危楼，楼里四五十岁的半老头，十八九岁的大小伙，都争先恐后地占她的便宜，但对这些男人她都看不上眼。因为，香香跟所有漂泊在城市里的乡下妹子一样，一心想嫁个城市男人，唯有这样才可以使她们摆脱从出生开始就死死地缠绕着她们的农村户口。她即使找不到年龄相当的城市小伙子，也宁可嫁个城市里的"爸爸"。于是，香香想方设法得到城里人刘德民的欢心，进而主动与刘德民发生了性关系。然而，当刘德民要与她去办结婚登记时，香香突然意识到了自己命运的悲惨与凄凉。香香其实十分向往真正的爱情，因为她真爱的是

---

① 崔晓艾：《基于底层女性的生存质询——评邵丽小说〈明惠的圣诞〉》，《平顶山学院学报》2013年第12期。

像刘德民儿子那样有知识、有活力的城里人。可是，她只能嫁给比自己大二十多岁的刘德民。最后，香香哭了。因为，当她穿上城里人的外衣时，也意味着这正是她失败的开始。邱华栋的《哭泣的游戏》里的外省女孩黄红梅，受过中等职业教育，曾经在家乡做过护士，后来到北京打工当上一名小保姆，但巨大的落差以及城里人的嘲笑让她不堪忍受。正在此时，她在乔可的指引下利用自己的优势与特点去生存，很快在城市生活中变得游刃有余，不再是那个面对警察表现得手足无措的农村女孩。黄红梅从一名按摩女做起，积攒到一些本钱后，便与他人合伙开了一家餐厅，后来成了一名娱乐城的经理，几经摸爬滚打终于挤进城市上流社会。但成功的表象背后是无尽的苍凉，黄红梅最后衣不蔽体地被杀死在浴缸里。另外，像钱小红和李思江（《北妹》）、崔喜（《城市里的一棵庄稼》）、王家慧（《生存之民工》）、春花（《我们的路》）、小白（《保姆》）、郭芝麻（《芝麻》）、水霞（《水霞的微笑》）、麦圈（《麦河》）等进城乡下妹子，她们为了生存也只能像香香一样出卖自己的身体。钱小红和李思江的暂住证是李思江用处女的身体换来的，她们明知身体交易的陷阱却义无反顾地走进陷阱；崔喜为了获得城市户口割舍了真爱，嫁给死了妻子三十多岁的城里人东宝；王家慧、春花等未婚先孕，沦为弃妇而孤苦无依；保姆小白想通过与男主人公聂凯旋的性交易谋取家庭主妇的位置而遭到欺骗；麦圈依靠卖淫赚钱染上艾滋病，最后付出了生命的惨痛代价……这些走进城市的农家女，她们在通往城市的路上，不仅要忍受身体的折磨，还要忍受内心世界的煎熬，因为她们的堕落行为是传统伦理道德所不能接受的。透过她们的不幸命运，我们不难发现这些进城乡下女性在由乡入城路上落下的层层隐伤、在城市边缘地带谋生的步步艰辛、在传统与现代冲突中的万般无奈。此外，诸如艾伟的《小姐们》、刘继明的《送你一束红花草》、孙惠芬的《天河洗浴》、李肇正的《傻女香香》、项小米的《二的》、吴玄的《发廊》、阿宁的《米粒儿的城市》等小说，也从不同的层面反映了进城乡下女性为了圆自己的城市之梦，她们的身体一步步走向沦陷，蜕变成为物欲与原欲的畸形产物。正如柳冬妩所言，"在历史夹缝中生存的小姐，她们承担的各种压力在世界同类职业者中是少有的,身体的、经济的、人格的、心灵的。她们实际上是一个严重失语的弱势群体,在巨大的异己壁垒的压制下,出现一种很吊诡的生存状态"[1],从这些进城乡下女身上折射出社会变革的复杂投影。

二 失落的身份

阿兰·德波顿在《身份的焦虑》一书中指出,身份一般指个人在社会中的位置,词根源于拉丁语 statum(拉丁语 stare 的过去分词形式,意思是站立),即地位。狭义上指个人在团体中法定或职业的地位。广义上则指个人在他人眼中的价值和重要性。"身份的焦虑是一种担忧。担忧我们无法与社会设定的成功典范保持一致的危险中,从而被夺去尊严和尊重,这种担忧的破坏力足以摧毁我们生活的松紧度;以及担忧我们当下所处的社会等级过于平庸,或者会堕至更低的等级。"[2] 身份是由个体的社会地位及处境地位决定的自我认同。美国早期著名社会学家查尔斯·霍顿·库利在阐述"镜中我"(looking-glass self)概念时说:"一个人自我观念是在与其他人的交往中产生的,一个人自我的认识是关于其他人对自己看法的反映,在像别人对自己的评价之中形成自我的观念。"[3] 笔者认为,当前进城农民工的身份处在自我认同的双重尴尬的状态:当农民满怀着希望和追求来到城市,却从流入地居民、组织机构的态度行为中感受到了歧视、冷落和排斥,甚至始终被"打入另册"。他们既对城市充满依恋与向往,又对不能融入城市感到失落与焦虑,成为既不同于传统意义上的农民,又不能算得上真正城里人的"双重边缘人"。

当前,进城乡下女性与男性有所不同,她们来到城市,但是却挣

---

[1] 柳冬妩:《乡村到城市的精神胎记——中国"打工诗歌"研究》,花城出版社 2006 年版,第 33 页。

[2] [英]阿兰·德波顿:《身份的焦虑》,陈广兴、南治国译,上海译文出版社 2007 年版,第 6 页。

[3] [英]戴维·波普诺:《社会学》(第十版),李强等译,中国人民大学出版社 1999 年版,第 148 页。

扎于自己的选择中,她们的内心在城／乡、男／女、灵／肉的张力中分裂与挣扎,既无法忘怀血脉相连的乡村,也难以对城市产生认同,而处于一种尴尬的位置,常常介乎于常态与病态的模糊地带[1],呈现出一种性格二重组合特征。张弛《城里的月亮》的主人公万淑红是一个到城市谋生的女子,她进城后陷入一种不停的对比之中——把自己看到的城市与自己熟悉的乡村进行比较,产生巨大的心理落差。在文章当中,有一段作者独白性质的文字:

> 当你在赤日炎炎的街道上走得脚酸腿疼,汗水浸透的内衣紧贴在皮肤上,脚下蹬的高跟鞋仿佛成了刑具的时候,偏巧有辆漆黑锃亮、内设空调的局级小轿车从你背后无声地滑过来,用短促的、不耐烦的喇叭声请你让道。在你慌忙让道时,你看见车内盛装女人隔着纱窗淡漠地瞥了你一眼。当你省钱不得不赶回去给自己下碗面条的时候,你恰巧经过街角玲珑剔透的蛋糕西饼屋,隔着一尘不染的大玻璃窗,你看见富裕家庭的孩子坐在温馨柔和的灯光下,浑然不觉地享受着红围裙白头巾小姐的殷勤伺候,雪白如泡沫似的奶油堆在他的嘴角上,而他一双黑亮的小眼睛正一眨不眨地盯着你,仿佛对你处境既费解又好奇。当你来到挤满求职者的大厅,从别人的眼光里你分明感受到自己的穿着是多么的不入流,你觉得局促不安,手脚没地安置,眼光也好像做了贼似的躲躲闪闪。最后你绝望地感到,仅凭这身穿着和胆怯畏缩的神态你已经注定被淘汰。

生存压力加上如此的心理落差,使进城的她们时刻处于近乎绝望的尴尬不安之中。因为万淑红进入城市后,面对的不再是一个"熟人社会",而是一个充满着"陌生人"的世界,便"觉得局促不安,手脚没地安置,眼光也好像做了贼似的躲躲闪闪"。她的这种矛盾心态,正是面对城乡贫富差距和种种不公正社会现实,产生心理失衡现

---

[1] 刘再复:《性格组合论》,上海文艺出版社1986年版,第184页。

象的一种反映。但从最根本上说，这种绝望的焦躁与不安来自于对自己身份认同的危机。

这种身份的焦虑在阿宁的《米粒儿的城市》中也同样表现得尤为突出。小说主人公米粒儿一来到城市，身份的焦虑就显现出来，并在此后的日子里如影随形。她开始在一位姓曹的家里给人家做保姆，当看到侯老师用瘪瘪的奶头喂孩子时，米粒儿就觉得曹老师这个媳妇娶得不值，她看着自己的两个乳房，鼓鼓的，暄腾腾的，"觉得自己比侯老师强得多，可自己是乡下人，就像老舍写的骆驼祥子，天生就是打工的"。尽管她为侯老师嫁给曹老师觉得不平，但却并没有非分之想。从这里可以看出，刚进入城市的米粒儿对自己"乡下人"身份持认同的态度，很自觉地给自己贴上"乡下人"的标签，被动地接受这一切。后来，随着曹老师走进她的世界，米粒儿在曹老师家尽心尽力地工作着，把曹老师的家当成自己的家，把曹老师的孩子看成自己的孩子。但她的这些想法和行动都是徒劳，因为自己什么也不是，"只是一个看孩子的丫头"，而"侯老师虽然长得不好，可人家是大学生，是优秀教师"，这种身份的差距是米粒儿所无法企及的。于是，米粒儿决定离开这个家，当侯老师劝她留下时，米粒儿是这样回答的："我什么也不嫌就是想离开这里。我到这里是想脱离农村过一过城市生活。城市是什么？就是一个孩子和家里的四堵墙吗？上午到院里转一圈儿下午到院里转一圈儿，这也叫城市生活吗？你就是再给我涨工资我也不干了。"从米粒儿的回答中，我们可以看到她想真正走进城市，成为一个真正的"城里人"。后来，米粒儿经人介绍来到一家青青发廊理发，但由于来理发的常客三哥赠送了一块玉，而被嫉妒的青青给赶了出来，此时无处可去的米粒儿想到了回家。"她想，看来这个城市容不下她了，她要回去好好种地，将来找个老实强壮的男人把自己嫁了生个孩子，一家人好好过日子。她为什么要来城市呢？仔细回想，她在城里受的罪比在村里多多了。"像米粒儿这样的进城农家女，她们梦想走进城市，但城市却容不下她们，在走投无路的情况下，便想退回到自己乡下的家。我们透过米粒儿的心理可以看到，她在进城路上始终处在尴尬的身份焦虑状态。

同样，这种身份焦虑也在项小米《二的》中的小白身上突出表现出来。乡下妹子小白怀着坚决"不能做乡下女人"的梦想，毅然放弃了她的原初身份只身来到城里，在城市新贵聂凯旋家做帮佣。但聂太太从骨子里瞧不上小白，有意无意贬损乡下人，这对小白的自尊心造成了极大的伤害。面对聂太太单自雪的咄咄逼人、颐指气使，这无意中激发出小白那种作为乡下人的尊严与荣誉感。"乡村女性"的身份早已被她抛弃，"城市人"身份的认同也遭遇了尴尬，小白只能做一个既有别于乡下人，也不同于都市人的"边缘人"。为了实现进驻城市成为一个真正城里人的梦想，小白便以一场痛哭祭奠自己失去的处子之身，心甘情愿地做起了聂凯旋的情人，但小白的付出换来的只是聂凯旋的逢场作戏、始乱终弃。聂凯旋以极度的镇定，高深莫测的智慧轻而易举地抹杀了他与小白的那段情感，单自雪以勘破一切情感后的老道、冷静与自信，不费吹灰之力将小白打回原形。"小白失败了，以单自雪、聂律师为代表的都市无情地埋葬了一个乡村女孩的都市家园之梦，而乡村却又以固执保守的一面粉碎了她对其仅有的一丝依恋之情。"[①] 还有李铁《城市里的一棵庄稼》中的崔喜为了能过上城里人生活，费了一番心机嫁给了三十多岁死了妻子的城里人宝东。当如愿成为一个"城里人"后，她觉得自己需要做的就是"尽快蜕去自己身上的那层乡村的皮"，于是便学着用城里人的生活方式和审美标准来约束自己的行为，但她的付出并没有赢得城里人的尊重，也没有换来城里人的认同，甚至只能引起城里人的反感。在这陌生的城市社会中，她变得越来越不适应，觉得"不像农村人了，但也不像城里人"。张抗抗《芝麻》里的郭芝麻，从河南农村来北京做保姆，亲身感受到了"北京人不待见河南人"的事实。她不习惯城里处处要讲规矩、浪费奢侈的生活方式，还对城乡分化和等级化的合法性提出了质疑："这城里人和农村人，不都一样是人么？咋就有个高低贵贱呢？"像芝麻这些在城里做保姆的乡下女性，她们从农村到

---

① 方华蓉：《何处是家园——评项小米〈二的〉中主人公的价值追寻与身份认同》，《衡水学院学报》2012年第12期。

城市出卖自身的劳动力,但城市并没有给她以起码的尊严和对她劳动的尊重,遭遇的却是城市居民对农村来的保姆的冷漠。这正是乡下女性进入城市后陷入尴尬迷惘生存状态的真实写照。另外,像李肇正《傻女香香》中的香香从苦难乡村逃到城里,经过一番煞费心机的算计,终于嫁给了年近五旬的城里"爸爸"刘德民,"变成一个正儿八经的城市女人了",然而香香却"跟她无法进入城市人的内心一样,城市人也无法进入她的内心"。由此可见,无论是米粒儿、崔喜,还是芝麻、香香,这些进城乡下女性的命运是一样的。她们虽然已经走进了城市并过上了城里人的生活,但在身份上既不属于乡下人,又游离于城市之外,仿佛只能像寄居蟹一样生活在城里城外的夹缝之中。因为,在城市这个概念中不包括这些来自农村的"庄稼"。这些进城乡下人只能沦为一个非城非乡的"边缘人"。

三 失调的情感

著名评论家张柠认为:"农业文明与现代文明(或者都市文明)的冲突,实际上就是永恒时间与历史理性之间的冲突","'现代型'的本质就是一种历史的过渡状态。这种过渡状态常常表现为一种精神和肉体的双重悬空状态,它既失去了从前的幸福感,也没有对未来幸福的憧憬"[①]。进入城市的乡下女性,因自身所携带的传统乡村文化心理,她们与城市之间难以融合,也难以在城市中找到自己的位置。然而,当她们回到农村老家却又感到被疏远了。这决定了她们的心灵更是难以找到停泊的港湾:寄居城市,城市却容不下她们;回到乡村,乡村却又不接纳她们。"漂泊"成为她们一种难逃的宿命,也成为她们进城后的一种真实情感的写照。

像孙惠芬的中篇小说《歇马山庄的两个女人》便呈现出进城乡下女性在城乡之间徘徊漂泊的心灵情感。农村姑娘李平十八九岁时,怀着满脑子的梦想离家来到城里,"她穿着紧身小衫,穿着牛仔裤,把自己打扮得很酷"。她先是在一家拉面馆打工,不久又应

[①] 张柠:《文化的病症:中国当代经验研究》,上海文艺出版社2004年版,第4页。

聘到一家酒店当服务小姐。因为一直不肯陪酒陪睡,她被好几家酒店开除。后来在一家叫作悦来春的酒店里,她结识了这个酒店的老板,他们很快就相爱了,她迅速地把自己苦守了一个季节的青春交给了他。但半年之后,当她哭着闹着要他娶她时,才得知酒店经理原来有老婆和孩子,并且他的老婆还当着十几个服务员的面,"把她推进要多肮脏有多肮脏的万丈深渊"。城市人以虚情假意,占有她的肉体,掠取她的真情,却最终将她抛弃。因此,她将希望寄托在农村,以重新获得真正的情感皈依,希望回到乡下过上一种平静的生活。后来,李平遇上了进城打工的成子,便将自己最真的东西给了他,试图回到农村开始一种新的生活。"一场热闹的婚宴既是结束又是开始,结束的是一个叫着李平的女子的过去,开始的是一个叫着成子媳妇的未来。"当成为成子媳妇后,李平洗衣做饭,孝顺老人,勤俭持家,死心塌地地干活儿,将家里整理得井井有条,受到了姑婆婆的称赞。后来,在歇马山庄男人离开后寂寞孤独的日子里,歇马山庄的另一位新媳妇潘桃跟李平走到了一起,两人的感情迅速升温,成为一对无话不谈的姐妹,于是李平便将以前在城市里不光彩的事情告诉了潘桃。但两个年轻媳妇形影不离时,两个老媳妇也早就剑拔弩张了。进入冬月,歇马山庄的民工陆续回来,而玉柱和他的父亲要再干俩月才能回来,潘桃晃晃悠悠像一只泄气的皮球。潘桃的婆婆便拿李平来数落潘桃,潘桃觉得"婆婆实际上是搬了成子媳妇这面镜子来照自己",便毫无防备地将李平做过三陪的事说了出去。这对于李平来说是致命的,突如其来的一击将她打回原形。走出乡村——寄居城市——回归乡村,有多少个"李平"式的农村女孩曾经或正在经历着这样的漂泊。不但遇不到停泊的港湾,即使回到原处,她们的心灵深处再也找不到那份曾经属于自己的安宁。与进城归来的李平一样,吴玄《发廊》里的主人公方圆也同样经历着这种漂泊游荡的命运遭遇。她在自己的恋人李培林意外死亡后,决定返回故乡的怀抱寻找安慰。但是,回到故乡的方圆并没有找到灵魂的栖息地,"西地在她的心里已经很陌生",觉得自己已再不属于那个养育了自己的故乡,甚至连自己的生理也已经城市化,"她还延续着城里的生活,白天睡觉,夜里劳作,可是在西地,夜里根本就没事可做,更可怕的是,每到夜里二点,她的乳房就有一种感觉,好像李培林的灵魂也跟到了西地,照常在这个时候吸奶。回家的第三天,方圆到山下的镇里买了一台 VCD 机,发疯似的购买了二百多盘碟片,然后躺在家里看碟片"。也许扭曲的灵魂必须到扭曲的空间才能得到安宁,方圆结束一个月的返乡旅途之后,再次踏上了去开发廊之路。

另外,在《北妹》《九月还乡》《小姐回家》《水霞的微笑》等小说中,回归故土便成了众多进城乡下女性最为现实的一种选择。像盛可以《北妹》中的主人公钱小红高中没毕业,因与姐夫偷情事发,从乡村跑到县城招待所当服务员,后来到一家发廊打工,再辗转到南方陌生 S 城。钱小红在城市里艰难地讨着生计,尽管她的欲望如同她巨大的乳房一样咄咄逼人,但始终没有将自己的身体进行交易。只是在她自己也有需求的时候,她才会奉献自己的身体。但当离家一年多的钱小红回到家后,村里人都认为她在干那一行,背地里飞短流长,口水可以把人呛个半死。尤其是"让钱小红感到失落的是,儿时的同窗好友,居然也远远地拉了距离,避瘟神一样躲着","这群成天与泥巴打交道的家伙,不知怎么一个个变得居心叵测,清高圣洁起来"。村民们都认为钱小红在 S 城卖淫,这让她的父亲很没面子,于是他父亲也对钱小红在外面打工提出了质疑:"钱家不是没有钱啊,怎么就出了这样的事情呢?"这让钱小红感到有些绝望,"别个怎么讲我不管,如果连你们都不信我,我真的没得救了哒"!钱小红本想从城里回到家好好歇息一下,但发现自己已经变成一个陌生的"异客",被故乡远远地排斥在外。听风堂主《小姐回家》中的阿莲去城里打工,用自己的身体积攒的钱不仅拯救了自己的家人,而且还拯救了家乡人。阿莲第一次回家是在 90 年代,身为"小姐"的阿莲遭受乡亲们的蔑视和嘲讽,甚至连母亲和嫂子也责骂和唾弃她。当阿莲在 21 世纪再次回家的时候却受到了礼遇,家里人都记着她的好处,连母亲也改变了看法,把她当作贵客对待。后来,阿莲因在网上披露地方政府侵吞农民建房款,而遭受以村支书为首的基层官员的迫害,他们假借"卖淫"之由将其拘留、拷打,阿莲最后只能隐名流落他乡,也永远破灭了在家乡投资经商的美梦。还有黄建国的《梅二亚回到梅庄》里的梅二亚,从南方城市回到日思夜想的家乡,可是现实的遭遇却并不是她所想象的那样。村里的亲戚、同学、校长、村长,一方面纷纷算计着借钱要钱;一方面又大肆诋毁二亚,在背后说她的钱来路不明,最终伤心的二亚不得不在新年爆竹声中离开梅庄。关仁山《九月还乡》中的九月与孙艳怀着梦想进城打工,由于工作劳累,待遇很低,还常常被老板猥亵,被迫走上卖淫的道路。直到一次被公安机关抓住后,她们便拿着用肉体赚来的钱回乡过踏实日子。九月回家后积极为乡里做善事,用自己的卖身钱为村里贷款,后来又拿钱抵押给乡信用社帮村里开荒,还为夺回被霸占土地答应村长又做了一回妓女。此后,九月还当上了村长助理,她在完成对乡村拯救的同时,也实现了对自我的救赎。然而,这是建立在村长为九月保守"秘密"的基础之上的,九月的"小姐"身份一旦暴露,她很有可能成为再次离乡出走的第二个阿莲或者梅二亚,重复上演莫泊桑笔下羊脂球的命运。因为容纳九月的不是乡村的温情,而是乡村的势利与伪善,这种势利与伪善背后埋下的风险和隐患随时有可能爆发。还有宋剑挺《水霞的微笑》里的水霞,为了给哥哥盖房娶媳妇和给爹治病,不得不拼命地接客赚钱,甚至来了例假也不放过。她用自己的身体赚来的血汗钱,帮哥哥盖好了房、娶了媳妇,为爹爹治好了病。但当水霞结束噩梦般的城市生活回到乡下时,却遭遇父兄的嘲讽和村里人的非议,丈夫在新婚之夜发现她不是处女而提出离婚。水霞为了解救乡村的亲人而走进城市,当伤痕累累的她返回故乡时,却遭到故乡的冷落和抛弃。因此,离去——归来——再离去,正是进城乡下女性曾经或正在经历的生命历程。"事实上,当乡村一开始遭遇都市现代性的时候,乡村乌托邦在顷刻间就坍塌了。那个我们想象质朴、清纯、宁静的乡村世外桃源,迅速地走向了滚滚红尘。"[①] 乡村传统意义上的伦理道德在商品经济大潮的强烈冲击下已经分崩离析,乡土也不再是安

[①] 子水:《〈北妹〉:底层女性生死书》,人民网 2004 年 6 月 15 日。

息进城返乡者漂泊灵魂的一方精神乐土。那么，她们的未来究竟属于城市，还是属于乡村？她们的路又在何方？她们的根又在哪里？这是21世纪乡下人进城叙事提出的一个沉重而现实的现代性命题，其背后承载着作者对进城乡下女性这一弱势群体的同情与关怀，隐含着作家对中国现代化的反思和探寻。

第三节　冲破藩篱：在命运抗争中激扬生命

自古以来，文学只表达一种性别，男性是主动者和胜利者，而女性则等同于被动者和死亡。也就是说，女性作为一个性别群体整体性沉没于历史地表之下，处于一种集体无意识状态。但自"五四"以来，以"易卜生主义"为代表的西方思想的传入，使中国知识分子认识到，女性的解放除了从不平等的性别关系中摆脱出来，还要求从自身的压抑和束缚中摆脱出来，实现个性的解放。这一时期的文学也成了关注女性命运、弘扬女性主体性价值的载体，女性叙事开始了对男权传统的反抗和对女性命运的关注，出现了数量较多的、影响较大的以女性解放为题材的作品，塑造了一批向往个性解放、追求爱情自由的叛离女性形象，像鲁迅《伤逝》中的子君就是一个追求个性独立的叛离女性典型，她奋力喊出"我是我自己的，谁也没有干涉我的权利"，表现出来的是一种女性自觉的个性意识。此后，"五四"浪潮中的莎菲、革命战争年代的林道静、社会主义建设时期的李双双等，都是文学叙事中追求女性解放的典型形象。20世纪80年代以来，思想解放闸门的再次开启，唤起人们个体意识的觉醒，从而带来了全民族精神的新生，也极大地推动了女性意识的觉醒。处在社会变革背景下的乡村女性，感受着时代精神的脉动，冲破家庭和社会的藩篱，开始了自我找寻、反抗男权和追求独立的艰难历程。新时期以来，张弦、路遥、李佩甫、贾平凹、周大新、铁凝、方方、毕飞宇、孙惠芬等一批作家，塑造了一群多姿多彩、个性鲜明的乡村女性形象，寄予了作家对乡村女性解放的深沉思考和热切期盼。

一 找寻自我：乡村女性的自我觉醒

女权运动创始人西蒙娜·德·波伏娃提出："女人并不是生就的，而宁可说是逐渐形成的。在生理、心理或经济上，没有任何命运能决定人类女性在社会的表现形象。只有另一个人的干预，才能把一个人树为他者。"[①] 女性之所以长期处于不平等的地位，归根结底是由于男性的歧视而把女性推到了对立面。长期以来，由于男尊女卑、男强女弱的性别偏见，像阴云一样笼罩在女性身上，使她们看不到希望，也找不到任何出路，从而处于二等性别的地位。为此，妇女解放要恢复女性同男性一样的作为社会主体的人格，必然要唤起女性的主体性意识。所谓主体性意识是作为社会主体的人的自由自觉的认识和把握自我与非自我的内在自主能力。马克思曾说过，自我认识是"自由的首要条件"，"女性如果自身缺乏主体性意识，那她就不能意识到自己在世界中的地位和作用，无法充分发挥自己的积极性和创造性，女性解放也将成为一个空洞的口号"[②]。新时期以来，随着西方女权主义思想在中国的传播，作家们越来越意识到女性的自我价值，开始了对女性自我的认定与追求。如谌容的《人到中年》、舒婷的《致橡树》、张洁的《爱，是不能忘记的》、戴厚英的《人啊，人！》、张辛欣的《同一地平线上》、张抗抗的《北极光》等，这些作品中的女性形象突破了男权文化的藩篱，凸显出女性自我意识的觉醒，表达出对女性独立人格意识的向往。

当众多女性叙事作品关注城市女性的时候，一些乡土作家则将眼光聚焦于乡土上的女性，在诉说乡村女性苦难命运的同时，展现了乡村女性自我意识的觉醒和对自由爱情的追求。新时期之初张弦的《被爱情遗忘的角落》，就通过菱花一家两代母女三人不同历史时期的爱情遭遇，反映了新时期农村女性自我意识的觉醒。在这个被爱情

[①] [法]西蒙娜·德·波伏娃：《第二性》（全译本Ⅱ），陶铁柱译，中国书籍出版社 1998 年版，第 309 页。

[②] 李桂梅：《女性解放与女性主体意识》，《长沙水电师院社会科学学报》1999 年第 4 期。

遗忘的角落——靠山庄，买卖婚姻一直是"一条这里的人们习以为常并公认为正当的道理"。当年反对封建包办、追求婚姻自由的菱花，二十年后也和父母一样，逼着女儿走自己曾勇敢地否定了的道路，导致大女儿存妮与小豹子的恋情以悲剧结局。不仅如此，菱花还试图为偿还存妮欠下的彩礼而将荒妹嫁给一个陌生人。最后，荒妹毅然冲破乡村传统的重重枷锁，拒绝了母亲包办的婚姻，勇敢地选择了自己深爱的许荣树，走上了大胆追求爱情和幸福的道路。小说通过荒妹对爱情由疑惧、惶恐到大胆追求的变化，从一个侧面反映出新时代农村劳动妇女追求婚姻自主的女性意识的觉醒。如果说在《被爱情遗忘的角落》中荒妹看到了未来"光明的憧憬"，那么路遥《人生》中的刘巧珍则在追求爱情的道路上迈出了更为坚实的脚步。美丽善良的农家姑娘刘巧珍，虽然没有文化，但她在爱情上有着和其他农村姑娘不一样的追求。她既没有选择家境殷实、精明能干的马栓，也没有接受一批批干部、城里工人等求婚者，而是执着地爱着家境贫穷的知识青年高加林。巧珍主动向加林表白自己的爱，而且对爱情的选择是坚定的、执着的，她不嫌高家的贫穷，不顾父母的反对，也不管村人的流言蜚语。在高加林最失落的时候，她用爱情温暖加林的心田，重新激起他对生活的热情。当高加林离开农村去县城工作后，她心甘情愿替加林照顾年迈的双亲，在她心里就是"决心要选一个有文化、而又在精神方面很丰富的男人做自己的伴侣"，这是巧珍大胆的爱情宣言，也是她对传统世俗的宣战。在当时，一个农村女孩要鼓起多大的勇气才能有这样的举动。然而，巧珍由于将自己的命运依附在别人身上，当高加林背信弃义抛弃她以后，她只能退回到旧的生活方式中去。相比刘巧珍，贾平凹《鸡窝洼人家》中的烟峰则是一个"敢于蹚河的女人"，已经开始了更为勇敢的人生追求。在鸡窝洼这个闭塞落后的小村庄，绝大部分人像回回一样，认为人这一生有足够的粮食就够了。但烟峰觉得人不仅仅图个有粮食吃，不能满足于每天石磨磨粮食。同时，也不认为自己嫁鸡随鸡嫁狗随狗。烟峰曾在与回回的争吵中说："我又不是他裤带上拴的烟袋！他甭想再让我伺候他了。"后来，烟峰将自家粮食拿去接济禾禾又与回回发生争执。烟峰说：

"这家你一份,我一份,我为什么不能送?"从这段话语中,我们可以看出烟峰已经有了鲜明的女性自我意识,并且积极维护自己在家庭的基本权利,这在当时的社会环境下具有某种划时代的意义。最后,烟峰不愿过面朝黄土背朝天的传统生活,便与回回决裂进而不遗余力地支持禾禾,开始了对新生活的追求。面对村里的嘲笑"禾禾是你的男人不成",烟峰的回答是干脆的"就是我的男人,你怎么着",可见,她对爱情的追求是自由的、坚定的。还有韩志君《命运四重奏》中的农村姑娘枣花,对爱情充满憧憬和向往,但母亲为了报恩把她嫁给好吃懒做、赌博成性的铜锁。在充满暴力的婚姻家庭中,枣花一味地忍受与退让,但最终鼓起勇气突破封建枷锁,与初恋情人小庚重新结合在一起。后来,又因不满小庚对她的种种限制,毅然与之决裂。从荒妹抗拒包办婚姻,到巧珍大胆追求爱情,再到烟峰、枣花重新选择生活,我们看到新时期农村女性主体意识的觉醒,她们在对新生活的追求上迈出了坚实的一步。但在80年代初的中国农村,千百年来的封建传统文化沉淀很难在短时间内被完全改变。像枣花这样的农村妇女,虽然勇敢地冲破封建藩篱,追求自己的爱情,但由于经济上没有独立,最终没有获得真正的幸福。

进入90年代以后,社会主义市场经济体制的建立,使中国社会各个领域发生深刻变革,也给广大农村带来巨大的冲击。处于变革时期的乡村女性,被挟裹在市场经济洪流中,开始走出家门、走向社会,追求自我价值的实现。其中一类是离开自己的故土,进入城市艰难打拼的女性;一类是留守农村,继续在田野艰辛耕作的女性。在这两类乡村女性中,并非所有的乡村女性都是苦难的被动承受者,也不是所有的女性都是男性的附庸,她们之中也不乏自立自强的女性形象。像李佩甫《城的灯》里的刘汉香作为一个传统乡村妇女,对爱情的追求比巧珍更加执着和坚定,并且在实现自身价值上比巧珍走得更远。刘汉香被冯家昌抛弃后,她没有走刘巧珍那条老路,而是走上另外一条抗争之路——潜心种植花卉,将农村变成花镇,用自己的智慧和汗水带领全村人实现了进城的梦想。进入21世纪,乡土小说打破了20世纪90年代的沉寂,出现了大批反映农村题材的作品,其中一些作品对乡村女性生存状态给予了深切关注，塑造了一批大胆找寻自我的新女性形象。像孙惠芬的"歇马山庄"系列小说从私人化写作和欲望叙事中跳脱出来，开始关注农村女性的生存现状和成长历程，表现出农村女性主义的潜流。像《歇马山庄》里的翁月月就是一个视爱情为生命的乡村女性。月月嫁给国军就想认真过相夫教子的生活，做一个贤惠孝顺的好媳妇。即便是丈夫国军因新婚之夜的惊吓，失去做男人的雄风，月月还是一如既往地爱着国军。后来，当与国军的夫妻生活遭遇不幸，月月做一个好妻子的愿望落空时，那个放荡不羁的买子走进了她的生活，并以他的果断勇敢赢得了月月的心。然而，当月月在林家挨打、与国军离婚时，买子却正准备娶月月的小姑子小青。最后，月月在苦苦的寻找中觉醒过来，流掉了买子的孩子，实现了自我的脱胎换骨，重新做回自己。这时，她清醒地认识到只有凭自己的能力，才能实现自身的真正独立，便坚定地对母亲承诺："我一定凭自己的能力，使我们母女独立。"这预示着月月真正成为一位走过懵懂迷茫、实现自我独立的现代女性。小说中另一个女性小青可谓是一个十足"现代"女性，在爱情、婚姻和生活上比月月更有主见。对她来说，乡村社会婚姻、贞洁等一切规约，都不可能形成对她的束缚和羁绊。在上卫校时，她就为自己设计好了未来，为留在城市不惜奉上自己的贞操。在选择对象上，主动设置了自己的婚姻，看中和追求与众不同的买子。婚后，小青发现乡村枯燥的生活、繁重的劳作不是她想要的生活，经过冷静地分析后认为买子并没有从心底重视她，便毅然流掉腹中的孩子，离开歇马山庄去城市寻找她的梦。由此可见，小青已经完全摆脱对男人的依附，并且学会了在这个男权社会如何把握自己的命运，设计自己的未来，找寻自己想要的生活。小说以独特的视角描写了乡村青年女性的成长历程，反映出21世纪乡村女性主体意识正在不断增强，她们在爱情、婚姻和事业追求上更加大胆和独立。

二 反抗男权：乡村女性的自我拯救

父权制（patriarchy），更准确地说应是"男权制"，狭义上是指男性家长、族长权力；广义地说，父权制是指"一种家庭社会的、意识形态的和政治的体系，在此体系中，男人通过强力和直接的压迫，或通过仪式、传统、法律、语言、习俗、礼仪、教育和劳动分工来决定妇女应起什么作用，同时把妇女处处置于男性的统辖之下"①。长期以来，在传统父权制社会观念中，男性享受至高无上的地位，具有至高无上的权力，而女性则由于经济上的依赖性处于从属地位，在男权社会里接受男尊女卑、三纲五常等传统观念的"洗脑"，进而自觉地维护着造成自己苦难的道德准则和伦理纲常。像鲁迅笔下的祥林嫂就是一个深受封建礼教思想毒害的旧时代女性典型。进入20世纪八九十年代以来，一些作家直承"五四"起酝酿积郁近百年的"新女性"文化精神，兴起了女性主义文学创作高潮，塑造了一大批乡村新女性形象，成为当代文学创作中的一道靓丽的风景。像新时期之初楚良《玛丽娜一世》中的玛丽娜、鲁彦周《彩虹坪》中的耿秋英、李叔德《赔你一只金凤凰》中的董舜敏和《渭河五女》中的司马爱云、张一弓《春妞儿和她的小嘎斯》中的春妞、路遥《人生》中的刘巧珍、李佩甫《城的灯》中的刘汉香、张雅文《趟过男人河的女人》中的山杏、方方《奔跑的火光》中的英芝等。

　　在这众多的女性形象中，刘汉香就是一个敢于向传统父权提出挑战的典型。刘汉香是大队支部书记的女儿，她不顾父母的强烈反对，义无反顾地将自己的一生交给自己心爱的人。在冯家昌当兵期间，她在还没取得合法名分的情况下，不惜与父母决裂毅然搬进冯家，主动帮助冯家昌照顾父母和兄弟，承担起了"大嫂"的责任，用自己的全力撑起几欲倾倒的冯家。可以说，刘汉香这种叛离和反抗，是乡村女性自我意识的觉醒，更是对乡村宗法父权制的质疑与挑战。当遭到冯家昌的背叛抛弃后，汉香没有像世俗村民那样采取报复行为，而是选择一条自我拯救和拯救他人的抗争之路。她的这种反抗是对整个农村所谓"传统"的反抗，而且这种反抗实现了从物质到精神的革命。如果说刘汉香所反抗的是传统父权的话，那么陈源斌《万家诉讼》

---

①　康正果：《女权主义与文学》，中国社会科学出版社1994年版，第3页。

里的何碧秋反抗的则是整个社会，以争取做人的基本权利。小说女主人公何碧秋是一个只有初中文化的村妇，因丈夫被打便勇敢地拿起法律武器，单枪匹马跑到乡里、县里、市里打官司，最终找回了做人的权利和尊严。这场官司打败的不仅仅是村长，而是打倒了很多男人——在这个"女强人"面前，李公安员、严局长、吴律师显得苍白无力，官司一直打到中级人民法院以她胜诉为止，她终于讨到了"说法"。从这个层面可以看出，作为农村新一代女性，何碧秋的觉醒、挣扎以及对传统男权世界的反抗，颠覆了以往的农村妇女形象，重构了一个敢于抗争的新女性形象。同样，铁凝的《闰七月》也表达了乡土女性自主意识的觉醒和对苦难命运的反抗。山村少女七月孤苦无依，为了生存听凭命运摆布，嫁给比她大二十多岁的铁匠孟锅。在孟锅那里，七月不是一位妻子而是地地道道的"奴"，得不到最起码的尊重，她不仅要为孟锅洗衣做饭，还充当他宣泄欲望的工具。最终，七月被知识青年喜山的爱情唤醒，主动地爬上他的马车，勇敢地走出了饮马略，走出了男权的藩篱，使女性自我的生存价值和自由意志得以实现。还有张炜《丑行或浪漫》中的乡村女性刘蜜蜡，没有遵循"嫁鸡随鸡"的伦理约束，而是大胆反抗强暴，勇于追求自由，不顾千难万险逃出小油铚的囚笼，坚定地寻找自己的心上人。相对于张炜以往的文本，刘蜜蜡形象无疑是一个全新的异类。小说突破了传统文化对女性或妓女或母亲的两种定型，赋予了女性本身复杂而丰富的欲望和内涵。

　　进入21世纪以来，随着城乡双向流动的加快，在城市现代文明的熏染下，乡村女性的主体意识在不断增强。像方方《奔跑的火光》中的英芝，就发出了女性的叩问——"为什么男人和女人不一样"，并对传统男权社会进行了坚决的反抗。英芝所生活的老庙村父权制根深蒂固，女人没有任何的地位，经常以换亲的形式嫁到别人家。面对乡村女性的痛苦，英芝曾给予最为直白的控诉："男女平等说了这么多年，凭什么到头来不管遇到什么事都是女的倒霉，而且连女人自己都认为应该这样……做女儿的人为什么就这么命苦呢？"基于这种认识，为了逃离公婆的"魔爪"和地狱般的家庭，英芝便下决心要依靠自己力量独立盖一座房子，她加入"三伙班"卖唱赚钱，后来甚至不惜跳脱衣舞。在她看来，身体是自己的，而且不要本钱。让贵清玩，还一分钱也没有。更何况，让别人吃吃豆腐，自己也没什么不舒服。然而，在父权制根深蒂固的老庙村，英芝的所作所为受到了来自父权、夫权和族权的三重压力，她在维护自我权利的路上，常常陷入反抗的无效与盲目的境遇之中。在贵清好逸恶劳、吃喝嫖赌与英芝跳脱衣舞、赚钱盖房上，他俩所遭受的结局却大相径庭：贵清参与流氓活动被抓后，公婆不但没有责怪儿子反而将责任推到英芝身上，责怪媳妇没有伺候好丈夫；英芝跳脱衣舞筹款修房，却遭到公婆的谩骂和丈夫的毒打，还受到全村人的指指点点，甚至连自己的父亲也责骂她。波伏娃在《第二性》中提出："定义和区分女人的参照物是男人，而定义和区分男人的参照物却不是女人。"① 由此可见，传统社会对男女实行的是双重标准，要求女人做到的却并不一定要求男人做到。我们从英芝所处的环境可以看出，即便是在现代社会，女性的地位已经大大提高，但乡村女性的生存现状却依然不尽如人意。在强大的男权意识的禁锢和压制之下，英芝想通过自己赚钱建一栋楼房来逃脱公婆管制的愿望未能得到实现。最后，英芝因突围失败而被迫走上一条杀夫之路，以作为其对男权制反抗的祭奠。小说以一种"阁楼上的疯女人"式的反抗，表达出乡村女性对男权思想的决绝和挑战，谱写出一曲乡村女性反抗命运的时代悲歌。英芝的悲剧及其产生的环境具有强烈的代表性，它表明当今中国农村女性要真正实现男女平等，仅仅依靠个人力量是远远不够的，同时也预示着乡村女性真正解放还有一段很长的路要走。

三 追求独立：乡村女性的自我超越

20世纪八九十年代以来，在全球化和现代化的时代背景下，为改变贫困的物质生活现状，脱离传统乡村社会桎梏，大批乡村女性像

---

① ［法］西蒙娜·德·波伏娃：《第二性》（全译本Ⅱ），陶铁柱译，中国书籍出版社1998年版，第596页。

娜拉一样出走,不仅走出了家门,更走向了社会,走进了城市,这些出走的乡村娜拉的命运是怎样的呢?马克思主义认为,人们在社会上和家庭中的地位,归根到底是由人们在社会生产中的地位所决定的。因此,妇女问题归根结底还是经济问题,妇女如果经济上没有取得独立,那么任何反抗都是徒劳无益的。新时期以来,作家们对此进行了深入思考和探寻,在其创作中塑造了一大批勇于挣脱乡村传统禁锢、追求自我独立的乡村女性形象,在一定程度上对"娜拉出走以后怎么样"这一重大社会问题作出了回应。像楚良的《玛丽娜一世》就通过玛丽娜这位新时期自立自强的"弄潮儿"形象,展现了乡村女性通过经济上独立真正实现男女的平等和女性人格的独立。小说主人公玛丽娜两次高考失败后回到农村,因不满哥哥的自私和"家长"作风,上演了一曲惊世骇俗的"闹分家"的戏,并豪迈地喊出"我有资格管我自己",最后通过法院调判与哥哥分家,独自带着父亲自立门户。这在当时传统意识笼罩下的农村,无疑是一种大胆的叛离之举,因为打破了千百年的女性只能从属依附的传统。当她从哥哥门下独立出来后,玛丽娜承包下月亮滩,在父亲的协助下红红火火地兴办起养殖场。后来,还别出心裁地颁布了月亮滩"第一部婚姻法",其间有关"禁止贩卖大男子主义"、妻子的"产权不受任何人侵犯"等条款,体现了强烈的女性主体意识和独立精神。

进入 21 世纪,像玛丽娜这样的乡村女性如雨后春笋般涌现出来。周大新《湖光山色》中的楚暖暖、《女人的村庄》中的张西凤、《乡村爱情》中的王小蒙等,就是乡村新型女性的代表。像从北京打工回来的楚暖暖,是作者着力打造的一个代表着乡村未来的新型女性形象。暖暖接受过有限的教育,从京城打工回乡后成为城市文明的使者。这首先表现在对世俗婚姻的抗拒和对美好爱情的追求。她不顾詹石磴的逼迫、父母反对和村人非议,毅然向家境贫寒的旷开田表白自己的爱情,"我的婚事我一定要自己拿主意,别人休想替我做主"。可见,暖暖接受现代文明洗礼后,自我意识已经在她心里深深扎根。不仅如此,暖暖还凭借自己的聪敏和勤奋,审时度势在楚王庄兴办起家庭旅馆,并带动了整个村镇旅游业的发展。由此可见，暖暖不仅敢于追求婚姻自由，还拥有了属于自己的事业。然而，受"男主外、女主内"传统观念的影响，楚暖暖完全能够胜任村长一职，但在竞选村长时却力推丈夫旷开田，这意味着她未能完全从家庭走向社会。对此，张继在《女人的村庄》中进行了深入的思考，并在一定层面上给予了回答。小说中的留守妇女在妇女主任张西凤的带领下，办起了生态猪养殖项目，走上产业化发展道路，最后把外出打工的男人们也吸引了回来，她们靠自己的勤劳和智慧赢得了男人的尊重。作为张岭村的女性代表张西凤，不仅走出了家庭，还走向了社会，将农村妇女组织起来，开创了自己的事业。这种主体意识的觉醒不仅仅局限于个体，还促进了全村女性主体意识的觉醒。另外，张继在《乡村爱情》里也塑造了一批大胆、活泼、独立、自强的乡村新女性群体，其中王小蒙就是一个优秀的乡村新型女性代表。王小蒙是一个淳朴的农村女孩，虽然没有像永强一样上过大学，但却对爱情有着自己的见解和追求。她反对父亲乱点"鸳鸯谱"，不接受父亲对她爱情的干涉；面对刘一水和王木生的追求，没有为金钱和财富倾倒，而是敢于冲破传统门第观念，主动向谢永强示爱并私订终身，更难能可贵的是还办起豆腐加工厂拥有了自己的"豆腐事业"。在这场乡村爱情纷争中，小蒙清醒地懂得女人必须拥有自己的事业，才能获得经济上的独立，拥有人格尊严。就像张辛欣《在同一地平线上》中说过的那样："女人与男人在同一地平线上，女人应该走自己的路。"[1] 王小蒙就是在这种独立自强思想的指引下，依靠自己的事业并凭借独立的人格获得属于自己的爱情，最终使自我的存在价值和自由意志得以实现。还有乡村妇女谢大脚，不接受"嫁鸡随鸡、嫁狗随狗"的传统观念，面对不幸的婚姻没有选择退让和忍受，而是挣脱封建思想的束缚，勇敢地追求属于自己的幸福。另外，像谢小梅、香秀、刘英等乡村女性，为了自己的幸福，大胆表白，主动追求，并且始

---

[1] 张辛欣：《在同一地平线上》，《收获》1981年第6期。

终掌握着爱情的主动权。同样,《圣水湖畔》中的马莲、《插树岭》中的杨叶青等,虽然面临着情感问题上的困境,但已经跳出了"以爱为生"的牢笼,并凭借自己的努力在劳动致富的道路上赢得认可、支持与尊重。现代爱情观认为:爱情虽然是非常重要的,但生命的价值、情感的自由以及个体的尊严更为重要。这些作品中的农村新一代女性彻底否定了女性依附男性的观念,在火热的生活中寻找着事业的支点和爱情的位置。在这一点上,正反映出当代乡村女性情爱意识、生存意识的觉醒和发展。

相对于乡村留守女性,那些走进城市的农家女也不乏自立自强、敢于奋斗的成功者。这些乡村女性进城后摆脱土地和传统父权制的束缚,展现出更为旺盛而柔韧的生命力。像《外来妹》中的赵小云就是新时期作家塑造的一位典型人物形象。20世纪80年代中叶,穷山沟赵家坳的农家姑娘赵小云与其他五位姐妹,被商品经济大潮裹挟到珠江三角洲,小云凭借自己的聪颖和才智,在激烈的竞争中施展才能,最终成长为一名乡镇企业负责人,拥有了属于自己的一片天地。进入20世纪90年代以后,像赵小云一样的乡村姐妹纷纷涌入城市,她们中的大多数在城市的天空下,凭着自己的坚强与韧性努力打拼,最终实现作为女性的自我价值。像倪学礼《追赶与呼喊》中的农家女王小麦,凭借一股憨傻劲忍辱负重,大智若愚,忍受了家庭的辱骂和捉弄,承受了丈夫两次感情游移,最终实现婚姻和事业上的成功。盛可以《尊严》中的农妇吴大年,面对生不如死的处境,愤然离家来到城市。无论在餐馆、茶馆还是工厂,她凭自己出色的才干和表现,赢得了雇主的青睐与器重。叶梅《五月飞蛾》里的乡村少女刘二妹,离开农村老家进城后,遭遇各种艰难困顿的境遇,但她凭自己的聪明机智和理想信念,牢牢将命运掌握在自己手里,并逐渐使自己变得强大起来。另外,《天高地厚》中的鲍真尽管在城市经历各种屈辱,但打工经历让她增长了见识和才干,坚定了自己的人生追求。这些进城乡村女性在市场化的城市空间真正开始了自身解放和超越,尽管这一过程充满了辛酸和血泪,但乡村女性向现代转型的艰难旅程毕竟已经开始了。这些进城乡村女性散发着新时代的气息,寄予了作家对中国女性解放的热切期盼和深沉思考。

第四章　社会转型发展中的人性碰撞

英国哲学家休谟在《人性论》中指出："一切科学对于人性总是或多或少的有些关系。任何学科不论与人性离得多远，他们总是会通过这样或那样的途径回到人性。"① 那么何为人性呢？人性，是指人在其生命活动中所表现出来的全部属性的综合，是人之所以为人的本质属性，是人与动物相区别的标志。人的本质属性应该是自然属性和社会属性的统一。其自然属性是人与生俱来的本能欲望，如食欲、性欲、占有欲等；其社会属性是自然属性在社会领域里的延伸，在现实中则体现为种种心理活动和行为，如人的交往、理解、爱、尊重以及自我实现中表现出的善良、同情、正义、仇恨、嫉妒、邪恶等善恶心理和情感。这两方面的内容基本上构成了完整的人性内涵。② 在20世纪的中国文坛上，"人性"始终是一个既沉重又敏感的话题。早在"五四"新文学运动中，周作人就提出了"人的文学"的口号，"人的文学"成为新文学运动的一个中心思想，同时也是贯穿整个中国新文学的一个基本命题。此后，梁实秋与左翼文学阵营之间围绕着"人性"与"阶级性"发生了著名的论战。1928年，在无产阶级革命文学的倡导下，阶级理论否定了"五四"时期的自然人性理论，从而导致普遍的人性论被具体的阶级论所替代。20世纪50年代中期，巴人《论人情》、钱谷融《论"文学是人学"》等文章遭到批评后，文学作品中的"人性"书写相对弱化甚至逐渐淡出。进入新时

---

①　休谟：《人性论》（上册），关文运译，商务印书馆1980年版，第6-7页。
②　管宁：《小说20年：人性描写的历史演进》，《东南学术》2001年第5期。

期以后，伴随着思想解放的脚步声，"人性"在经受长期的思想、情感压抑后得以重获新生，人性话语在现实生活以及文学领域回归并彰显出旺盛活力。像卢新华的《伤痕》、刘心武的《班主任》、鲁彦周的《天云山传奇》、古华的《芙蓉镇》、张洁的《爱，是不能忘记的》等一批小说，以敏锐的艺术触角率先洞悉历史在人们精神和心灵上留下的伤痕，使文学书写视角从社会群体意识空间重新回到个人化人性空间，爱情、人性和人道主义潮流一起构成了新时期"人的解放"的重要内容。作为文学一大主潮的乡土小说，继承"五四"新文学和启蒙主义传统，批判国民的灵魂痼疾，关注个体的存在价值，发掘平凡人生的人性光芒，讴歌乡村世界的朴素情感，呈现出社会转型期乡土人性书写的时代新特征。

第一节　反观历史：书写苦痛命运

自"五四"思想启蒙运动以来，以鲁迅为代表的一批乡土作家在"揭出病苦，引起疗救的注意"中，展开了对乡土大地上老中国儿女人性的书写和思考，使之成为这一时代的文学主题。然而，新中国成立后的前三十年里，关于人性问题的简单理解与处理，导致文学作品中对人性的书写相对弱化甚至被遮蔽。进入新时期以后，伴随着思想解放的脚步声，小说创作开始将艺术的笔触聚焦于人性描写上，使得新时期乡土小说开始向文学的本体复归，重新焕发出启蒙的曙光。20世纪80年代的高晓声、乔典运、张一弓、何士光、韩少功，到90年代后的毕飞宇、余华、铁凝、李锐等乡土作家，继承"五四"启蒙主义思想传统，多角度、全方位展开对创伤记忆的叙写，对成长苦难的揭示，对丑恶人性的批判，揭露和批判了新时期国民心理中的传统惰性和历史积垢，为新时期人性书写开拓了新的空间。

一　反思历史创伤

20世纪70年代末80年代初是一个历史转折时期，这一时期的文学重新回归到现实和人自身，开始反思政治话语对人性的遮蔽，其源头是"伤痕文学"。随后，中国当代文坛出现"反思文学""改革文学"，引发了80年代前期对人性、人情、人道主义问题的文艺思想讨论。在这一时代背景下，古华、张一弓、周克芹、张贤亮、高晓声、叶蔚林等一批乡土作家，以人道主义审视农民的命运沉浮，在其创作中展示了普通人物的曲折命运，揭示了农民心灵深处的精神创伤，呼唤农民作为人的尊严、价值和权利。

周克芹的《许茂和他的女儿们》就通过四川山村葫芦坝农民许茂的命运遭遇，揭示了农民所遭受的精神创伤。小说主人公许茂在物质极度贫乏的年代，不仅住上了一座气派、宽敞、明亮的三合头草房大院，还养育了九个女儿。但后来在阶级话语的重压下，他变得孤僻自私、固执奸诈，不仅乘人之危故意压价倒卖菜油，还置家庭亲情于不顾，宁愿让自己的三合头草房空着也不肯接纳遭灾的大女儿一家，家中遭"贼"时首先想到的不是女儿安危而是粮食衣服，大女儿病逝时因怕受牵连而不闻不问。小说再现了社会变迁给农村和农民带来的影响，展现了人们在复杂矛盾面前的人性扭曲，探讨了个人的悲剧命运与社会发展变动之间的关系。同样，古华的《芙蓉镇》也通过乡村普通小人物的命运演绎，折射出历史苦难给人们心灵造成的伤害。小说中的反面人物李国香，是县商业局的人事干部，本来将要提拔为商业局副局长，但因与他人通奸一事败露，被下放到芙蓉镇当饮食店经理。李国香一到来，芙蓉镇就失去了往日的宁静。"豆腐西施"胡玉音因米豆腐摊子生意兴隆，便遭到李国香的违规核查。民政干事黎满庚因不愿接受李国香舅舅杨民高的撮合，就被打发到乡政府当炊事员。后来，李国香主动勾引粮站主任谷燕山，但却在这位四十出头的单身汉面前碰了壁。于是，她在芙蓉镇极尽整人之能事，把个好端端的芙蓉镇，搞得猫弹狗跳、人畜不宁。小说在人性反思上显得极为冷静理智，在剖析作品人物的同时也剖析着自己，让人们看到了那个时代阶级性对人性的吞噬。通过对《芙蓉镇》的重新解读，我们看到改革进程所带来的政治、审美、人性等变迁之间的隐秘关联，以及新时期的文学对人和人性作出的重新阐释和定义，这也是"文学是人学"的真正意味所在。

相对于古华而言，张贤亮的《邢老汉和狗的故事》则通过从邢老汉一生中截取的几个片段，展示了小人物精神生活的惨痛。邢老汉在新中国成立之前打了十几年长工，一直没有能力娶个女人。到了四十岁那年别人给他说了个女人，可他的女人老是病病歪歪的，结果跟他一起生活了八个月就死了，同时也把几年的积蓄都折腾光了。1972年邻省发生大旱灾，一个逃荒女子与他重建了一个酸楚而温暖的家，但不久因家庭变故，逃荒女子怕连累他便悄悄离开了。为了排遣孤独寂寞，邢老汉养了一条黄狗，作为唯一的安慰和寄托，但这条狗也在当时的"打狗运动"中被枪杀，邢老汉终于在这接踵而至的打击下凄然老去。可见，在那特殊的政治环境和物质极为匮乏的时代，人的生命、生存是何等的沉重，小说从不同角度表现了这个生存的逻辑，展示了人性的生存本能在煎熬中的执着。邢老汉这种一波三折的命运也同样发生在李顺大（高晓声的《李顺大造屋》）身上。李顺大是陈家村的一个穷苦人，土地改革分得了土地但没有房子，于是便立下造三间屋的奋斗目标，但多次在政治运动中功亏一篑，受尽了肉体和精神的折磨。直到1977年在新走马上任的老书记的帮助下，李顺大才终于圆了造屋梦。造屋这个看似简单的人生目标，李顺大却用了近30年的时间才完成。小说通过李顺大一波三折的苦难命运，展现了农民的软弱、盲从和保守，以及他们对自身历史处境的不自觉，从而无法获得主宰自己命运的力量和能力的现实。另外，叶蔚林的《在没有航标的河流上》、张一弓的《犯人李铜钟的故事》等，通过普通农民坎坷的人生经历，书写出普通民众人性被扭曲的悲剧，寄托着呼唤人的尊严的强烈意愿。这些小说书写普通个体在特殊环境中遭受的创伤，并通过他们所承受的创伤来反思历史。这种反思是作家群体在特定历史语境下，面对共同历史记忆而形成的创伤书写，而且这种非个人化创伤叙事与当时社会思潮保持着高度的同步性，并在意识形态的规约下抑制了其自身的历史反思深度。

二 述说成长苦痛

进入20世纪90年代以后,随着新时期社会语境的变迁,文学史中的"伤痕"和"反思"文学思潮已渐行渐远。进入21世纪前后,一批"晚生代"作家在关于伤痛叙事上做出了新的艺术探索,他们将叙事视点"下沉",在"去政治化"的叙述方式中,从"人民"话语还原到世俗日常生活中,如毕飞宇的《玉米》《平原》,余华的《活着》《在细雨中呼喊》等小说,在世俗日常生活中均展现了个体生命的成长苦痛和悲苦命运,以及荒诞恶劣的现实境遇下人性的扭曲与异化,重构了一幅更加复杂多元的乡村历史生活图景。

毕飞宇的《玉米》系列小说通过玉米、玉秀、玉秧三姐妹的成长历程,展现了农村女性在基层权力斗争下的成长苦痛。主人公玉米是王家庄村支书王连方的长女,在父亲的庇护下享有相当的威信,一度与飞行员彭国梁联姻。但随着父亲在村中地位的崩塌,玉米成为牺牲品,与飞行员彭国梁的婚姻大事告吹。此时的玉米则遭受到家庭权势的崩溃与理想婚姻顿时化为泡影的双重失落。在这种情形下,她不惜把自己作为填房嫁给了一个年龄与她父亲相仿的公社副主任,沦为这个男人生活的奴隶与泄欲的工具。同样,玉秀这位丰姿绰约的少女,对人生充满天真的幻想,却在一个晚上看电影之际遭到强暴,跌进黑暗的深渊而痛不欲生,最后只得乞求姐夫为她安排一条生路,然而在对权力与亲情的依附中,依然没有逃脱生活的厄运。相比玉米、玉秀而言,玉秧长相平庸,生来就不讨喜,但因学习好考上师范学校,轰动了整个王家庄。进入省城学校念书后,这位本来天真无邪的少女,受魏向东老师指使充当校方耳目,并一步步走进魏向东为她挖好的陷阱。从玉米到玉秀再到玉秧,她们在艰难的挣扎中试图改变个人的生存环境与悲苦命运,却在无助的挣扎中身不由己地跌入欲望的陷阱,最终导致人性的扭曲与自我价值的失落。小说展示了荒诞恶劣的现实境遇导致人格的异化和人性的失落,并从这一角度探讨了"特殊时代"产生的思想根源。

在毕飞宇的另一部长篇小说《平原》中,主人公端方高中毕业后回到王家庄务农，觉得自己在一个狭小的，甚至是难以呼吸的空间中苟延残喘。为此，他试图通过讨好村支部书记吴曼玲，获得出去当兵的机会，但最终还是没能逃出王家庄。在端方身上，"几乎聚集了作者对所有青春记忆中最为刻骨的伤痛，以至于这个人物成了一个不折不扣的苦闷的象征——象征着青春的苦闷，智慧的苦闷，热情的苦闷，力量的苦闷"[①]。从某种程度上说，端方的疼痛正是中国乡村青年在成长过程中急切想要改变自身命运所要普遍经历的疼痛。同时，从端方身上我们看到了人性深处的晦暗、自私和暴烈，以及带有青春苦闷无处发泄的痛苦与冲撞，还有对理想的渴求而又无力实现后的自我撕裂。同样，下乡女知青吴曼玲，因为追求政治上的进步一心扑在工作上，俨然把自己变成"女铁人"，几乎压抑了作为女性的所有自然欲望。她虽因政治上表现突出成为村支书，成了王家庄的最高权力者，但政治上的成功带来的却是人性上的失意。她爱着端方却又无法表达自己的情感，在极度的矛盾中只能找狗寻找慰藉。这种对政治的狂热追求和对自身作为女性存在的忽视，正是特殊时期历史错位在一位普通女性身上的具体表现。还有顾先生、老骆驼、三丫等人，都在一股无法摆脱的力量的左右下，在王家庄上演了一幕幕人生悲喜剧，没有一个人能逃脱历史的宿命感。

相对于毕飞宇而言，余华的《在细雨中呼喊》中，主人公孙光林等一批青年充满了成长的焦虑与恐惧：苏宇因青春期性冲动和冒险，竟然去强奸一位老太太而被处以劳教；孙光林与同学们整日因为手淫而惶惶不可终日。作者笔下的儿童世界丧失了纯真的童心，充满了阴谋、陷害、冷漠、世故，以及青春期的性意识混乱。小说以主人公孙光林的成长经历对个体命运进行了深刻的解读和独特的阐释，真实地展现了青年一代成长中所体会到的孤独、茫然和绝望的情感体验，以及他们在困惑失落中发出的超越绝望的呼喊。另外，余华《兄弟》里的李光头等少年，在整个社会道德状况混乱的环境下，不

---

① 洪治纲：《1976：特殊历史中的乡村挽歌——论毕飞宇的长篇小说〈平原〉札记》，《南方文坛》2005 年第 6 期。

但失去了成长的规范，反而深受人性丑陋的成人世界的影响。苏童的《黄雀记》里的"香椿树街"，一群少年在社会秩序被颠覆之后，被抛入一个无比"自由"的"游戏"空间，我们从作品中可以看到"一些在潮湿的空气中发芽溃烂的年轻生命，一些徘徊在青石板路上的扭曲的灵魂"。可见，乡村社会的伦理体系与阶级话语结合所形成的特殊社会状态，钳制和扭曲着生活在这里心怀希冀的乡村青年人的美好人性。

三 展现民间苦难

进入21世纪前后，随着社会文化环境的宽松和文学理念的变化，对于历史苦难的书写已逐渐从国家意识与集体记忆中突围出来，摆脱通过历史苦难对生命个体的伤害来表达政治理念的窠臼，不仅在历史日常生活叙事中书写出了个体生命所遭受的苦难，更从民间话语的私人空间视角展现出对人性异化的文化反思和批判，而且对历史苦难根源的反思不再是政治化的，而更多地指向了命运和人性层面的探寻。

阎连科的《坚硬如水》就通过"革命＋爱情"的解构式叙事，展现了生命个体在权力欲望角逐中的苦难命运与人性扭曲。主人公高爱军从部队复员回到程岗镇，为了夺权首先拿村支书、老丈人程天青开刀，致使老婆桂枝上吊自杀。桂枝突如其来的死使程天青感到天塌地陷，然而高爱军却给他罗列出二十六条罪状，逼得老丈人真正发了疯。面对妻子的死和老丈人的疯，高爱军不仅内心深处不曾有一丝愧疚和悲哀，还心安理得地沉浸在享受胜利的喜悦中。相对于高爱军，夏红梅的所作所为更是有过之无不及：当两人在地道偷情被丈夫程庆东发现后，夏红梅一句"爱军，庆东一出去你我全完"的提醒，使脑子一片空白的高爱军顿起杀意，用铁锹将抱着两人衣服仓皇逃离的程庆东砍死。更有甚者，他俩从监狱里逃出来后，故意在程寺当着程天民的面做"那事儿"。由此可见，复仇居然能让人如此少廉寡耻，置起码的道德良心和人伦亲情于不顾。阎连科以权力和欲望角逐的话语狂欢，叙写出阶级话语下人性的扭曲与异化。同样，刘庆邦的《平地风雷》也通过书写底层百姓的苦难景况，对人性之恶进行了深刻拷问。小说中的货郎因家里一贫如洗，不得不靠着一副货郎担子来勉强维持生活，但不幸被队长一整再整。周围的"看客"一面鼓动货郎卖货，一面到队长跟前煽风点火，捏造货郎要杀人的谣言，最终他们得到了想要的结果：货郎在走投无路时用劳动工具结束了队长的性命，同时货郎也成为这群"看客"的刀下鬼。相比鲁迅笔下的看客和那些"吃人"的人，他们显得更加凶残、冷漠和阴险。可以说，这些喜欢"看戏"的人们，正是这场悲剧的导演者，其背后展现的是愚昧麻木对人性的毁灭性伤害。

　　人性的异化不仅发生在个体身上，同时也发生在群体身上。王青伟的《村庄秘史》则以老湾和红湾两个古老村庄的故事，真切地展现了人性的泯灭与扭曲。长期以来，老湾村一直受红湾村压迫，后来随着社会形势的变化，老湾人便开始了对红湾人的复仇，不准他们结婚，以致红湾的男人娶不上妻子。在这种情况下，昔日红湾大地主陈抱华的孙子陈生因按捺不住原始性冲动，跟自己的妹妹陈命发生乱伦关系。当事情败露后，陈生在绝望和羞愤中举着砍刀向老湾杀去，继而发展为老湾与红湾的集体暴虐事件。小说从外在的社会思考转向内在的精神重构，对特定历史中国民精神痼疾和病态心理进行了揭示和批判，并从文化层面对人性进行了反思与审视。此外，贾平凹的《古炉》、东西的《后悔录》、刘醒龙的《弥天》、苏童的《河岸》等小说，都展示出畸形环境下国民异化的人性和病态的心理。这里有畸形变态的偷窥，有压抑煎熬的欲火，有嗜血复仇的狂欢，也有亲情缺失的冷漠，还有着愚昧荒唐的邪恶。这些描写与演绎向世人传达了一个信息，那就是国民劣根性根深蒂固，对其改造的任务还很艰巨，还有很长的路要走，同时也告诉人们人性启蒙的紧迫性和重要性。

第二节　剖析个体：聚焦底层情爱

　　"个体生存论"最早由西方存在主义的先驱索伦·克尔凯郭尔提出，"单个的人"和"生存"是构成个体生存论的核心概念。所谓"单个的人"就是由激情的内向性和不断生成的主体性所构成的生存性存在，成为一个单个的人应该是人的生存目标。所谓"生存"则是对人的生存性结构的描述，即人是一种关系，是无限与有限、永恒与暂时以及自由与必然的综合，"生存"就是人实现自我本真存在的过程，包括人的自我参与、自由选择和自我实现。个体的生存是人性的开端，没有每个个体的存在，所谓的人性也是奢谈。而受中国传统文化的影响以及权威政治的压制，很长一段时间以来，个人的生存是微不足道的，个人的生存与毁灭，要么为了一种虚幻的理想，如《红岩》等；要么为了共同的目标，如《红色娘子军》等；要么为了阶级的立场，如《红灯记》等。真正关注个人之作为自我存在的和自我价值的，是从20世纪80年代开始的[①]。进入新时期以后，作家们在舔舐历史劫难对人们精神和心灵留下的伤痕的同时，迅速将笔触聚焦在人性描写上，开始向着"文学即人学"的本体复归。

一 关注个人奋斗

在中国现代社会急剧变革中，人道主义经历了一个曲折复杂的发展过程。尤其是在"文化大革命"十年浩劫中，人性和人道主义被指斥为"反对阶级斗争的修正主义"而遭受批判，以致在很长一段时间内人道主义成为文艺创作的禁区。进入新时期以来，伴随着思想解放运动的深入推进，人道主义形成一股波及政治、思想、历史和文化等各个领域的广泛的社会思潮。这一时期文学中的人道主义也开始在回潮，以空前的热忱呼吁着人性、人情和人道主义，呼唤着人的尊严与价值。人的主题首先从"伤痕文学"中凸显出来，并在"反思文学"中不断深化，进而向关注个体命运的日常生活作品渗透，展现了个人奋斗的人生历程。像路遥的《人生》就展现了新时期初期农村知识青年"个人奋斗"的问题。小说主人公高加林不再是一个抽象化的形象，而是一个真正意义的"人"。他有着七情六欲，也有着爱恨情仇；他有着理想和追求，也有着野心和背叛。高考落榜的他

[①] 郝春涛：《新时期小说人性发掘历程》，山东人民出版社2011年版，第47页。

身处农村却向往城市，但客观现实却使他难以实现这些理想和抱负，既难以如愿地进入城市，又难以心甘情愿在家务农，从而形成其城乡相互渗透的"中间色"性格特征。一方面，高加林作为一个农民的儿子，他留恋乡村的淳朴，深深热爱生养他的土地，"他自己从来没有鄙视过任何一个农民"；另一方面，他又厌倦农村传统的生活方式，"自己从来都没有当农民的精神准备"，时时想离开那个闭塞的山村、那片贫瘠的土地，希望能到城市去实现自己更大的人生价值。然而，高加林又不能超越他所处的那个环境，也无法与生养他的黄土地决裂，只能在理想与现实错综复杂的矛盾中挣扎、碰撞、翻腾。由此可见，高加林这个"双面人"形象是"城乡交叉地带"这个典型环境的产物。在个人情感上，高加林也不可避免地产生矛盾的双重情结：一方面，高加林与传统道德观念有着千丝万缕的联系。例如，高加林对刘巧珍有着真实的感情，即使在报社当记者的黄亚萍与他相好时，他内心还一直惦念着巧珍；另一方面，当"有着共同语言"的黄亚萍向他示爱时，高加林反复思考"觉得他不能为了巧珍的爱情，而贻误了自己生活道路上这个重要的转折"。为了改变自己的命运处境，他权衡了一切之后决然断绝与巧珍的关系，同时又为自己给巧珍造成的伤害而感到内疚与不安。小说将高加林置身于"城市"与"农村"这两条人生道路之间，展现了一个土地背叛者失落的人生和苦痛的灵魂，传达出作者对社会转型期农民知识青年成长和命运的关注。继中篇小说《人生》之后，路遥在长篇小说《平凡的世界》里，将日常生活与社会冲突纷繁交织在一起，书写出社会转型期农村青年在个人奋斗道路上的挫折与追求、痛苦与欢乐，深刻地展示了普通人在大时代历史进程中所经历的艰难曲折道路。作品中的主人公孙少安、孙少平都是挣扎在贫困线上的农村青年，但依靠自己的顽强毅力、坚韧精神与命运抗争，追求自我的道德完善，实现自我的人生价值。其中，孙少安是一位立足于乡土凭借劳动智慧、矢志改变命运的奋斗者；而孙少平则是运用自己的知识、渴望融入城市的出走者，他们的故事构成了中国社会普通劳动者人生奋斗的两极经验。

同样，贾平凹的长篇小说《浮躁》也展现了农村青年一代在社会变革期所经历的生存苦难与精神苦痛。小说主人公金狗与高加林一样，也渴望建功立业，实现自身的价值。他从部队复员回乡后不愿过父辈的生活，便带领一伙青年在州河上以放排为生。他虽然胆子大，志气高，又有文化，但却生活在一个拳脚施展不开的地方。因为有巩、田两大姓掌权人物的存在，普通老百姓们敢怒不敢言，只得苦守着一份贫穷度日。当河运队被两岔镇当权派收编后，金狗阴差阳错得到去州城报社当记者的机会。于是，他的才华立即在州城得到充分展示，并以记者的身份与当权者田有善、巩宝山等斗智斗勇，为父老乡亲排忧解难。在巩家势力渗透到白石寨后，他利用田、巩两家矛盾整垮其中一方，接着再整垮另一方。后来，两家意识到吃了金狗的亏，便联合起来和主编串通，对金狗进行造谣证陷。金狗在农村与城市的合力面前辞职返回州河，与新成长起来的年轻人一起购买机动船跑运输，准备干一番更大的事业。小说展现了社会转型期农村青年为实现个人价值而不懈地奋斗，但现实却让他们与理想失之交臂，只能在城乡权力空间的挤压下进行无奈的抗争。相对于路遥、贾平凹而言，张炜则从人文主义情怀出发，反映了农民个体的命运沉浮，展现了普通人物身上所蕴含的人性之美。在《古船》里，作家所关注的不是政治运动和历史事件，不是历史人物的功过是非，而是洼狸镇各个人物的生存命运和精神世界。像隋抱朴是作家花费不少笔墨倾心塑造的人物，他的存在似乎是洼狸镇40年风风雨雨的见证，承载着隋氏家族甚至整个民族的酸楚与苦痛。抱朴作为一个开明资本家的长子，从小接受传统文化的熏陶，具有善良正直的本性，同时在阶级搏斗的腥风血雨中，目睹和经历了许多难以逃避的苦难。他六七岁时经历了抄家，扫地出门，父母惨死和兄妹被抓被打的种种苦难；在土改和镇反运动中，目睹了还乡团屠杀群众、残害妇女的罪行。那些被无情涂炭生灵的呼号哀鸣，深深地镶嵌在他的记忆深处，形成他如山一样沉重的精神负担，使他小小的身心受到了严重的折磨和摧残。后来在饥饿的年代，他又失去了心爱的妻子，加上叔父的落魄、弟弟的失意和妹妹的疾病，使这位坚强的汉子承受着巨大的精神压力。由于特殊的家庭出身，抱朴只能在社会夹缝中忍让妥协，整天蜗居在小磨坊里，以至于几十年来"差不多都没有畅快地笑过一次,不知道笑是什么滋味儿",丢失了"人本来都该有的"勇气和激情。最后,抱朴终于从罪恶的缠绕和苦难的负重中解脱出来,在洼狸镇乡亲们满含信任的目光中挺身而出,在粉丝厂面临崩溃的时刻站到了自己应有的位置上。作者从崇高的人道主义立场出发,讴歌和颂扬了隋抱朴这个企图普度众生的苦行僧形象,在他身上寄寓了作者浓烈的人道主义理想。另外,《陈奂生上城》《种包谷的老人》《小月前本》等小说通过对个体命运遭遇的描写,表达了一种人道主义的价值理想。

进入20世纪90年代中后期,伴随着"三农"问题的日益凸显,许多乡土作家从现实主义出发关注农民的生存现状,书写转型时期农民的现实生存处境和所承受的生活苦难以及苦难中的人性异变。刘庆邦的《红煤》就讲述了农村青年宋长玉力图改变自己命运的艰难奋斗历程。出生于贫穷农村的宋长玉在一家国有煤矿做农民轮换工,虽然由农民轮换工转为正式矿工的希望极其渺茫,但对于土里刨食的宋长玉来讲,这是他跳出农门、进入城市仅能抓住的一根稻草。为此,宋长玉巧用心计地与矿长女儿唐丽华谈恋爱,以借爱情之名达到不可告人的目的,但他的精心算计却被矿长唐洪涛识破,最终被矿长开除出煤矿。宋长玉被逐落难到红煤厂村后,又借曾与国家矿矿长女儿谈过恋爱抬高自己的身价,从而轻而易举地使红煤厂村支书的女儿明金凤自投怀抱。靠着与村支书的裙带关系,宋长玉在红煤厂村兴办起旅游业,继而以低廉价格承包下红煤厂村小煤窑,从而在短时间内便发了家。有了一定的经济资本后,他复仇的种子在心中日益膨胀,继而使其人性之恶迸发出来。宋长玉疯狂地报复当初开除他的矿长唐洪涛,在父亲高压下离开他的唐丽华,还有老家的村支书宋海林,直至因煤矿透水事故导致十几名矿工死亡宋长玉才逃之夭夭。"生生死死小煤窑,明明暗暗人生路。"作为一个满怀抱负的农家子弟,主人公宋长玉为了寻求人生出路,不择手段地向上爬,最终成为"上等人",但在这一过程中,他的人性不断变异,灵魂发生扭曲。小说通过宋长玉这个中国"于连式"人物,书写出一个社会底层人在大变革时代个人奋斗的艰辛和不断扭曲的人性,为人们展示了当代中国

"红与黑"的社会生存现状。因此,《红煤》不仅仅是一部煤矿题材小说,更是"一部'在深处'的小说,不仅是在地层深处,更是在人的心灵深处"①。

二 剖析原欲情爱

千百年来,情爱是人们生活不可或缺的存在,也是文学书写的母题之一。它不仅反映着人的自然情欲,展现着个体的独特情感,同时也蕴含着丰富的人性内容。然而,由于受中国独特的历史文化和现实政治的影响,从新中国成立后到"文化大革命"前的相当一段时期内,情爱成为文学书写的一个敏感禁区。如萧也牧《我们夫妇之间》、路翎《洼地上的战役》等作品,则被指责为"散布了庸俗的资产阶级的兴趣和情调"②"个人温情主义"③,而遭到当时文艺界的严厉批判。特别是在"文化大革命"中,文学以政治宣传为最高职能,几乎人的一切个体情感都被排斥和拒绝,爱情描写在文学作品中被漠视而无立锥之地。"文化大革命"结束以后,国家渐次回到正常发展轨道,人们也开始正常的生活。在这一时代背景下,文艺界迎来了"解冻"期,一些作家试图突破禁区,开始正面描写和探讨当代情爱话题。如新时期初期刘心武的短篇小说《爱情的位置》,呼吁社会生活中应给予爱情以合理的位置。此后,一大批描写爱情的作品如雨后春笋般出现。纵观这一时期的小说创作,作家们将爱情作为展现社会问题的窗口,着力表现的并非爱情本身而是对爱情造成影响的社会问题。

像张弦《被爱情遗忘的角落》以男女之情书写社会的变迁,揭示出在极"左"政治环境下人性的遗忘。小说中存妮与小豹子因一次偶然的机会偷尝禁果,这是一个人原始本能情欲使然,在今天看来觉得无可厚非。然而,在当时那个被爱情遗忘的靠山庄,他俩却双双

---

① 郝春涛:《新时期小说人性发掘历程》,山东人民出版社2011年版,第47页。
② 华中师范大学中文系编:《中国当代文学史稿》,科学出版社1962年版,第86页。
③ 侯金镜:《评路翎的三篇小说》,《文艺报》1954年第12期。

被捉，存妮被迫跳塘自尽，小豹子也以强奸罪被判入狱。同样，英娣与二槐是一对情投意合的恋人。然而，她的母亲为了钱财却棒打鸳鸯，把女儿嫁给了素不相识的男人。荒妹与荣树的感情也是一波三折。最后，正是十一届三中全会的召开，春风吹遍神州大地，爱情不再被遗忘，荒妹才大胆追求属于自己的爱情。小说通过对存妮与小豹子、英娣与二槐、荒妹与荣树的爱情描写，从一个侧面批判了禁欲主义思想观念对生命本能的漠视，同时对新时期个人情感逐渐得到尊重给予了肯定。另外，孔捷生的《小河那边》通过一对因政治风暴从小分离多年的姐弟在乡村邂逅并产生爱情的悲剧故事，对极"左"政治进行了有力的控诉；古华的短篇小说《爬满青藤的木屋》则通过盘青青、王木通、李幸福之间的爱情纠葛，有力地控诉了极"左"政治对人性的践踏和摧残；鲁彦周的《天云山传奇》则通过冯晴岚对爱情的执着与宋薇对爱情的背叛之间的对比，对美好的爱情给予了热切的呼唤与讴歌。此后，路遥的《人生》、刘恒的《伏羲伏羲》、张承志的《黑骏马》、郑义的《老井》等小说，在爱情主题的演进中将爱情与政治、伦理、事业以至真理、正义联系起来，成为对传统爱情观念接续的另一种表现形式。在路遥的中篇小说《人生》中，高加林与刘巧珍、黄亚萍之间的爱情选择直接与他的事业紧密联系在一起。为了自己能出人头地、飞黄腾达，在权衡了一切之后，高加林毅然抛弃了青梅竹马的刘巧珍，而选择了城市女性黄亚萍。然而，他"卑鄙"地背叛了巧珍的爱情，但又真诚地赌咒自己背叛的"卑鄙"。正如刘再复先生在评价高加林时所说，他"时而自尊、时而自卑；时而崇高，时而卑下；时而像个诗人，时而像个庸人；时而像保尔，时而像于连"[①]。可见，小说对高加林灵魂深处的情感世界进行了不加掩饰的揭示，在展现人性主题方面进行了更深层次的挖掘。

　　进入80年代中后期以后，伴随着改革开放的深化和社会经济结构的转型，由此引发社会现实生存环境的改变，触动和改变着人们的价值取向和思想观念，进而给文学艺术的审美取向以深刻影响。相对

[①] 刘再复：《性格组合论》，上海文艺出版社1986年版，第172页。

第四章 社会转型发展中的人性碰撞

于新时期而言,后新时期的爱情叙事集中体现为从精神性凸显向欲望化表现的转化:"圣洁情感、微妙心理、痴恋情怀这些合乎传统文化价值规范和心理习惯的关于爱情的审美表现,开始逐渐为性爱支配情爱、利欲主导情欲的欲望化展示所替代。"[①] 像莫言的《红高粱》里的主人公余占鳌身上带有强烈的"匪性",他对戴凤莲敢爱敢恨、随心所欲、豪放豁达,浑身充满热气和活力,他们在高粱地里的"野合"可谓是洋溢着酒神精神,展现出质朴粗狂、自由奔放的原始性爱。作品对这种性本能的描写,凸显和肯定了人的自然属性的审美价值,表达了对自由奔放情爱方式和原始强悍生命力的肯定与赞美。同样,刘恒的《伏羲伏羲》则以"零度情感"书写人的性欲望,大力张扬原始生命力。小说主人公杨金山用三十亩地换来了年轻的菊豆,但性无能的自卑心理使他变成一个性虐待狂。在这种情况下,他的侄子青天置伦理于不顾,以生命为代价与菊豆发生性关系,并生下了两个儿子。作品将人的原欲冲动毫无遮挡地表现出来,探讨生命本能在人性结构中的位置,对更深刻地挖掘和表现人性具有积极的意义。如果说莫言、刘恒在情爱主题上侧重于彰显原始生命力,那么,铁凝的中篇小说《麦秸垛》则深入到人物内心深处,凸显女性的本原性征,展现女性的性爱原欲。小说讲述的是冀中平原某村庄两个女知青与一个男知青的爱情故事。无论是沈小凤还是杨青,他们内心充满着情欲,对性爱充满着渴望,"渴望着得到,又渴望着给予",作品真实地演绎出两位女性原欲冲动的本真状态,同时对情欲所包含的人类文化特性进行了深层次开掘。

尤其是进入20世纪90年代以来,消费社会倡导的欲望文化、快乐原则为人们所普遍接受和崇尚,社会生活呈现出种种新的景观。在这种时代背景下,爱情主题的涵盖范畴、文化意蕴乃至模式结构也呈现出新的格局。像陈忠实的《白鹿原》对性采取"不回避、撕开写"的态度,将性描写融合于历史、文化、生命状态进行反思。小说开篇

[①] 管宁:《小说家笔下的人性图谱——论新时期小说的人性描写》,福建教育出版社2001年版,第249—250页。

就写道:"白嘉轩后来引以为豪的是一生里娶过七房女人",接着十余页写他"七娶六亡"的婚姻生活经历。在这近乎原生态的情爱叙事中,积淀着男性生殖崇拜的原始意象和传宗接代的家族伦理。尤其是在田小娥的形象塑造中,性描写着墨更多、占有更为重要的位置。从她当初作为郭举人小妾时遭受的性虐待,到与鹿子霖、白孝文这两个乡村头面人物的性纠缠,到与黑娃偷情私奔追寻个人幸福,再到最后以一个弱势者自我污损方式来反抗外部强大恶势力,她历经的每一波折几乎都与"性"有着直接或间接的联系。可以说,作者笔下的性描写不单单是原生态情欲的展现,其背后更是对封建礼教文化摧残和戕害个性的一种控诉。相对于陈忠实而言,90年代的贾平凹则将性描写作为一个揭露和批判当代人精神危机和人性堕落的视点。他的长篇小说《废都》关于庄之蝶与四个女子关系的描写,充满了对性爱欲望的渲染式表现和对人性不加雕饰的描写。在这里,"性"作为一个重要视角,不再是《黑氏》《五魁》等作品中"受压抑的抗争",而是更为自由的主体书写。另外,苏童的《妻妾成群》也以性爱、欲望作为切入点,传达出作者对生命存在和女性悲剧的思考;《罂粟之家》则通过对性的描写表达了一种对历史的重新解读,及其对"性"与"历史"关系的独特思考;莫言的《丰乳肥臀》则通过一批女性自由自在的性爱活动,使"性"的地位从爱情的精神化系统中凸现出来,"从而逐渐逃离了伦理化和意识形态所指而取得了自身独立的话语存在"[①]。这些小说将爱情置于历史、文化、生命层面上加以表现,爱情描写中的人性表现呈现出更为深厚的文化内涵和历史意蕴。21世纪初,"拥抱世俗"的文化热潮轰轰烈烈地在文坛上展开。一些作家告别英雄史诗般的宏大叙事,开始向着日常生活叙事贴近,注重从凡俗的原生态生活层面,透视现实境遇中小人物的爱情悲喜。对于"日常生活叙事"中的有关人性问题将在下一节中作专门论述。

---

① 代柯洋:《莫言〈丰乳肥臀〉中的生命意识》,《鸡西大学学报》2009年第2期。

三　述说底层命运

进入新时期以来，聚焦个人生存的底层叙述，从刚开始的边缘地带慢慢走到文学场的中心，当代文学出现了诸如"'底层'如何文学？""文学如何面对当下底层生活？""当代文学如何表述底层？""底层经验的文学表述如何成为可能？"等一系列话题，"底层"开始被广泛纳入研究视野。"述说底层"也就成了作家们面对社会现实，通过文学作品表达各自焦虑的独特方式。尤其进入 21 世纪，随着"三农"问题的日益凸显，一些作家"以一种鲜明的民间立场，以一种平视的眼光来审视当代中国底层民众的生存状态，书写他们在生存困境中的人性景观，再现他们在那种生存困境中的生命情怀、血泪痛苦、挣扎与无奈，揭示他们生存的困境和在这种生存困境面前的、精神的坚守与人格的裂变"[①]。尤其是 21 世纪前后的民工题材小说将视角聚焦底层，在现实生活的书写之中蕴含着作家强烈的人道主义关怀和人本主义意识，体现出作家对人的生存的高度重视，对人的价值的集中关注，尤其体现在对社会底层命运的关注以及对他们生存欲望的深刻理解和同情。

像罗伟章的小说《我们的路》写农民工大宝哥进城打工多年，已忘了妻儿模样，春节回家因买不到车票，只能以冷水泡面度过除夕之夜。同样，年仅十六岁的同乡春花更沦落成为洗头房小姐，未婚先孕而陷入孤苦无依的境地。这一短篇展示了进城农民工在城市底层痛苦挣扎的悲惨命运。又如吴玄的中篇小说《发廊》里的理发女，可以说是当下作品中经常出现的打工妹形象。像方圆原是一个老实本分的乡下女性，进城后竟然蜕变成一个自认为"做鸡也很好"的人。残废的丈夫死于车祸，她曾忏悔地重新回归故乡，但却感到故土已经变得陌生，进而又返回城市重操旧业。小说透过理发女方圆这一典型形象，揭示出进城农家女个体生存的艰难与苦涩。在这里，作者观照

[①] 何志钧、单永军：《荆棘上的生命——检视近期小说的底层书写》，《理论与创作》2004 年第 5 期。

的理发女不是孤零零的个体生存,而是各式各样发廊女的命运沉浮。虽然"作家笔下并没有冷峻的批判,但叙述底层人平平淡淡的生活故事却透出令人深思的东西:底层人为什么活得如此苦涩"?[①] 同样,尤凤伟的长篇小说《泥鳅》,也书写出进城打工者在城市底层生存的艰难,勾勒出了一幅幅底层人受侮辱、受损害的生命图景。通过小说我们可以看到,蔡毅江因贻误病情走向疯狂甚至堕落,陶凤因遭受侮辱而陷入崩溃以至精神失常,国瑞代替触犯法律的权势者最后被送上断头台……可见,这群游进城里的泥鳅面临无路可走的痛苦与尴尬,他们祈求飞翔的心灵在城市价值面前彻底崩溃,生命意识在物化挤压下渐渐蜕变。小说通过对弱势群体生存状况的关注以及对人的主体意识觉醒的呼唤,展现了一个知识分子对底层人物命运的关怀和思考,因而《泥鳅》是一部关于底层的经典之作。另外,迟子建的小说创作多是那些生活在社会底层的人物,如老人、儿童、妇女、农民、残疾人、打工者、拉磨的、赶车的、卖豆腐的……他们是这个社会的弱势群体,饱受生活的艰辛与生命的苦难。在《踏着月光的行板》中,小说标题看上去是一个富有浪漫诗意的故事,但优美名字背后反映的却是打工夫妻两地分居的生存困窘。主人公王锐和林秀珊是从农村来的打工仔,丈夫王锐在哈尔滨当建筑工人,而妻子林秀珊则在让湖路一个毛纺织厂食堂工作。他们每天做着最脏最累的活,但工资却不能及时拿到手,还要被以各种理由克扣,只得把一切生活开支压缩到最低。小说通过一个用蒙太奇手法书写看似浪漫的故事,却写出了底层进城打工者生存的艰辛。在《世界上所有的夜晚》中,矿工们"一年之中极少有几天能看见蓝天白云",每天去矿井上班前都要深情留恋地看一眼老婆孩子,怕这一去就再也见不着他们,因为这里金钱可以掩盖矿工的死亡。像死于重大矿难的蒋百只能躺在自家冰柜里,蒋百嫂每天只能一遍遍悲叹"这世上的夜晚",甚至以醉酒和乱性来驱散心底的恐惧和伤痛。迟子建以悲天悯人的情怀关注底层民众的生存境遇,真实地再现了他们的生存苦难和卑微人生。

---

① 张韧:《从新写实走近底层文学》,《文艺报》2003年2月25日。

同样，在"打工文学"中，我们也可以看到作者强烈亲近底层劳动者的立场，而且所充当的角色也不再是旁观者的呼吁，而是多有置身其间的切身体验，他们以"我手写我心"深入地书写出进城乡下人的艰难与无奈，深切地展示了21世纪前后中国农民由乡入城的真实生存现状。像残雪的《民工团》则真实地展露了农民工日常生活的繁重与残酷。他们用自己辛勤的劳动支撑起城市经济的腾飞，但打工者的劳动却没有得到城市人的尊重，也没有人来保护他们应得的利益。荆永鸣的《北京候鸟》中的来泰经历了从"寄人篱下"到自己来城市寻找工作，拖着一条残疾的腿骑着三轮车穿行在北京街头，用自己的血汗钱盘下一个店又被人骗而无处申冤的艰辛历程。另外，他的《外地人》叙述了两个外地来京打工者的凄惨遭遇，他们背井离乡来到城市，游弋在城市的边缘，展现了进城"乡下人"在城市生活的艰辛和苦痛。此外，诸如艾伟的《小姐们》、刘继明的《送你一束红花草》、盛可以的《北妹》等小说，从不同层面反映了这些进城农家女为了圆自己的城市梦，所付出的艰辛与经受的磨难。我们透过她们的不幸命运不难看出，农民工在农村城镇化进程中落下的层层隐伤，承载着作家对社会转型期农民生存状态的焦虑和期盼。从反映的现实来看，矿难、拖欠工资、红灯区"外来妹"的辛酸、工地生活，甚至收破烂的人全都出现在作品中，反映问题的广度和深度是前所未有的。作家们如此一致地在创作中选择进城的打工者的故事，说明当代文学的叙写内容与社会现实趋于"共时性"的同时，也体现出当代作家以文学的方式参与到农民工的社会话题中来。这些作品并没有以前在乡土写作中频频出现的宏大叙事，有的只是作家开始用他们的笔触表达了对进城农民这个特殊群体以及对当下城市和乡村的一些看法，但其背后折射出作家对当代农村城市化进程的深切忧虑与思考。

第三节　细读当下：书写日常生活

日常生活对于每个人来说并不陌生，无非是指包括衣食住行、柴米油盐、婚丧嫁娶、生老病死等在内的生活过程。就哲学意义而言，阿格妮丝·赫勒将"日常生活"界定为"那些同时使社会再生产成为可能的个体再生产要素的集合"①，即维持个体生存和再生产的各种活动的总称。具体而言，它是"以个人的家庭、天然共同体等直接环境为基本寓所，旨在维持个体生存和再生产的日常消费活动、日常交往和日常观念活动的总称，它是一个以重复性思维和重复性实践为基本生存方式，凭借传统、习惯、经验以及血缘和天然情感等文化因素加以维系的自在的类本质对象化领域"②。在文学领域，日常生活一直是非常重要的创作源泉和表现对象。自"五四"以来，伴随着新文化运动对现代启蒙精神的追求，日常生活作为一个范畴就出现在作家的笔下。像废名、沈从文、张爱玲、李劼人等人的创作，注重反映个体在日常生活中的遭遇和体验，以其自身独特的艺术魅力和审美风格，呈现出与宏大叙事不同的审美价值取向。但当时越来越严峻的改造社会的政治使命，促使刚刚觉醒的个体收敛起对于生命自由张扬的渴望，理性地参与到更为壮阔的社会变革中，承担起启蒙与救亡的时代使命，进而对日常生活及其叙事进行了旷日持久的批判和改造。尤其是新中国成立以后，由于受意识形态和现实政治的影响，"平凡的日常生活被视为革命的对立物"，"任何私人的物质追求在革命的话语中都是落后的、自私的、意志不坚定的表现"③。因此，在新中国成立后政治意识形态的控制下，个体日常生活在文学场域中被忽视或者说被遮蔽，现实生活中的人情人性则遭到否定和批判。像萧也牧的《我们夫妇之间》、欧阳山的《三家巷》，因细腻地体现真实生活而受到严厉的批判。进入新时期以来，随着极"左"政治的终止和改革开放的推进，左翼文艺路线的支配性地位开始瓦解，"文艺从属于政治"被"文艺为人民服务、为社会主义服务"所取代。尤

---

① [匈] 阿格妮丝·赫勒：《日常生活》，衣俊卿译，重庆出版社1990年版，第3页。

② 衣俊卿：《回归日常生活世界的文化哲学》，黑龙江人民出版社2002年版，第210页。

③ 张慧敏：《二十世纪中国文学的日常生活想像及嬗变》，《求索》2012年第1期。

其是进入20世纪90年代以后,社会主义市场经济体制的确立影响改变着人们的生活方式,对日常生活的表达和审视也由此成为现代文化生活的主流形态之一。在这一时代背景下,日常生活终于正大光明地登上文艺舞台,作家们开始从重大题材、宏大叙事转向世俗化的个人叙事,并在21世纪前后形成"日常生活叙事"[①]创作潮流。新时期以来的乡土小说,着力描摹乡村世界"原生态"日常生活状况,展现乡村人的家长里短、生存图景和风物人貌,凸显人生存本相中所蕴含的人性内容,从而拓宽和深化了人性书写的视阈。

一 叙写生存本相

所谓生存本相,就是指日常生活的本来面目或者原初状态。20世纪80年代中期,文艺领域内悄然兴起一场还原生活原初状态的真,具体说就是从凡人小事中去寻觅原生状态,按照本来面目还原生活世俗美的审美革命。池莉在《写作的意义》一文中宣称:"只有生活是冷酷无情的,它并没有因为我把它编成什么样子,它真的是那样子……我终于渐悟,我们今天的这种生活不是文学名著中的那种生活,我开始努力用崭新的眼睛,把贴在新生活的旧标签逐一剥离。"[②]我们不妨把这段文字看作是新写实小说家在内容追求上的宣言,"就是要勘探生存本相,窥视人在生存层面上的原汁原味的生境和心境。通俗地说,就是原原本本地、不加矫饰地呈现人们正在生活着或已经生活过的那种俗生活"[③]。就乡土小说而言,新时期改革语境中的乡村叙事逐渐摆脱了主导性的社会政治话语,展开了对农民日常生活和俗世命运的描绘,体现了作家深切的世俗情怀。

---

① "日常生活叙事"是对个体日常生活经验进行想象性表达的一种叙事形态。它以个体日常生活为表现对象,往往同个体生活中琐屑、平淡乃至平庸联系在一起。相对于"宏大叙事"来说,日常生活叙事属于"小叙事"。(参见董文桃:《论日常生活叙事》,《江汉论坛》2007年第11期。)

② 池莉:《写作的意义》,《文学评论》1994年第5期。

③ 赖翅萍:《还原生存本相——论新写实小说的产生及审美特征》,《吉林师范学院学报》1998年第5期。

进入新时期以来，文学开始向关注个体命运的日常生活渗透。像《人生》《浮躁》《小鲍庄》等小说，出现从具体细微生活细节入手的平民化叙事视角，"那种处处拔高的迹象、观念先行的影子、说教的欲望以及歌颂的宏旨已渐行渐远，从左翼时期就被贴上消极落后标签的日常生活似乎在一夜之间成为80年代末期的热点"[①]。在这种时代背景下，90年代乡土小说回到民间立场，以展现乡土原生态开启对乡村日常生活的书写。像王安忆的《姊妹们》《喜宴》，魏微的《乡村、穷亲戚和爱情》《流年》，迟子建的《雾月牛栏》《日落碗窑》等小说，展现了乡村世界原初状态的日常生活，构筑了一个完整的乡土日常生活体系。《姊妹们》中的乡村姊妹们别出心裁地做大衣，用麦稻秆编戒指手镯，用草木灰滤了水洗头发，还经常唠叨婆家的琐碎平庸等，真实地描绘了琐碎的乡村日常生活，再现出乡村普通人的生存真相和心灵世界。尤其是从这些乡村姊妹们身上展现了乡村美丽的人性，正如作者所言"能使人们真心感受到我们庄的人性的，莫过于我们的姊妹们了。由于她们的青春和纯洁，她们是我们庄人性的最自由和最美丽的表达"，小说字里行间蕴含着温暖质朴的人情美、人性美。在《乡村、穷亲戚和爱情》中，如诗如画的乡村里生活着坦诚、慈善的乡民，他们耕作、捕捞、通婚、生育，在赖以生存的肥沃土地上辛勤耕作、和谐相处，呈现出一种祥和、活泼的姿态。在长篇《流年》中，魏微以回忆的方式片断式连缀起一个个生活场景以及这些场景中的人物，这里所有一切都让位于琐屑的日常生活，在平静安宁的乡村世界里，生活不再为政治、意识形态等外力所扭曲，呈现出一种自然自在的本真状态。在《雾月牛栏》里，继父失手打傻了原本聪明可爱的宝坠而悔恨难当，因而用加倍的关爱和温暖来补偿宝坠，但虽然这样却仍然解脱不了心里的愧疚，而变得萎靡不振、抑郁而终，临死时还喊着宝坠的名字，字里行间隐现的更多的是继父对养子永久的爱与悔。《日落碗窑》更多地涉及人伦之爱：父慈子孝，夫义妇从，几代同堂，其乐融融，邻里街坊之间，一团和气，

---

① 张慧敏：《二十世纪中国文学的日常生活想像及嬗变》，《求索》2012年第1期。

互帮互助，弥漫在村民身边的是浓浓的情、厚厚的意。迟子建在日常生活叙事中，这些完美的人性人情似乎非刻意营构，而几乎是乡土人性的自然流露。

进入21世纪以来，孙惠芬、魏微、陈忠实、雪漠、荆永鸣等作家，创作出一篇篇优秀的日常生活叙事小说，成为21世纪初的一道亮丽的风景。这些乡土书写已不再停留在文化批判、个性启蒙意义上，而是"以一种回到乡土生存本源的方式，消解了乡土的文化身份，还原了乡土生存的平凡、琐碎、无意义但也纯朴、温暖、生机勃勃等日常景观"[1]。像孙惠芬的《歇马山庄的两个女人》以两位新婚乡村女性的日常生活作为切入点，书写出城市化背景下的乡村日常生活现实。小说里的"歇马山庄"是辽南农村的一个缩影，每年春天壮年的村民离家外出打工，只剩下妇女、小孩和年迈的老人在家。在男性世界空缺的日子里，李平和潘桃因同病相怜而交往密切，甚至达到了形影不离的程度。她俩因此结下了深厚的友谊，但当男性世界回归时，"姐妹情谊"便退到了幕后，甚至因"攀嫉"心理而走向反目。小说在细腻的描画中，再现了当代农村女性的生存现状，真实地反映了当下乡村日常生活现实。在《上塘书》中，作者则以"地方志"的叙事形式，介绍了上塘的地理、政治、交通、通信、教育、贸易、文化、婚姻和历史等，可以说将乡村日常生活的方方面面纳入自己的创作视野。但从总体上来看，整部作品专注地写日常生活中农村人性人情，其中没有英雄式人物，没有戏剧性冲突，也没有贯穿始终的情节主线，有的只是农民居家过日子的柴米油盐、鸡毛蒜皮、家长里短。村民们既重实利又讲情理，既重体面又讲公道。他们勤劳坚韧，却不违背天性，一切都显得那么自由自在。在《生日十日谈》中，孙惠芬以探寻死亡缘由为切入点，展示出意外死亡降临过的家庭中夫妻、父子、兄弟之间的矛盾纠葛，从这里可以看到琴瑟失和、见利忘义的夫妻关系，为老不尊、为子不孝的父子关系，长幼失序、剑拔弩张的婆媳关系，见色忘义、颐指气使的兄弟关系，小说展现出城

---

[1] 吴雪丽：《后寻根：新世纪乡土书写的叙事伦理》，《当代文坛》2014年第5期。

镇化进程中乡村日常生活现实，揭示了乡村家庭伦理道德普遍失序的社会现状。在陈忠实的《日子》里，夫妻俩在滋水河边支着罗网筛沙石，过着普通人平凡的日子。当女儿在中学被分到普通班，考大学变得渺茫，夫妻俩的日子中多了一丝伤感。丈夫说："大不了给女子在这沙滩上再支一架罗网喀！"看似决绝的一句话中又透露出多少苦涩，毕竟他们对女儿的日子总是充满了更好的梦想。《日子》写的是平常人的平常生活，然而却反映出千千万万农民的人生，小说中夫妻俩的日子也就是普通农民日子的缩影。同样，雪漠的《大漠祭》以真挚的情感写出了西北大漠一家人的生活，在日常生活中浸透着农民的苦乐。正如作者所言："我只想平平静静地告诉人们：我的西部农民父老就这样活着。活得很艰辛，但他们就这样活着。我想写的，就是一家西部农民一年的生活（一年何尝又不是百年），其构件不过就是训兔鹰、捉野兔、吃山药、喧谎儿、打狐子、劳作、偷情、吵架、捉鬼、祭神、发丧……换言之，我写的不过是生之艰辛、爱之甜蜜、病之痛苦、死之无奈而已。这无疑是些小事，但正是这些小事，构成了整个人生。我的无数农民父老就是这样活的，活得很艰辛，很无奈，也很坦然。我的创作意图就是想平平静静告诉人们（包括现在活着的和将来出生的），在某个历史时期，有一群西部农民曾这样活着，曾这样很艰辛、很无奈、很坦然地活着，仅此而已。"[①] 作品从日常生活细微处入手，展现出西部地区农民的日常人生，这种日常人生里面包含了许许多多内容，民俗民风、地域生存、心理人性、文化传统等方面都融入农民的日常人生中。

二 勾勒民间百态

在西方社会学中，"民间"一词常用"民间社会"（Civil Society）来表示，一般是指介于国家政府和市民群体之间存在的社会生活领域。其构成基本要素有："一是拥有公共权威之外的私人活动空间，如市场和家庭；二是在私人活动中逐渐产生的公共领域，如酒吧、咖

[①] 雪漠：《大漠祭》，上海文艺出版社2001年版，第7页。

啡馆和大众传媒；三是一个外在且独立于国家的社会。"[1] 还有一种"民间"认识是指"公众空间"（Public Sphere），主要指公众场所和公众地方，是一个普通民众生活和活动于其中的群体社会空间，是一个任何人不限于经济或社会条件都有权进入的地方。参与者在这种"公众空间"里可以平等地交流，自由发表言论，而政治批评言论自由则是其中最重要的。在中国，"民间"的意思就是"民众空间"或"民众之间"，与官方及其相应的意识形态相对立。民俗学中的"民间"是指保留特定民族风俗文化的地域，不同于官方或社会上层人士居住的地方。它主要指民众分散或聚集的乡野之地，即便是城市，也特指传统习俗保留较为深厚的市井里巷。文学范畴的"民间"概念最先由陈思和提出。1994年，他在《上海文学》和《文艺争鸣》上分别发表《民间的沉浮——对抗战到"文革"文学史的一个解释》与《民间的还原——"文革"后文学史某种走向的解释》两篇文章。同一年，王晓明主持的关于"民间"的学术讨论会，引发学术界关于"民间"的激烈争论。此后，"民间"这一术语在文学评论中得到广泛的使用。

20世纪80年代以来，"回归民间"成为新时期的一种文学现象，许多书写民间的作家各自营造的文学地理空间呈现出独特的美学风貌。像贾平凹的秦地商州古朴又传统、韩少功的湘西马桥原始而神奇、李杭育的葛川江粗狂又硬朗、李锐笔下的山西吕梁山古老且沉寂……这些民间日常生活书写呈现出生命个体的真实本相和生存意义。贾平凹的"商州三录"（《商州初录》《商州又录》《商州再录》）以一种清新、纯朴的笔调描绘出秦汉大地特有的生存方式和风土人情，蕴含着丰富的商州民间文化精神。从"洋芋糁子疙瘩火，除了神仙就是我"这样充满商州民间气息的"口头禅"，到流传于商州民间的各类逸闻趣事，再到商州各种民俗文化、鬼神文化、说唱文化等，透露出作者浓厚的民间审美趣味。作者采用的文体接近笔记体，字里行间渗透着明显的文人意识和传统情怀，体现了民间美好的人性

---

[1] 杨占富：《论李锐小说的民间书写》，西南大学，硕士学位论文，2013年。

人情。韩少功在《爸爸爸》《女女女》中,则将目光投注于自己脚下的土地及在这片土地上生活的人民,通过神秘、荒诞寓言式的艺术世界展现了民族文化传统遮蔽下的丑陋人性。丙崽是一个天生的白痴,幺姑则是一个中风患者,这些人物几乎都是某种精神瘤疾的象征,他们行为古怪,性情乖张,人格不健全。韩少功无疑是借助荒唐的形式演绎着深刻的内容,借助精神病症来诠释潜伏的国民劣根性。在《马桥词典》中,韩少功对市场化下欲望横行、金钱肆虐、道德滑坡、人性沦丧等丑陋现象进行了反思和解剖。盐午是韩少功在马桥世界中塑造的一个比较"怪器"的人物。他从小就聪明、多才多艺,并且深谙为人之道。可以说,他的怪器、多才多艺、逢迎巴结,与他的出身及当时政治专制有着密切关系。因为,在那样一个生存环境里,他要保护自己和使自己有出头之日,就不得不发挥自己的聪明才智,去博取别人的同情和尊敬。"文化大革命"结束后,改革开放为盐午翻身提供了机遇,他后来成了"董事长",建起了"天安门",雇佣起管家和打手,成为马桥实力人物。此时的他不再受政治专制束缚,但却又被金钱所统治,金钱吞噬着他的人性,使他迷失于金钱欲望之中。

相对于贾平凹、韩少功而言,李锐对于民间的探索集中于对人的表达,关注于人的存在。在《无风之树》中,干旱如幽灵般浮现在千沟万壑的黄土高原,考验着人的生存极限。暖玉带着全家逃荒到矮人坪,弟弟因为贪吃榆树面而被活活撑死,她最后做了矮人坪的"公妻"。《厚土》中有许多地方展示了饥饿的可怕,它带来的不仅是身体煎熬的痛苦,还有人尊严丧失的痛苦。在李锐笔下能深切感受到人与自然在争取生存权时的卑微与坚韧,也可以看到民众在生存困境中的饥饿煎熬。不仅如此,一些作品还深刻地展现了人在物质困境中的性爱困境。《锄禾》中红毛衣女子为了救济粮甘愿和掌握权力的队长苟合,《驮炭》中女人为了几块煤炭利益就委身煤炭人。可见,在物质匮乏、本能冲动、传统惰性等苦难的重压之下,人的尊严只能是奢谈,民间世界也在悲剧的挣扎中展示出无动于衷的沉默。与李锐同时代的现实主义作家刘醒龙,则透过改革的历史背景展现出风云变幻的民间平民百姓的命运遭际。如他的早期成名作《凤凰琴》，反映了几个乡村民办教师扎根在大山深处，在极端恶劣的环境下历经种种辛酸坚守界岭小学，细心呵护每一个求知若渴的学生，哺育着乡村干涸的文化沙漠。而后引起轰动的《天行者》，续写着《凤凰琴》的感人情怀，书写着中国大地上默默苦行的民间英雄。《天行者》中教师的命运则更加曲折，教学的道路更布满荆棘。他们作为人民教师面临着工资拖欠等问题，无法享有教师应有的待遇。还有迟子建深谙民间大地上的凡俗人生，为我们描绘了一幅脉脉温情的民间生存图景。其中《亲亲土豆》是一篇"弥漫着至爱情深"的作品。一对靠着种土豆为生的平凡夫妇，他们的生活细节处处透露出夫妻情深。秦山不幸得了绝症，在医院李爱杰瞒着丈夫强装笑脸，秦山则用体温为妻子暖小米粥。秦山预知到自己的病情逃离医院回到家里，李爱杰仍然平静地为他做饭、洗衣、铺床、同枕共眠。后来病魔终究夺走了秦山，李爱杰穿着丈夫离世前给她买的旗袍守在灵前，直到出殡那天才换下。而秦山坟堆滚下来的土豆，似乎告诉读者生离死别、天人相隔都无法阻挡这种朴实的爱情，天堂的秦山依然与李爱杰进行着爱的对话，陪伴她度过以后每天的生活。同样，《踏着月光的行板》里的王锐、林秀珊是一对进城打工的农民夫妇，他们分居两地靠细细的电话线连接两颗彼此牵挂的心。一次中秋节，两人都获得了一天的假期和意外的收入。为了给对方一个惊喜，他们同时前往对方所在地探亲，却总在相互寻找中相互错过。疲惫不堪地奔波了一天后，他们在两车相遇时隔着车窗相见了，尽管只有短短的一刹那，但透过他们的辛酸，我们看到的却是刻骨铭心的爱。由此可见，这对民工夫妻虽然生活贫贱，但相互之间总是不离不弃，传达出人性的温暖和爱情的坚贞。

三　还原历史本真

相对于现实日常生活而言，历史语境中的日常生活具有独特的美学品格，它是特定文化情景下的特殊产物，在传统的文本中包蕴深厚严肃主题的历史与烦琐平庸的日常生活格格不入。但从20世纪80年代中后期开始，文坛涌现出一批不同于以往历史题材小说的作品，这些作品把目光投向普通的芸芸众生,关注历史中的普通人的生存境遇和生命轨迹,在民间与历史边缘处寻找人的存在,在宏大历史叙事中书写个体的日常生活状态。像莫言的《红高粱家族》,刘震云的"故乡系列",陈忠实的《白鹿原》、刘庆邦的《平原上的歌谣》等,这些"新历史小说"打破了以往历史题材小说的历史观,以边缘和民间作为写作的阵地,勇于对"宏大正史"和"宏大叙事"提出挑战,尽情地在"小写历史"的创作中寻找历史的真谛,使历史书写更贴近个人,贴近人的生存状态。从"民间书写"集大成者莫言来看,他早期创作的《红高粱家族》吸取了故乡民间文化的生命元气,成就了其小说奇异瑰丽、丰沛恢宏的艺术世界。在《红高粱》中,作者站在民间立场以"草莽英雄儿女,江湖恩仇血泪"的家族历史,生动而真实地揭示了"中国农民的血气与精神",开辟了一个充满原始生命野性的民间世界。小说塑造了"我爷爷""我奶奶"这两个桀骜不驯、泼辣爽直的人物形象,并且被作者放置在一望无际的"高粱地",让他们在这原始混沌的旷野意象中自生自灭,尽情去演绎超凡脱俗的爱情故事和英雄本色。"高粱地"作为一个意象,被赋予一种充满野性的自然灵性,高密东北乡的祖祖辈辈在这里吃着"红高粱"、喝着"高粱酒"、唱着"高粱歌",他们无拘无束、敢爱敢恨、潇洒自如,充满着原始野性和生命活力,这正是作者对民间社会人性的真实写照。由此可见,莫言将人性的触角伸向了民间和历史边缘,伸到了人的生存环境下,把一部轰轰烈烈的抗日题材小说写成了一部家族不屈不挠的人性斗争史。进入90年代以后,莫言呼应着文艺创作中的民间化倾向,开始更加自觉地探索自己创作的民间性。像《丰乳肥臀》通过上官鲁氏及其儿女的民间遭遇将中国现代百年历史展现了出来。小说中既描写了上官鲁氏即将临盆,同时生产的还有上官家的一头驴,家里人对驴的重视远胜于对人的重视;也描写了三年自然灾害时期母亲利用为公社养牛的机会偷偷吞咽大豆,回家后再呕出来做饭以供家人度日;还描写了很多地主都是干活高手。在过去小说里面,阶级教育当中,都是说给地主扛活,吃的是猪狗食,住的是牛马圈,而东家在一旁喝酒吃肉,实际上根本就不是这么一回事。

小说"把历史的主体交给了人民、把历史的价值还原于民间"[①],其最大的成就是体现在超越意识形态规范性的民间立场,波澜壮阔地展现了民间世界不断遭受外部力量侵犯的血泪历史,这一历史正是民间日常生活历史的真实写照。在这段历史中,母亲所受的苦难其实也是整个人类面临的苦难:战争、饥荒、瘟疫、病痛与丧失子女等。这些普遍性的苦难的展示,为的是写出一个普遍性的人性。莫言借母亲这一形象,赞美民间生命力的生生不息以及人类对于灾难的承受与抵挡。母亲作为最底层的苦难人民的代表,她对苦难的承担与消化反映出人性中最高贵的力量。莫言的另一部长篇小说《生死疲劳》则借用"六道轮回"的民间观念,将历史的变迁演绎成以动物为主题的民间乡土叙述。作品通过动物与人的复合视角,从合作社、人民公社、大跃进、四清、"文化大革命"到包产到户、招商引资等一系列历史事件,呈现出荒诞怪异的景象,令人惊讶于历史的非理性和人的渺小可悲。在莫言看来,"历史在某种意义上就是一堆传奇故事。小说家笔下的历史是来自民间的传奇化了的历史,是象征化、心灵化的历史而不是真实的历史,是打上作家个性烙印的历史而不是印在教科书上的历史。在民间口述的历史中,没有阶级观念,没有阶级斗争,甚至没有明确的是非观念,但充满了英雄崇拜和命运感"[②]。

相对于莫言,刘震云的《故乡天下黄花》除了叙述一个村庄的血腥历史之外,还对某些既定的历史诠释表示出了异议,作品中所展现的并不是所熟知的历史定论。像小说中一批翻身贫农赢得政权后并不如想象中那么大公无私,而是依附手中权力使一己私欲和流氓品质得到肆无忌惮的扩张。在这里,传统历史书写所宣扬的抗日正统意识形态评判,取而代之的是民间价值取向:对战争动乱的厌恶、对安定环境的向往、对现实利益的计较。在《温故一九四二》中,作者不仅重温了1942年河南大灾荒,还透露出这场大灾荒与当时政治权力

[①] 张清华:《叙述的极限——论莫言》,杨扬编:《莫言研究资料》,天津人民出版社2005年版,第382—383页。
[②] 张懿红:《民间立场与自由精神——论莫言对中国乡土小说的贡献》,《甘肃联合大学学报》2010年第2期。

的某种奇异联系。其中所书写的历史事实与传统历史教科书距离更远：一个美国记者成了灾民的救星，一批杀人如麻的日本侵略军放粮赈灾，救了不少乡亲的命，以致得到灾民的拥戴。在这里，刘震云将历史聚焦于百姓日常生存层面，"从而让人们看到了异于《暴风骤雨》或者《红旗谱》的历史景象"①。在苏童《罂粟之家》这部想象"故乡"的小说中，传统上被"正史"描摹得轰轰烈烈的阶级斗争被改写得面目全非。它所讲述的历史绝不是什么阶级斗争的人生哲学，而是透过家族伦理去审视民族文化的理性求索。小说中罂粟王国的主人们，被常年的生活重压磨去了生活的希望，他们慵懒却机械、邪恶却麻木、厌恶却无力反驳，只能在这空旷无际的土地上放纵原始欲望，并且渐渐地丧失原本还没有消磨殆尽的人性。小说通过特定历史背景下的"故乡"人性化想象，揭示出历史动荡中个体的命运沉浮。同样，《罂粟之家》里这种无常人生在余华的《活着》中上演。小说主人公福贵及其周围的亲人在这变幻不定的社会场景中活着，他们没有抗争、没有挣扎，只是被动而无奈地活着，并且他们没有任何能力承担命运的变幻无常。像福贵因吃喝嫖赌从阔少爷变成穷光蛋，从此沦为佃农在田地里讨生活，这时他的人生苦难才真正开始。福贵为病重的娘到城里买药时被抓为壮丁，两年的血雨腥风使他饱尝生死之苦，后来死里逃生回到家里却发现，一直疼爱自己的母亲在他被抓不久因病死去，聪明伶俐的女儿凤霞因一次高烧变成哑巴。在其后的岁月里，厄运的阴影一直伴随着他，残暴地夺取了每一个与他有缘的人的生命：儿子去给县长夫人献血时因抽血过多而亡，女儿因产后大出血死在手术台上，妻子家珍在女儿死后不久过世，女婿在搬运时因吊车事故被水泥板夹死，外孙暴吃了一顿豆子被撑死……直至年老只有一头老牛陪伴他在阳光下回忆过去。小说真实地表现了一个普通百姓家庭在社会变迁和命运重负下的悲剧性起落，表达了生命个体在极度生存状态下的真实本相和生命承受力。作者将个体生存故事置放于历次重大历史事件当中，借助个人的生存苦难真实地再现民族整体的苦

---

① 李建国：《"新历史小说"的内涵和外延》，《山东社会科学》2006年第5期。

难历史。

  同样，刘庆邦的长篇小说《平原上的歌谣》也以凄婉的笔调描绘了困难时期平原农村的日常生活史，融进了作家刻骨铭心的童年记忆和生命体验。比如文楼村围绕死牛而展开的吃牛风波、长玉六姐弟轮流"嘲盐子儿"、麻表哥一家四口在逃难途中饿死、文钟山在母亲临死前四处找红糖以及油锤吃癞蛤蟆中毒致死等情节，将民族苦难史通过一幕幕日常生活画面真实地呈现出来，构成那个年代特殊而又真实的生存状态。小说淡化了剥夺、失爱、反专制、知识分子受难等叙述维度，而更大程度上站在民间立场，以平民情怀专注于对饥荒年代普通人种种遭际以及饥饿对人性伤损的真实记录。与《平原上的歌谣》相比，《遍地月光》所书写的历史更为偏重个体的生存经历和生命体验。主人公金种与弟弟银种由于出身地主家庭，在"文化大革命"中经常被村干部、贫下中农欺侮，承受着常人难以想象的苦难和屈辱，尤其是金种对爱情的憧憬一再受挫。他先后追求过村里的两个姑娘，但到头来只是一场幻梦，最终只能逃往他乡寻求生路。主人公黄金种代表的是一个特殊的群体，包括赵自华、赵自良、王全灵等在内的出身地主家庭的青年男女，他们在"阶级论"与"出身论"背景下，对爱情婚姻的渴求被降低为一种生存策略甚至被完全剥夺。小说通过处于历史变革中的小人物命运，书写出特殊时期政治权力渗透下民间的历史真实。另外，苏童的《米》、叶兆言的《一九三七年的爱情》、阎连科的《坚硬如水》、柯云路的《黑山堡纲鉴》等文本都颠覆了原有主流历史观，津津乐道于被官方历史所遮蔽的个人或者群体的日常世俗化生活，建构出普通人、平常人视界中的历史。这种基于日常经验之上对宏大叙事的解构，颠覆了传统的历史叙事立场，虽未必经得起史学家的检验，但的确来自于对日常生活的体验，并且与普通人生活经验相符。这无疑是对传统历史叙事的反叛和嘲弄，蕴含着作者在自觉和不自觉中对历史的一种全新理解和诠释。在这里，我们看到了另一种历史：充满了日常生活偶然性的历史、充分展现人性书写魅力的历史。

第五章　全球化语境下的文化选择

著名全球化问题专家罗兰·罗伯森指出："作为一个概念，全球化指世界的压缩（Compression），又指世界是一个整体的意识的增强。"[①] 换而言之，全球化指不断增长的具体的全球相互依赖的事实和全球整体的意识。全球化（globalization）是20世纪80年代以来在世界范围内日益凸现的新现象，也是当今人类社会发展的一大趋势。事实上，16世纪的地理大发现便拉开了全球化的序幕，在经历了几百年的缓慢发展之后终于在20世纪下半叶，成为我们不得不面临的现实。从物质形态来看，全球化最初是指货物与资本的跨境流动，经历了跨国化、局部国际化以及全球化几个发展阶段。在此过程中，出现了相应的地区性、国际性经济实体与经济组织，进而促进了文化艺术、生活方式、价值观念、意识形态等精神领域的跨国交流、碰撞与融合。总的来看，全球化是一个以经济全球化为核心，包含各国各民族各地区在政治、文化、科技、军事、安全、意识形态、生活方式、价值观念等多层次、多领域的相互联系、影响和制约的多元概念。它不仅是一个实践政治命题，也是一个社会经济命题，更是一个思想文化命题。作为一种新的文化观念，它比"商品市场"的全球一体化更深刻地反映出全球化的现代性意义。在"全球化"语境中，现代文化呈现出高度的互动性、时空的重组性、全球文化的同质性、民族国家的超越性以及体系的多维性，它们共同合成了一幅前所未有的现

[①]　［美］罗兰·罗伯森：《全球化社会理论和全球化》，梁光严译，上海人民出版社2000年版，第11页。

代化景观。

20世纪八九十年代以来,随着西方各种文化思潮竞相涌入,中国加速融入全球一体化进程。在此过程中,古老的乡土中国正被多数作家所遗忘,新一代作家热衷于书写光怪陆离的城市,"其文学写作场景已由咖啡屋、酒吧、星级饭店、时尚购物广场替代了以往的土地、麦田、村庄、黄泥墙"①,从而导致昔日在中国现代文学史上取得不菲实绩的"乡土文学"走向衰微。究其原因,绝大多数作家在全球化浪潮的裹挟下倾向于描绘城市,而对当下乡土中国显得有些陌生,甚至产生某种隔阂,以至于在书写时难以把握,因而乡土文学日渐式微也成为必然。其实,全球化与乡土小说也并非一种非此即彼的对立关系,因为全球化对中国乡土小说提出挑战的同时,也为乡土小说带来了新的发展机遇。历史地看,"全球化所包含的开放、扩张和流动以取消或同化'地方性'和'本土性'为目的,而乡土小说所蕴含的忧郁、质朴、温暖的文学情感和与生俱来的民族根性则强化对故乡的记忆并重建民族文化。但它们之间并不矛盾,在一定条件下可相互转化:乡土小说固然要从地域文化、风土人情、民族传统中汲取诗情和支持,但它也一定得具有人类共同的情感、共同的追求以及共有的价值信仰,如真、善、美、平等、自由、正义、理性等。所以,全球化时代中的乡土小说并不是已无路可走,相反,它有着更广阔的发展空间,可以发展成一种迥异于以往的、充满新质的文学样式"②。正如印度著名作家萨罗尔所说:"在这个过程(指全球一体化进程)中,文化和发展是互相联系和制约的。作家的任务就是寻找新的方式(和利用旧的方式)来表达自己的文化,在全球化的潮流中找到新的道路来保存自己和发展自己。"③ 对此,汪曾祺、张炜、张承志、何立伟、韩少功、王安忆、贾平凹、莫言、刘恒、刘震云、迟子建、阿

---

① 张旭东:《论"全球化"语境下中国乡土文学写作》,《四川职业技术学院学报》2007年11期。
② 同上。
③ [美]伊恩·P. 瓦特:《小说的兴起》,高原、董红钧译,生活·读书·新知三联书店1992年版,第56页。

来、葛水平等一批乡土作家,在全球化时代背景下立足于本土与民族土壤,借鉴西方魔幻现实主义、新写实、存在主义等现代哲学理念,并融合各种现代小说叙事技巧,对乡土生活作出深刻的文化心理剖析与批判,在历史记忆的复活中表达乡土文化母题,实现了乡土小说创作的创造性转换。

第一节 激情守望:吟唱田园牧歌

牧歌(Pastoral)在西方是一个有着悠久传统的文学品种,它的创始者是公元前三世纪的希腊著名诗人忒奥克里托斯(Theocritus),而后奥古斯都时代罗马诗人维吉尔(Vergil)把它发展成一种持久的文学模式。"牧歌是一首精美的传统的诗歌,它表达都市诗人对在理想化的自然环境里,牧羊人和其他农夫纯朴恬静生活的一种旧的向往。"① 自中世纪晚期文艺复兴以来,诗人、作家们出于对当时社会现实的不满,而往往缅怀古代宗法制社会,试图寻觅一种远离城市喧嚣、富有浪漫诗意的田园生活。像法国小说家米兰·昆德拉在他的《慢》中写道:"啊,古时候闲荡的人到哪里去啦?民歌小调中的游手好闲的英雄,这些漫游各地磨坊,在露天过夜的流浪汉,都到哪里去啦?他们随着乡间小道、草原、林间空地和大自然一起消失了吗?这些闲荡的人的消失,意味着田园牧歌从此不再。"② 还有华兹华斯、彭斯、哈代等人的作品也从不同的角度表现了对田园生活的守望。在他们的眼中,只有大自然、只有田园世界,才是人类亲密的伙伴,才是人类生命的源泉,才是人们梦寐以求的伊甸园。相对于西方文学,在中国几千年的文学史上,乡土一直是文人墨客讴歌的对象,从诗人屈原开始就把怀念和失落的情感寄托于故乡的事物,这种精神情感的还乡到晋代陶渊明时,其形象和意识达到一个更高的哲学层面。陶渊

---

① [美]M. H. 艾布拉姆斯:《欧美文学术语辞典》,朱金鹏、朱荔译,北京大学出版社1990年版,第232页。

② 吴锡平:《慢的乐趣》,《人民日报》(海外版)2004年8月4日第七版。

明不但以"采菊东篱下,悠然见南山"的田园生活情景写出了"在家"的感受,更把这种体验联系到生命的价值上,以一种现实生活的自在感、闲适感去体会和拥抱生命,而且这种文人的田园情调一直影响至今。在中国现当代文学史上,有一大批作家怀着对乡土的眷恋,用浓烈的乡愁乡情展现出田园牧歌的乡村图景,表达出对乡村传统的留恋和守望。

一 寄情自然山水

自古以来,中国文化崇尚道法自然、天人合一,历来就有山水寄情这一传统。到魏晋南北朝时期,中国文化儒、释、道的互动,生发出中国特有的、影响深远的名士风流,也形成中国文学史上第一个山水诗创作高潮。朱自清曾说:"中国传统文化大概可用'儒雅风流'一语来代表……有的人纵情于醇酒妇人,或寄情于田园山水,表现这种情志的是缘情或隐逸之风。这个得有'妙赏'、'深情'的'玄心',也得用'含英咀华'的语言,这就是'风流'的标准。"[①] 古代名士的风流虽然已经不再,但古代名士的思想以及这一时期的山水诗对大自然的独特发现,却加强了文人偏于宁静恬淡的审美情趣,进而对中国现代浪漫主义乡土作家产生了潜在而深远的影响。像沈从文笔下的"边城"远离喧嚣与浮华,显得瑰丽而温馨、柔美而宁静,犹如一幅浓墨勾勒渲染的水墨风景。

20世纪八九十年代以来,随着中国现代化、城市化深入推进,现代社会节奏越来越快,人们生活压力也越来越大。于是,一大批追求自由精神的乡土作家便把笔锋转向大自然,在自然山水中抒发自己的浪漫主义情怀。像以汪曾祺、张炜、张承志、迟子建、刘庆邦、铁凝为代表的一批乡土作家,以一种清新纯朴的笔调讴歌乡村社会中的自然美与人性美,营构了一个远离俗世尘嚣、具有诗意美感的乡村田园世界。诸如汪曾祺将小说故事场景设置在自己的故乡,以恬淡的笔墨勾勒出一幅幅优美的田园风光,其中写得最为优美动人的是那些饱

[①] 朱自清:《标准与尺度》,文光书店1948年版,第45页。

含作者童年记忆的生活图景。《受戒》中的庵赵庄,"人家住得很分散,这里两三家,那里两三家,一出门,远远可以看到,走起来得走一会儿,因为没有大路,都是弯弯曲曲的田埂"。由此可见,作者笔下的庵赵庄静谧而和谐,犹如一位藏在深闺中的少女,让读者形成一种朦胧而富有诗意的乡村印象。在《大淖记事》里:"春初水暖,沙洲上冒出很多紫红色的芦芽和灰绿色的蒌蒿,很快就是一片翠绿了。夏天,茅草、芦荻都吐出雪白的丝穗,在微风中不停地点头。秋天,全都枯黄了,就被人割去,加到自己的屋顶上去了。冬天,下雪,这里总比别处先白。化雪的时候,也比别处化得慢。河水解冻了,发绿了,沙洲上的残雪还亮晶晶地堆积着。"作者充分运用透视感、时间感和空间感,通过季节变换、动静结合、色彩搭配的细腻描摹,绘就一幅幅清新、朴实、秀美、俊逸的乡土风景画卷。相对于汪曾祺而言,张炜则将自己的成长经历、生活体验和对农耕文明的依恋杂糅在一起,谱成一曲荡漾在工业文明上空的田园牧歌。在他的田园小说中,有着自由自在、生机盎然的自然世界,有着超越世俗观念、贫富贵贱的人际关系,还有着人与动物和谐相处的浓浓亲情。像《芦青河告诉我》中所描绘的"芦青河",充满诗情画意,极富原型意味。无论是长满野枣的"海滩",充满诱惑的"瓜田",还是多姿多彩的"山楂林",野趣横生的"拉拉谷",都笼罩着清新质朴的乡情,散发出淡淡的泥香,无处不是生机蓬勃、清新怡人、宁静优美的自然世界。在《夜莺》里,"乡村七月的夜晚,茫茫原野里一处又一处明亮的灯光,把星空都给映红了","人群在灿烂的灯火下、在隆隆的机声里穿梭似的忙碌着,好像在寻找一首长长的农家诗的结尾……"月光混合着灯光,人声应合着机鸣,夜莺在尽情地欢唱,麦香在晚风中飘扬,呈现出一幅浪漫和谐的乡村夏夜景象。《芦青河边》里"夏末秋初,不冷不热。夜晚,年轻人站在街头上,让温柔的南风抚摸一会儿,就会放开嗓子歌唱起来","在这里一切都完整和谐,宁静明朗,那是一片生活的净土,到处充溢着泥土的芳香和沁人的花香,没有灰色的高楼,没有嘈杂的喧闹,没有你死我活的争夺,一切的一切都是那样的沁人心脾、启人心扉"。在这里,人已化为大自然的一部分,与自然成为一个不可分割的整体。可见,作者在作品中反复称颂的那个宁静优美的大自然,已成为其文学生命的基因,也成为其创作或隐或现的"主角"。在《远山远河》中,护林人家的四周也是一片生机盎然的世界:"林子、松林中间有槐林和小叶青灌林,有浓旺得令人惊叹得紫穗槐,蝈蝈叫得比鸟儿还要响亮,大麦草上飞着蜻蜓。天空永远有个百灵在欢歌,瓦蓝的穹顶飘着白絮,这地方好得让人心里发颤。"在《柏慧》中,春夏秋冬一年四季,对于"我"都像节日一样,因为那里充满了生气,流溢着色彩,鸣奏着音乐,散发着芬芳,天是蓝的,水是清的,微风抚摸着大地,梳理着万物,一切都是宁静、和谐欢欣的,洋溢着田园牧歌般的情调。由此可见,张炜笔下养育一方的芦青河、连绵沉默的丘陵、秋天丰硕的葡萄园……这一切,共同构成一个多彩而神秘的"胶东"世界。与张炜同时高扬理想主义大旗的张承志,"肉身至于闹市,灵魂却追逐自然",四年的插队生活使他对草原产生了母亲般的依恋。青春记忆中的绿色草原,蓝天、白云、洁白的蒙古包,还有马头琴伴奏的悠扬牧歌,这一切便是草原留给作者最初也是最深的印象。于是,辽阔的草原、浩荡的江河、群涌的山峰、无边的荒漠,便成了张承志创作的题材,也成为他边地书写的一大主角。其小说中反复出现的"骏马""太阳""荒漠""血衣"等意象,呈现出边地的风情与浪漫,演绎着草原的自由与飘荡,掀起了生命的激情与狂澜。在《黑骏马》中,白音宝力格和索米娅在风光旖旎的草原互吐真情的瞬间,男女主人公当时的心情正如同美好壮观的日出时分,对未来充满着期待和憧憬;而当男主人公遭遇苦痛时,草原放眼望去一片混沌,衬托出主人公惆怅沉重的心情。在这里,草原以主人公情绪变化而变化,可见情思与风物互相渗透,人物与草原融为一体。在"葛川江系列"小说中,李杭育则用诗情画意的笔触,将土坡、村落、芦荡、草滩甚至沙、鱼、鸟等,都写得十分富有人情味。例如,春天相思鸟成双成对地幽会,在阳光下嬉戏、调情、交尾;一冬一夏躲在深山里消夏、越冬,抚育后代;只有秋天,才会成群结伙地飞向乌龙岗一带。这是一群赏秋的游客,走一程歇一阵,不慌不忙,尽情地在林间跳跃、吵闹、歌唱。在这里，作者进入葛川江各个细部，移情入景、由景生情，在它的肌肤与血脉中流动、陶醉，对葛川江的自然世界进行了深入细致的描绘。同样，贾平凹的《商州》系列也对乡村充满了诗意的想象和构建：莽岭乡民的自给自足、互相之间的关怀友爱，清风涧人们任性、自然的生活方式，这样神秘的山涧仿佛世外桃源。这些乡土作家怀着对乡土、对生命的眷恋构筑了理想中的乐园，向我们演绎了一首富有人性美、人情美的田园牧歌。

进入 21 世纪，在全球化、现代化和城镇化大潮冲击下，田园牧歌式的乡村已渐渐面目全非，故乡已然不"故"，于是作家就在自己作品中构建一个形而上的文明家园，表达对"理想的民间生活世界诗意的沉迷或近乎宗教狂热的愤激的皈依"①，在这方面表现最为突出的是迟子建。她在自己的小说中吸收继承沈从文、废名自然描写的精髓，同时采集东北黑土地的灵气，演绎出一幅幅东北黑土地的美丽图画。在短篇小说《北极村童话》中，迟子建将自然景物与人的精神相互渗透、融为一体，使自然景物与人和谐共生、不可分割。小说中形状多样的云和晚霞，还有星星等自然风物以及蝈蝈、山雀、蜂子等自然生灵，这些都与"我"的活泼好奇、充满幻想共同构成了一幅情趣盎然的图画。不仅如此，迟子建笔下的自然往往并非单纯的景观，通常以"人格化"的形态出现，充满了生命的张力与灵性。比如在《草地上的云朵》《伪满洲国》《穿过云层的晴朗》《额尔古纳河右岸》等小说中，无论是皑皑白雪、滔滔江河，还是清冷的月光、温暖的夕阳，甚至于平凡朴素的树木，都倾注了作家浓烈的情绪，洋溢着作家温厚的情感，使之从现实的尘埃中超脱出来，从而被赋予了生命色彩。另外，刘庆邦在"桃子熟了"的时节，书写着"梅妞放羊"的乡村记忆；红柯在"高耸入云的地方"，描绘苍茫浩瀚的"古尔图"荒原；董立勃在"静静的下野地"里，讲述那渐行渐远的"远荒""狼事"；陈启文在"逆着时光的乡井"边，谱写着"大堡柳船坞"的乡土传奇；石舒清在"开花的院子"里，面对那把"清

---

① 郜元宝：《90 年代中国文学之一瞥》，《南方文坛》2001 年第 6 期。

水里的刀子"沉思冥想;王新军徜徉于"大草滩",陶醉于自己的诗情之旅;漠月"夜走十三道岭",在"青草如玉"的土地上徘徊难舍;郭文斌在"一片荞地"里,温习着母亲的似水流年……①这些作家心中守望的"麦地",犹如沈从文笔下的边城、张炜笔下的野地,大地上的万物,亦即大地整体本身,汇聚于一种交响集奏之中。但值得提出的是,这些小说中所面对的"乡土"已不再是传统意义上日出而作、日落而息的乡土,而是一个具有开放性、包容性和变化性的广阔空间。因此,在全球化进程中坚守乡土这块纯净之地的作家虽还大有人在,但对乡村田园风光的诗意描绘已不同于20世纪80年代初对于美好生活和未来的热烈向往,而更多地表现在现代化、全球化进程中对于传统农耕生活的一种留恋,对于传统农耕文化渐行渐远的一种忧伤。

二 描绘民俗风情

风情民俗是指人们在长期的历史发展过程中相沿久积而形成的具有稳定的社会风俗和行为习俗,具体表现在饮食、服饰、居住、婚庆、节日、禁忌、礼仪等许多方面,是一个民族区别于其他民族的重要标志。别林斯基指出:"'习俗'构成着一个民族的面貌,没有了它们,这民族就好比是一个没有面孔的人物,一种不可思议、不可实现的幻象。"② 俗话说:"十里不同风,百里不同俗",不同的地域、不同的民族,有着各自不同的民族习俗。长期以来,描写不同地域、不同民族独特的风俗习惯,成为文学作品表现民族特色的重要手段,因而文学史上许多著名作家的创作都细致地描述众多与民俗相关的内容。像屠格涅夫的《猎人笔记》将乡村生活与民俗风情描写融为一体,洋溢着抒情散文的气息。托马斯·哈代的《还乡》中化妆哑剧民俗的叙述,使作品具有浓郁的民俗色彩。同样,在中国现代文学

---

① 黄轶:《文化守成与大地复魅——新世纪乡土小说浪漫叙事的变异》,《郑州大学学报》(哲学社会科学版)2009年第3期。

② [俄]别林斯基:《别林斯基选集》(第1卷),满涛译,时代出版社1953年版,第41页。

中，地方风俗民情被写入文学作品的现象也非常普遍。像鲁迅的《社戏》《祝福》《故乡》等，描写了浙东地区的风俗民情。周作人在谈及鲁迅的创作时曾说："著者对于他的故乡一向没有表示过深的怀念，这不但在小说上，就是《朝花夕拾》上也是如此。但是，对于地方气候和风物也不无留恋之意。"① 可见，鲁迅对故乡风物习俗的留恋偏爱是毋庸置疑的，因而使其乡土小说充满着民俗色彩。另外，像许钦文、王鲁彦、台静农、许杰、彭家辉、废名、沈从文等，都注重地方风情民俗的描写，他们作品中充满着浓郁的地方民俗气息。像废名把乡土田园诗的民俗风情，以一种"唐人写绝句"般的古典意境凸显出来。那里不仅有"竹林""桃园""菱荡"之类的田园美景，还有节庆、庙会、赛龙舟、木头戏等民俗风情。在《边城》中，沈从文不惜笔墨对当地风土民情作了深入细致的描述，展现了湘西古老的生活习俗、道德观念和淳厚朴实的风土人情，其笔下的吊脚楼、船渡、龙舟等独特民俗意象，复现出湘西民众纯朴的生存状态和本原的生命意义。

进入新时期以来，伴随着改革开放的实施和市场经济的建立，中国发生了翻天覆地的变化，政治经济、社会结构、文化形态和价值观念都受到巨大冲击，文化全球化在某种程度上抹去了各民族文化之间的内在差异，使其在同一平面上显出趋同性特征。对此，一批文化守成主义作家便对这种现代文明表现出一种更为清醒冷静的批判姿态。他们身上体现出的那种对于乡村社会的依恋崇拜，对他们所生活过的乡村世界的风土人情进行诗意描绘，以一种清新、纯朴的笔调营造出一个具有诗意的本土艺术世界。像20世纪80年代初汪曾祺的乡土民情系列小说，往往与民族特色和地域特征相联系，而且在这种联系中构成了一种独特的文化景观和文化氛围。像《晚饭花》描绘了南方过"灯节"的情形："元宵节前几天，街上常常看到送灯的队伍。几个女佣人，穿了干净的衣服，头梳得光光的，戴着双喜字大红绒花，一人手里提着一盏灯；前面有几个吹鼓手吹着细乐。远远听到送灯的

---

① 周作人：《鲁迅小说里的人物》，人民文学出版社1957年版，第109页。

箫笛，很多人家的门就开了。姑娘、媳妇走出来，倚门而看，且指指点点，悄悄评论。这也是一年的元宵节景。"元宵送灯，是扬州人的传统习俗。作者将这一传统习俗描写得富有韵味、颇有情趣，为我们呈现了一种具有扬州地方特色的艺术化生活。又如《受戒》中元宵节夜里走马灯，二月二食年糕，三月三吃糯谷，七月十五放河灯以及城隍赛会、演戏设祭、和尚放焰等各种民俗呈现在作品之中，极富诗情地展现了三十年代苏北里下河的田园风光。古华的《芙蓉镇》则"寓政治风云于风俗民情图画"，将湘南的山川景物、古朴的民情风俗，同具有传奇色彩的神话传说、富于时代特征的人物命运交织在一起，编制出一幅充满浓郁湘南风味的民情风俗画。其中关于湘南五岭乡民赶圩习俗的描述，充盈着一股乡野山民独有的纯朴、粗犷的生活情趣，展现了湘南农村民情习俗景象和经济社会生活变迁。另外，小说还介绍了芙蓉镇盛行的一种通俗歌舞"喜歌堂"。在芙蓉镇不论贫富，凡是黄花闺女出嫁前夕，村镇上的姐妹姑娘们，必来陪伴新婚女子坐歌堂，轮番歌舞，唱上两天三夜。平时在日常生活中，当主人公需要抒发心中的亢奋、悲凄、幽怨时，也往往会情不自禁地唱起那古老的荡气回肠的"喜歌"。还有那少男少女对山歌，小女孩在这边山头唱一曲，小男孩在那边山头接上腔，清丽、柔婉的山歌里充盈着浓郁的山野气息，同时也展现了湘南山民粗犷、豪放的性格特征。首打"寻根"文学大旗的李杭育，则将其小说的切入点聚焦在神秘而奇伟的吴越大地，呈现他自己心目中的吴越文化。在他的"葛川江"系列小说中，像《沙灶遗风》中存留于民间的甩火把古老习俗以及颇似神话传说的"沙灶"的来历，还有《船长》中秦寨婚嫁习俗、《土地与神》里对茅寨丧事的描写，承载着吴越传统文化精华的习俗人情与神话传说是其表现的一个重要内容。同样，贾平凹在商州系列作品中，也非常注重展现当地的风土人情。像《莽岭一条沟》中，16户人家依山而居，自给自足。他们拥有着自己的一套人道秩序，对过往的行人在门前置茶、置水、让吃、让喝，更叫绝的是，这条沟家家门前的石条上放着黑瓷罐子，白瓷粗碗，那罐子里的竹叶茶，尽喝包饱，分文不收。假若遇着吃饭，也要筷子敲着碗沿让个没完没了。饥着渴着给一口，胜似饱着给一斗，过路人没有不记着他们的恩德的。作者用充满诗意的语言，把这里的乡风民情描写得如牧歌般令人流连忘返，让人品尝到古老文明本身的生活魅力。同样，在《鸡窝洼人家》中也描写古朴的民风："深山里家庭富裕不富裕，标志不像关中人看门楼的高低，不像陕北人看窗花的粗细，他们是最实在的，以吃为主，看谁家的地窖里有没有存三年两年的甘榨老酒，看谁家的墙壁上有没有一扇半扇盐腌火燎的熏肉。"这里"风情敦厚"，对于外边生人来到门口，必是让烟让茶让吃让住，这些有关乡风俚俗的描写，展示了古朴尚存的民风，充满了生动的气韵。不仅如此，贾平凹小说基于独特的商州历史文化积淀和传统民风民俗的侵染，其间葬俗、婚俗、民间礼俗、人生礼俗、饮食习俗等都呈现了陕南地域多姿多彩的民俗风情。像《瘪家沟》中，凡夫妻想要生儿育女，便到瘪神庙来朝拜祈祷；《秦腔》中，在清风街"人见面都是说：'你吃了？'或者是'老人硬朗？娃娃还乖？'"登门求人办事或逢年过节，一般都讲究要带"四色礼"，通常是"一包糖，一斤挂面，一瓶酒和一条纸烟"，寓意一年四季吉祥如意。还有商州地区青年人结婚若要按老规矩办，有"问名""纳币""迎娶"等一系列仪式。葬礼要讲究的仪式就更多了，不仅要请阴阳先生定棺木的方向、入殓的时辰、下葬的日子，并写铭锦，还要请乐班奏哀乐、唱戏，孝子们还要在灵堂打草铺、守灵、上香、奠酒，并向来人还礼，等等。至于下葬仪式，更有孝子前一天扫墓坑，起棺到落葬沿途寿木不再着土，下葬后前三天孝子"打怕怕"以及"七七""百日""三年"等诸多规矩①。这里面有农村的唱大戏、娶亲、丧葬，甚至收魂、驱鬼等行为文化，也有占卜、相信报应、轮回等心理文化，这使得小说充满民间烟火气和世俗色彩，呈现出一幅幅商州民俗生活画卷。相对于贾平凹而言，陈忠实在《白鹿原》中运用地道的关中乡村词语，呈现出关中农村的衣食住行、婚丧嫁娶、生活习惯、信仰习俗。像小说中出现的"布衫"

---

① 刘春：《乡土、乡俗与乡愁：〈秦腔〉的风俗世界》，《文艺争鸣》2012年第10期。

"长衫""长袍""对襟""短袖衫""半截裤"等服饰词语,展示了关中地区独特的服饰风貌;通过"花馍""锅盔""长面""碱面""臊子面""饸饹""牛羊肉泡馍"等食品词语,表现了关中百姓的日常饮食文化;通过"窑洞""窑垴""上房""厅房""三合头""四合院"等词语,了解到传承数千年的相沿成习的关中居住民俗;通过"做媒""八字""定亲""后纂""闹房""回门"等词语,反映了当时关中农村婚嫁民俗;通过"满月""衣服鞋袜""花馍""红绸披风"等词语,反映了关中新生孩子过满月的习俗;通过"报丧""吊孝""入殓""送灵""下葬"等词语,反映关中乡村的丧葬民俗;另外,在小说中还有呈现诸如"伐神取水""白鹿图腾""桃木辟邪""补续族谱"等各种自然崇拜、图腾崇拜、鬼魂信仰、祖先崇拜等民间信仰,展现出独具关中地域特色且积淀深厚的民俗文化。[①]

21世纪前后,中国乡土作家对民俗风情的描写被赋予了新的形式与内容,并建构起自身文化言说的向度。像迟子建一直深受东北地域文化特色的影响,在作品中展现出的北国边陲美景和各种民俗形态。如在《旧时代的磨坊》中反映了对青蛇的崇拜,认为磨盘下有青蛇是家运兴旺的表现,如果青蛇离去就象征着家族败落;《五丈寺庙会》中描绘了阴历七月十五给鸟放生和放河灯的习俗;《银盘》中讲述了每逢初一或十五到县城赶庙会的习俗;《东窗》中则详细描写了新人结婚摆筵席、吃喜糖、闹洞房等风俗。同时,迟子建在其创作中还对岁时节日进行了详细具体的描写。《腊月宰猪》《北极村童话》写到了东北人一进腊月开始忙年,腊月小年要宰猪的习俗;《旧时代的磨坊》写到了腊月二十八给房子扫尘、除夕夜给逝去亲人祭拜的习俗;《东窗》中记述了端午节男女老幼都去采艾蒿、采柳,除夕夜往饺子里藏硬币的习俗;《乞丐》中写到了民间七夕妇女乞丐的习俗;《白雪的墓园》谈到了腊月三十那天,结婚的女儿不能在娘家过

[①] 杨殊琼:《〈白鹿原〉物质民俗文化词汇的研究》,《广播电视大学学报》(哲学社会科学版)2010年第1期。

年的习俗。另外,迟子建在《秧歌》《树下》和《银盘》等小说中还写到了正月十五元宵节看灯展、扭秧歌、划旱船、舞狮子、吃元宵的习俗等。尤其是《额尔古纳河右岸》中,迟子建书写了形色各异、纷繁复杂的民俗事象以及自然崇拜、动物崇拜和灵魂崇拜等极富民族特色的民间信仰。小说中鄂温克族充满生态智慧的狩猎习俗,适于穿越山林狩猎的服饰习俗,具有强烈地域特色的饮食习俗以及独具民族特征的诞生礼仪和婚丧嫁娶习俗等,蕴含着浓厚的民俗气息与独特的地方风味。俗话说,千里不同风,百里不同俗,黑龙江地域辽阔,历史悠久,民俗事象也因之纷繁复杂,形态多样。"如果说大半个多世纪前萧红所书写的'呼兰河'畔的故事还属龙南(黑龙江南部)风情卷的话,那么今天的迟子建则是执著地镇守自己的'北极村',为我们描绘了更为丰富的龙北风俗画。"① 与迟子建同一时代的女作家孙惠芬,也将书写视角聚焦乡土世界,小说中关于故土辽南乡村风土人情的描写,与迟子建对黑龙江流域风土人情的描写正好形成南北对照。在《歇马山庄》中,作者写到了当地新婚之夜的"放被"习俗。新婚夫妻的被子要由一个不相干的未婚女孩来铺设,一边铺设一边说颂词:"花被一铺,儿女满屋;花被一放,儿女满炕。"同样,在《上塘书》中也涉及大量的民俗描写,像第七章"上塘的文化"中有一大段关于踩高跷的描写,作者结合扮孙悟空踩高跷的张五忧人生悲喜,把上塘村男女的心理描写得淋漓尽致。并且在孙惠芬的早期作品《静坐喜床》《一度春秋》等小说中,还有大量的专门针对民俗事象的描写。由此可见,孙惠芬在辽南农村长大,做过农民,熟悉故乡的各种民俗,加之女性所特有的细心,使得小说中的民俗鲜活自然,民俗与人物性格、行为和故事情节等浑然一体。另外,像郭文斌的《大年》《点灯时分》《吉祥如意》,刘庆邦的《黄花绣》,鲁敏的《纸醉》等,这些作品中,传统民俗表现出了一种强大的生命力,对它的描写也是作家力图接续中国文学中对美好自足的田园想象,重拾乡土诗意的反映。

---

① 修宏梅:《迟子建小说与黑土民俗》,《襄樊学院学报》2004 年第 5 期。

三 书写乡愁离绪

乡愁意识是人类所具有的一种自然的心理机制和普遍性情绪体验。在希腊语里，乡愁（nostalgia）一词含有回家、返乡和思乡的意思，是指对过去的人、事物或环境的一种苦乐交织的渴望。在中国文化语境里，"乡愁"一般是指漂泊在外的游子对家乡故土的一种思恋情怀，体现出人类最难泯灭的本性和返回家园的愿望。王一川认为，乡愁在当下则"一般是指身在现代都市的人对于飘逝的往昔乡村生活的伤感或痛苦的回忆，这种回忆往往伴随或多或少的浪漫愁绪"[①]。可见，乡愁是人们对过去情感的记忆与回望，本身蕴含着强烈的怀旧情绪。19世纪中叶以来，工业化、城市化的发展造成社会生活的急剧变化，频繁迁移流动的人群普遍怀念传统稳定的生活，乡愁的词义也"随之由个人的思乡扩大为一种集体心理情绪，抽象为一种特定历史语境下人群的漂泊状态"[②]。"乡愁"作为人的基本情绪之一，也是文学作品古老而又永恒的主题。从先秦诗歌的"陟彼屺兮，瞻望母兮"（《诗经·陟岵》）、"岂不怀归，是用作歌，将母来谂"（《诗经·四牡》），到唐代的"日暮乡关何处是？烟波江上使人愁"（崔颢《黄鹤楼》），到当代余光中的"小时候／乡愁是一枚小小的邮票……"无不表明文学作品说尽的是故乡，说不尽的也是故乡。自"五四"以来，大批中国知识分子告别故乡远走都市，他们不再像同传统文人那样亲近于"乡土"，而整体地丧失固有的归属感飘零于无家可归的虚空。于是，这种错位体验促使这些农裔知识分子产生一种怀乡情绪，进而导致其创作中凸显一种对往昔乡村生活的伤感或回忆，这种伤感或回忆往往伴随一种或多或少渴望归家的愁绪。这里的"家"不仅指现实生活中的有形之家，还包括蕴藉精神世界的无形之家，即个体生命的终极归宿——精神家园。在中国现代文学史上，被

---

① 王一川：《断零体验、乡愁与现代中国的身份认同》，《甘肃社会科学》2002年第1期。

② 种海峰：《全球化境遇中的文化乡愁》，《河南师范大学学报》（哲学社会科学版）2008年第3期。

誉为"东方产生的最美的抒情诗"的《故乡》,开启了中国乡土叙事的家园书写传统。乡土在鲁迅的思考中被隐喻化为乌托邦的想象,由此"故乡"便成为中国现代文学中的基本母题、原型和意象。此后,废名以他的故乡湖北黄梅的乡土风情为背景,在《竹林的故事》等田园小说中,抒写着对故乡乐园的怀想和眷恋。沈从文则在《边城》中,以"乡下人"视角建构的湘西世界,书写出现代知识分子的乡愁体验。

20世纪八九十年代以来,随着乡土中国由农业文明向现代文明转型,曾经美好的乡土家园在现代化进程中消失殆尽。但在这块古老厚实的土地上,"中国的知识分子既然生长在这样一个农业性的国度,他们的精神根基就不可能从'土地'中拔出,他们思绪的依凭就不可能超越'土地'的局限,任他们走到哪里,他们仍会充满着一种农民式的对土地和乡土的恋情"[①]。像汪曾祺、张炜、张承志、迟子建等,承继现代文学史上废名、沈从文所开创的乡土浪漫书写传统,在其创作中展现出对故乡山水的赞美、对破败家园的伤逝、对传统家园的批判以及对理想家园的探寻。如张承志、张炜此时创作的《黑骏马》《九月寓言》等,抒发了一种守望乡愁、重建家园的浪漫主义理想。在《黑骏马》中,主角白音宝力格虽是一个外来者,但由于身受老额吉和草原的养育之恩,在他的乡愁里不仅对那片狭长山谷充满着亲情之思,还"把地理乡愁与文化乡愁做了完全不露痕迹的重叠,在表层的地理乡愁故事背后蕴含着深沉的文化乡愁"[②]。首先,表达出第一种情愫是对故土的感恩。故乡给予游子以生命,抚养其成长,滋养其成人,每每念及此情,游子自然感恩不尽。第二种情愫是对往昔的怀念,对爱情的缅怀,对青春的感喟:"哦,在这块对我来说是那么熟识,那么亲切的草原上,掩埋着我童年的幸福和青春的欢乐,也掩埋着我和索米娅的美好的爱情。"第三种情愫是对抛弃故乡的愧疚:"她把我从小抚养成人。而我却在羽翼丰满时,就弃她

[①] 陈继会等:《中国乡土小说史》,安徽教育出版社1999年版,第143—144页。
[②] 刘海波:《自古诗人多乡愁——感悟〈黑骏马〉》,《当代电影》2006年第2期。

远去,一去不返。我不知道在她死去的时候,她是否想到过我;我只明白,这件送葬老人的事情,本来应当是由我,由她唯一的男孩子来承担的……额吉,饶恕我。你不肖的孙子在为你祈祝安息。"可见,《黑骏马》中的这种乡愁,既是亲情和地理意义上的,更是文化和精神意义上,包含了感恩、缅怀和忏悔三种复杂的情感。相对于张承志而言,张炜则从传统乡愁的诗情画意中超脱出来,用乡村伦理关注现代"异乡人"的情感呈现。像《柏慧》中的主人公"我",从学校毕业,到03所,再到杂志社……一路走过来,这些地方充溢着算计、伪劣甚至淫欲,以致"我"的心灵也无法得到安放,于是"我"只有逃到海边的葡萄园,在那里找到属于自己的精神港湾。"我的真正的家园永远只能是这儿,我从此走出的每一步都算是游荡和流浪。我只有返回了故园,才有依托般的安定和沉着,才有了独守什么的可能性。"① 在这里,葡萄园表现了一种回归的意象,成为一个安息灵魂的精神家园。因为在张炜看来,"只有在真正的野地里,人可以漠视平凡,发现舞蹈的仙鹤。泥土滋生一切;在这儿,人将得到所需的全部,特别是百求不得的那个安慰"②。同样,《九月寓言》中封闭的小村几乎就是张炜理想中的家园,"这是一个喃喃自语的世界,一个我所能找到的最为慷慨的世界"③。只有在这个融入野地的理想家园里,才会有流浪汉露筋与瞎眼女闪婆的爱情故事,才会有独眼义士三十年九死一生寻找旧日情人的爱情。无论是葡萄园、还是野地,正是作者在民间大地上找到的理想寄托或者说精神家园,表达出作者倾向于田园野地的审美意识和意象追求。正如他在《关于〈你在高原·西郊〉与张炜对话》中所言:"人的择居,我是指现代人的择居,是一个多么大的问题。我这一生如果一直生活在城里,相信会被同一个问题缠住,就在这里度过一生吗?……但离开城市,也会有一种背井离乡的

---

① 张炜:《张炜文集》(长中篇小说卷四),上海文艺出版社1997年版,第97页。
② 张炜:《融入野地》(代后记),《九月寓言》,上海文艺出版社1993年版,第341—342页。
③ 同上书,第349页。

感觉。"① 从社会现实层面来看，现代化、全球化是一个客观、必然的历史发展进程。因此，"张炜小说中所反映的现代人的精神漂泊与困境，被人更多地视为是一种文化乡愁的抒发与表达，是在城乡二元空间置换下现代人无法避免的焦虑感……他试图提醒人们要从物欲的洪流中解脱出来，去寻找平静和谐的田园大地，去获得精神上的最终归宿"②。

  进入 21 世纪，随着现代化、全球化进程的深入推进，中国城市化迈上加速发展的快车道。城市化是国家现代化发展的必由之路，它在给社会经济带来迅猛发展的同时，也在解构着乡土中国的社会结构和生活方式。一方面，城市化不断征用农村土地使得乡村版图持续缩减，乡村人生存空间变得日益狭窄；另一方面，城市化导致城乡收入差距拉大，逃离土地成了农民迫不得已的选择。在城市化的进逼下，故乡的容颜被不断篡改，以致面目全非，那个"提供神话、安慰与想象的家乡，难以逃脱地被时代的风暴所裹挟，无可挽回地濒临坍塌，战栗着的漂泊四散的人群，已然无法找到回家的路"③，田园乡愁便成为乡村人对于故园的最后守望。像红柯、陈应松、扎西达娃、阿来等，或选择远离现代都市文明的荒漠、深山、高原、边地，在那里寻找自己的精神家园，或从古老的神话传说、质朴的乡风民俗、神秘的边地风情中寄托自己的人生理想。如红柯笔下的古尔图荒原、陈应松笔下的神农架、扎西达娃笔下的西藏高原、阿来笔下的边远藏地，"这些浸透着作家骚动不安的浪漫激情的自然世界，是被个性化的时代情绪照亮了的理想化世界，是作家理想的沃土、精神的港湾"④，寄托着作者对昔日故土的浪漫乡愁。从辽南乡村走出来的女作家孙惠芬的《上塘书》则是另一种风格的乡愁，它在宁静朴质的

---

  ① 唐朝辉：《关于〈你在高原·西郊〉与张炜对话》，http://www.chinawriter.com.cn，2007-03-19。
  ② 陈超：《"乡愁"的当代阐释与意蕴嬗变》，《当代文坛》2011 年第 2 期。
  ③ 黄平：《以"乡愁为中心"——论雷平阳的诗》，《当代作家评论》2007 年第 6 期。
  ④ 康志萍：《新时期小说的浪漫主义精神》，山东大学，硕士学位论文，2006 年。

乡村叙写中,展现上塘人的生死、疼痛和呼吸,隐现着对故土温情般的关怀和愁绪。正如吴玄所言:"《上塘书》吸引我的倒不是结构,而是孙惠芬面对乡村的态度,这是一个对乡村怀有深情的农妇的絮叨,同时也是一个对乡村怀有梦想的文人的呓语。这是一次温暖的叙事,就是那种久违了的温暖感动了我。"① 同时,乡愁既是一个时空概念,也是一个文化概念。在人类由农业文明跨入工业文明以后,乡愁、怀旧成为普遍存在的文化心理现象。对此,贾平凹在《高老庄》《土门》《怀念狼》《秦腔》中表现出对逝去家园的理性思索和对传统文化的审美诉求。正如作者在《土门》中写道:"我走遍了中国,忘不掉的还是我这一身农皮,农民就是农民,天下哪儿有像故乡这样收留我呢?可我们的土地被城市吞噬了,唯一剩下的只有我们的村庄。我们再不能连我们的村庄都要失去了。"② 小说字里行间流露出作者找寻精神家园的怀旧愁绪。这种乡愁是因全球压缩而带来的对乡土的集体怀旧情绪,因为在乡土不断被卷入全球化的进程中,现代人只有在自身的地方性中才能找到类似"家"的贴切和熟悉。对此,我们将在下一节中作详细的专门论述。

第二节 执着反思:找寻精神家园

"寻根"一词最早来源于美国作家阿历克斯·哈利 1976 年出版的小说《根》,它通过一个美国黑人之口表达一种在黑奴制度下的一段寻根旅程。美国的"寻根热"是人类共有的一种归巢意识的反映,其中也掺入了种族歧视等政治因素,并在全世界范围内唤醒了寻根意识。20 世纪 80 年代以来,随着改革开放的推进和经济社会的发展,西方现代文化思想也与其他经验和技术一起进入中国,当时部分知识分子在研究如何建设现代化命题时注意到,对现实的改造必须利用好自己的文化传统。于是,重新研究认识评价中国传统文化成为一种既

---

① 李敬泽:《〈上塘书〉的绝对理由》,《长篇小说选刊》2004 年第 1 期。
② 贾平凹:《土门》,春风文艺出版社 1996 年版,第 85 页。

是客观的需要，也是主观上的要求。到了 1985 年前后，文化领域兴起了一股规模不小的寻根热。

中国当代"寻根"思潮最早可"追溯到汪曾祺发表于《新疆文学》1982 年 2 月号上的理论宣言《回到民族传统，回到现实语言》"①。而最早表示要寻根的则是李陀，1984 年 3 月，他在一篇文章中表达要去"寻根"的愿望："我渴望有一天能够用我的已经忘掉了许多的达翰尔语结结巴巴地和乡亲们谈天，去体验达翰尔文化给我的激动。"② 后来，他又讲道："我这个人，这么主张向西方学习借鉴，但我也很赞成拉美作家的做法，他们付出沉重代价后，终于找到了这样一条路：把学习西方现代文学所有的成就和对文学的认识，建立在对自己本民族文化的深刻认识上，而且发扬本民族文化传统，产生一种本民族的新文化。这一点他们做到了，我非常羡慕。"③ 李陀寻根之说一出，便在文学界得到一批青年的呼应。1984 年 12 月，在杭州举行的《新时期文学：回顾与预测》会议上，与会者"不约而同地谈到了文化，尤其是审美文化的问题"④，会后纷纷发表有关文学"寻根"的见解。韩少功在《文学的根》中开宗明义地指出："文学有根，文学之根应该植在民族文化的土壤里，根不深则叶难茂。"⑤此后，郑万隆的《我的根》、阿城的《文化制约着人类》、郑义的《跨越文化断裂带》、李杭育的《理一理我们的"根"》等一批理论阐发造就了一个轰动文坛的"寻根思潮"。紧接着作家们陆续发表作品，如韩少功的《爸爸爸》、郑义的《远村》、郑万隆的"异乡异闻"系列、李杭育的《最后一个渔佬儿》，等等。于是，"在作家、批评家'集束式'的阐述、倡导的基础上，80 年代初以来表现了相近倾向的言论和创作，被归拢到这一旗帜之下，使这一事件'潮流

---

① 季红真：《文化"寻根"与当代文学》，《文艺研究》1989 年第 2 期。
② 李陀：《创作通讯》，《人民文学》1984 年第 3 期。
③ 李陀：《花竹园谈心》，《现代作家》1985 年第 5 期。
④ 李庆西：《寻根：回到事物的本身》，《文学评论》1988 年第 4 期。
⑤ 韩少功：《文学的"根"》，《作家》1985 年第 4 期。

化',并顺理成章地生成了'寻根文学'的类型概念"①。"寻根热"在中国改革大地上的兴起,不仅是现代政治背景和文化背景的需要,还是中国文学中有关精神家园意识的延续,而精神家园的回归体现在寻根文学作品中浓厚的文化氛围,或者说寻根作家就是用对文化反思来烛照他们对精神家园的追求。

进入20世纪90年代到21世纪初,"寻根热"虽然过去,但寻根影响不容忽视。事实上,很多作家还在沿着文化寻根的思路继续走下去,继续着文化表现、文化思考、文化批判及传统美学风格,并不断催生出一批成功的文学作品。如张承志的《心灵史》、陈忠实的《白鹿原》、贾平凹的《秦腔》、韩少功的《马桥词典》、李锐的《无风之树》、张炜的《九月寓言》、莫言的《生死疲劳》、赵德发的《缱绻与决绝》、周大新的《湖光山色》、姜戎的《狼图腾》、迟子建的《额尔古纳河右岸》、铁凝的《笨花》等为代表的一批作家作品。这些作品"舍弃了'文化寻根所追求的某些过于狭隘与虚幻的'文化之根',否定了对生活背后是否隐藏着'意义'的探询之后,又延续着'寻根文学'的真正的精神内核"②。为了区别于有特定所指的80年代寻根文学,在这里借用"后寻根"的提法来概括继80年代寻根热之后产生的与寻根小说有内在联系的小说。有研究者指出:"'后寻根'是相对于八十年代中期寻根小说而言的一种表述,是指九十年代以来,新乡土小说对民族文化、本土文化所面临的一系列新问题进行的文化意义上的追问与探寻,其中既包括对于这一时期突显的精神拔根状态的关注,也包括小说家主体在新世纪前后所进行的精神文化的扎根。"③

一 反思传统文化

所谓传统文化,顾名思义就是指传统社会形成的文化,往往对应

---

① 洪子诚:《中国当代文学史》(修订版),北京大学出版社2000年版,第279页。
② 陈思和:《中国当代文学史教程》,复旦大学出版社1999年版,第306页。
③ 赵允芳:《90年代以来新乡土小说的流变》,南京师范大学,博士学位论文,2008年。

于当代文化或外来文化等,"不仅包括历史上存在,并延续至今的种种物质的和精神的文化实体,例如民族服饰、地方戏曲、古典诗歌、生活习俗等,还包括价值观念和文化意识"[1]。文化是文学的内在构成,是文学表现的对象,而文学作为文化大系统中的一个子系统,总是以文学的独有方式记录着文化的发展、创造着文化的内容。新时期之初,当大部分作家还在书写伤痕、呼唤改革的时候,一批寻根作家便不约而同地对文化表现出浓厚的兴趣,把广阔深厚的文化景观纳入自己的文学创作之中。像以汪曾祺为代表的"非主流"作家,默默地开始了张扬传统精神价值,抒发传统审美经验的另一种创作路向。他们的笔下不再是对波澜壮阔历史画卷的描绘,而是对日常生活人情冷暖的书写。随后,受拉美魔幻现实主义文学的影响和带动,中国一些作家也大张旗鼓地开始了"寻根文学"运动。他们普遍认为,"当代文化与民族传统文化的关系已经被隔断,不仅是文学,几乎中国的整个现代文化都在向西方'拿来',缺乏自身的民族文化特色,根本不可能在世界文学中争得一席之地。想要创作出'地道的,正宗的中国文学',就必须到丰厚的中国传统文化中去'寻根'",同时,"对民族传统文化不应再采取彻底批判的虚无主义态度,而应该接续传统、返回传统,在传统的基础上进行文化创新"[2]。因此,他们在探寻文学的生命之根时注重反思传统,用独特的视角和方法探寻传统文化的价值,并在实践上创作出了具有丰富多彩文化内涵的"寻根文学",形成蔚为壮观的文学潮流。

首先,表现为对传统文化的赞赏和皈依。比如阿城《棋王》通过王一生的人生经历,表达了自己对庄禅哲学的认识态度和对传统文化地位价值的思考。小说里面的道,并不是指两个老头日常生活中的下棋之道,而是充满智慧的人生哲学之道,如庄禅哲学要求人们在物质上不计利害、是非、功过,在精神上突破存亡、贫富、毁誉,从而

---

[1] 单霁翔:《城市文化与传统文化、地域文化和文化多样性》,《南方文物》2007年2期。

[2] 张旭东:《论新时期以来文化守成小说的主题指向》,《电子科技大学学报》(社会科学版)2012年第1期。

达到忘掉物我、主客、人己的境界，达到自我与宇宙完全融合，这些在王一生身上得到了充分体现。在作家的眼中，王一生深得庄禅哲学的精神要义，具备了庄禅哲学要求的旷达、通脱的气质。小说虽然表面上写的是"吃"和"棋"，但其意旨却表现为对以道教为基调的传统文化的赞扬和皈依。在阿城的其他小说中，主人公大都与王一生类似，像《树王》中的肖疙瘩、《孩子王》中的"我"、《树桩》中的李二，他们知足常乐，不以物喜，不以己悲，与自然默契与共，体现着崇尚虚静、天人合一的道教精神，表达出作者对传统文化精髓的领悟和人生审美理想的追寻。其次，表现为对传统文化的审视与批判。如在寻根代表作《爸爸爸》中，韩少功对传统文化长久积淀下来的负面因素进行了审视和批判，而这种审视和批判主要是通过丙崽这个奇特人物形象来实现的。丙崽集侏儒和白痴于一身，个子只有背篓那么高，外形猥琐，行动呆滞，而且只会说两句话，高兴的时候就叫"爸爸爸"，不高兴的时候对你翻个白眼咕噜两声"×妈妈"。然而，这样一个残缺不全、言语不清的人物却被尊为"丙仙"，得到鸡头寨村民的顶礼膜拜，这正显示出村民们愚昧而缺少理性的病态精神症状。因此，小说中的丙崽已超越其艺术形象本身而成为一个符号，而且这个符号"既是历史的，又是现实的；既是民族的，又是个人的一个荒谬却又真实的象征符号"[1]。作者通过丙崽这一形象的塑造，"表达了对民族传统中积存得很深的小农社会文化遗存物的蛮性与蠢行的理性批判，进而引起人们对这种劣根、文化老根的关注和疗救"[2]。同样，在《女女女》中，么姑的性格从最初勤劳、宽厚、仁慈转变到晚年贪婪、自私、尖刻，其形体上也由开始的人变得像猴一样，后来又让人觉得她像一条鱼，最后竟变成一个既笑又哭的大怪物。作者通过么姑这一形象，体现出对人性的质疑并进而上升到对传统文化的批判与反思。再次，既有对传统文化的赞赏，又有对传统文化中糟粕的批判。如王安忆的《小鲍庄》便表现出一种对传统文化

---

[1] 刘再复：《论丙崽》，《光明日报》1988年11月4日。
[2] 余昌谷：《当代小说群体描述》，安徽大学出版社2006年版，第114页。

复杂的情感态度。小说塑造了一个儒家"仁义"象征载体——捞渣，在他身上充分体现了以德报怨、以和为贵、以柔克刚的中国儒家传统处世之道。一方面，作者在小说中试图在寻找并重构儒家的仁义传统；另一方面，表达出对仁义为内核的传统文化虚构性的批判以及对传统儒家文化压抑人性的揭露。小说中谈到鲍秉德照顾发疯多年的妻子，而被村民视为重情重义的汉子，当有人劝他离婚时他觉得人不能做不仁不义的事。但当鲍仁文将其仁义之事宣传出去时，他从内心深处总有点暗暗地恨着鲍仁文。最后，当鲍秉德的疯妻被洪水淹死后，他多年被压抑的人性才得以释放，在这里"仁义"如同套在人身上的枷锁。作者在赞赏和谐温情人际关系的同时，也反映出仁义精神实际上已经崩溃，而仁义的崩溃预示着以儒家为代表的传统文化的崩溃，作品由此完成对传统文化的反思和批判。

进入 21 世纪，随着现代化带来的问题和弊病越来越严重，乡土作家们开始质疑和批判科技工具理性，表现出更加自觉的民族文化认同意识，凸显从传统文化中寻找疗治资源的文化自觉。具体表现在作品中，一方面，展现传统文化底蕴，塑造理想文化人格。这类作品以陈忠实的《白鹿原》等叙写历史人物事件的小说为代表，表现出对于传统文化某种程度的认同与肯定。作者对其笔下所塑造的白嘉轩、朱先生等文化人物，基本采取正面肯定态度，甚至不乏欣赏与赞美。小说"虽然不讳言传统儒家文化的僵化、保守、非人性的一面，但同时认为传统儒家文化并非一无是处而加以排斥和毁弃，而是有着积极、健康的另一面"[1]。另外，像周大新的《第二十幕》、李锐的《旧址》、李佩甫的《羊的门》、铁凝的《笨花》等小说，融入了很多传统文化符码，体现了对传统文化的深深眷恋之情。陈忠实的一席话可作为这些作家的共同心声："尽管我们这个民族在上个世纪初国衰民穷，已经腐败到了不堪一击的程度，但是存在于我们底层的民族精神没有消亡，它不是一堆豆腐渣，它的精神一直传承了下来。如果

---

[1] 张旭东：《论新时期以来文化守成小说的主题指向》，《电子科技大学学报》（社会科学版）2012 年第 1 期。

我们民族没有这些优秀的东西,它不可能延续几千年,它早就被另一个民族同化或异化了,甚至亡国灭种了。但是,它在进入封建社会以后,还很完整地把这个民族的生存形态保存并延续了两千年,那说明在我们民族的精神世界里肯定有好的东西、优秀的东西。"[①] 另一方面,表现为张扬传统人文精神,重建人类社会理想,张炜、韩少功、贾平凹等在这方面最具代表性。这些作家大都认为,中国的优秀传统大多保留在乡村,在"全球化"时代尤其需要从传统乡土文明中找寻资源,来弥补城市文明和商业文明带来的弊端,因此,其创作不再着力于"国民性批判",而是注重挖掘和彰显传统文化中重义轻利、追求精神价值的内容。如张炜90年代创作的《九月寓言》《柏慧》《外省书》《能不忆蜀葵》等作品,表现出对传统农业文明的眷念和对畸形工业文明的拒斥,并在后现代理论"建设性"的思想指向与传统文明之间,试图寻找重建人类社会理想的可能答案。同样,韩少功在《山南水北》《赶马的老三》等作品中,表达出对乡村传统文化的眷恋和礼赞,在他看来乡村生活充满着恬淡与惬意,这是在城市里完全找不到的感觉。相对于张炜、韩少功而言,贾平凹则稍有不同,在《土门》《秦腔》等作品中呈现的是城市和乡村的双重颓败,但作者同样还是对城市文明多有批判,而对乡村败落则更多表现出一种无奈与惋惜。虽然当今乡村已不再是安放灵魂的家园,但作者却仍梦想在乡村寄放自己的理想。虽然传统文化正如《秦腔》一样慢慢消散,但他仍然不惜为其唱出一曲哀婉深沉的挽歌。

二 审视地域文化

所谓地域文化,是指"在一定的地理空间形成,并经过长期积累的包括观念、风俗在内,具有自我特色的诸多文化元素的总和"[②]。中国是一个幅员辽阔的多民族国家,不同的地域总是与不同的生活方

[①] 陈忠实:《在自我反省中寻求艺术突破》,《陈忠实文集》(第七卷),广州出版社2004年版,第398页。
[②] 朱万曙:《地域文化与中国文学——以徽州文化为例》,《中国人民大学学报》2014年第4期。

式、价值观念和心理意识相联系，从而形成许多具有不同质态的地域文化。地域的差异性是地域认同的前提，相对于世界而言，地域体现民族国家的地貌特色和民族个性。因此，地域文化在文化认同中发挥着重要作用，成为全球化语境中反抗文化同质化的重要力量。在寻根作家看来，"我们民族文化之精华，更多地保留在中原规范之外。规范的，传统的'根'，大都枯死了……规范之外的，才是我们需要的'根'，因为它们分布在广阔的大地，深植于民间的沃土"①。于是，这些寻根作家"几乎不约而同地把目光投向草原、林区、山地、水乡，投向那诡秘莫测的大岭深坑，投向那渺渺茫茫的边缘地带……"②力求把散落在偏僻的、边地的、山村的、规范之外的、生气勃勃的地域文化重新发掘出来，期望从这些非规范化的地域文化中寻找民族文化之根。因此，在寻根作家的创作中，另一部分显著的构成是包括少数民族文化在内的地域文化的文学表现。从韩少功的湘楚文化、莫言的齐鲁文化到贾平凹的商州文化、郑万隆的关东文化，再到李杭育的吴越文化、乌热尔图的东北黑土地文化等，中国的人文地图被寻根作家们以各自的写作特点、风格和表现特色囊括。

　　任何一位作家都出生、成长于某一地域，该地域文化元素必然植入其心灵和记忆之中，从而形成作家的故乡情结和文化因子，并自然而然地渗透到其创作之中。像出身湖南的寻根作家韩少功，跋涉湘西崇山峻岭寻找楚文化流向，从"鸟的传人"的生活形态中体味到"楚辞中那神秘、奇丽、狂放、孤愤的境界"③。在《归去来》《爸爸爸》《女女女》等小说中，作者展示了一个与世隔绝、闭塞幽暗、充满神秘巫术的湘西村寨。这里如陶渊明笔下的"世外桃源"，村民"不知有汉，无论魏晋"，还有那弥漫的瘴气、冷森的飞瀑以及石壁上的鸟兽图形、蝌蚪文线条，呈现出太古洪荒的原始气息。《爸爸爸》中的鸡头寨村民们认为，山水草木、禽兽虫蛇都具有神秘的灵

---

　　① 李杭育：《理一理我们的"根"》，《作家》1985年第9期。
　　② 蔡翔：《野蛮与文明：批判与张扬——当代小说的一种审美现象》，《当代文艺思潮》1986年第3期。
　　③ 韩少功：《文学的"根"》，《作家》1985年第4期。

气，像丙崽娘之所以生下痴呆的儿子是因为冒犯了蜘蛛精，在此基础上派生出种种迷信禁忌，如蜘蛛精、岔路鬼、蛇好淫、挑生虫等奇特传说，烧窑要挂太极图、贴红纸可避邪、喝牛血可解毒、灌大粪可治疯癫、得罪蜘蛛精会产畸形儿等迷信说法，还有畏天祭神、巫术占卜、坐桩殉古、打冤械斗等怪诞习俗以及家族迁徙的神话传说、唱古歌的祖先崇拜等，作品弥漫着原始氏族社会蛮荒怪异、奇妙莫测的神秘气氛，呈现出独具湘西特色、巫风气韵的荆楚文化风貌。相对于《爸爸爸》而言，韩少功的另一部长篇《马桥词典》更是湘楚文化历史的一个缩影。作者笔下的"马桥"是由一个个具有地域特性方言词汇组建而成的王国，也是一个集聚大量地域民间文化特色的乡土世界，其所描述的诸如蛇好色和捕蛇避蛇的方法、罗江丑女作怪的传说和渡河方式、报复别人的迷山咒和取魂咒的古怪之说等种种民俗事象，均具有无可比拟的地域性和独特性。此外，作者还在许多小说里对神话传说、习俗风情、道德观念、迷信禁忌等最能代表地域特征的文化形式作了大量详细生动的描画。如果说韩少功创造了湘楚之地静态的、封闭性的艺术世界，那么李杭育则对葛川江进行了动态的、开放性的描绘，颇得吴越文化的气韵。在《土地与神》《人间一隅》《沙灶遗风》《最后一个渔佬儿》《船长》等作品中，作者讲述了葛川江畔村镇的历史渊源、传说典故、民风习俗，如《沙灶遗风》里画屋、甩火把、拜观音、做道场等葛川江沿岸的独特习俗，《红嘴相思鸟》中关于仙女变鸟的神话故事，《流浪的土地》中关于白七娘的神话传说等，同时，还对葛川江的自然魅力与内在生命力进行了深入的表现。作者笔下的村落、房舍、田畈、芦荡、草滩，甚至沙、石、鱼、鸟，一草一木，都极力渲染了葛川江狂放磅礴的气势和蓬勃的生命活力，呈现出野蛮与温情并存的吴越文化性格。与书写湘楚世界的韩少功、描画吴越大地的李杭育相比，郑义则把时代潮流融汇在历史文化背景中，展现了太行山区艰难困苦的生活风貌和独特厚重的三晋文化。在《远村》《老井》中，作者将眼光停驻于曾经生活过的土地，用自己饱蘸着血泪和爱心的笔，描述了太行山区换亲婚、打伙计、拉边套、入赘婚、冥婚等古老婚俗以及在严酷自然条件下"设坛求雨"

"恶祈"等神灵崇拜，为读者展现了一个充满艰辛屈辱而又坚韧不屈的太行山区农民生活的大千世界。如果说孙老二背井的神话、孙小龙以血饲石龙的传说，表现出老井人祖先崇拜的话，那么孙石匠以自残方式祈雨的场面、万水爷在父亲死后愤而绑晒龙王的举动，则带有一种逼龙王就范的要挟意味。这种神灵崇拜和游戏鬼神的态度充分体现出，在严酷的自然环境中老井人内在强大的性格力量和征服自然的坚韧毅力。小说在古朴风俗民情的描述中，揭示出现实与历史的内在联系，表现出黄土高原特有的民族性格。作者笔下古风犹存的"远村""老井"，成为黄土高原的文化符码，成为民族文化的"活化石"。贾平凹笔下的商州是荆楚文化与中原文化的交汇地带，"其山川走势，流水脉向，历史传说，民间故事，乃至天上飞的，地上跑的，构成极丰富的、独特的神秘天地"①。作者立足于这块古老的土地，从这里的地理形势、风俗民情、歌谣俚曲、文物古迹、民间文艺中汲取丰富的艺术营养，描绘了色彩浓郁的婚丧嫁娶古老习俗，展现了人们对神秘大自然的敬畏心理，呈现出商州大地独特的地域文化风貌。如《浮躁》中死妻不久的田中正与守寡弟媳结合的"转房婚"，麻子铁匠做上门女婿的"入赘婚"，还有"卜吉""开脸""送路"之类的婚俗事项；又如《商州又录》中，在外横死的人尸首不能进家门，棺材上要缚一只雄鸡，一直跟着到坟地上去，据说公鸡具有引魂作用，这样死者魂魄就会到另一个世界去，不打扰阳间亲人。另外，贾平凹十分注重民间文化资源的发掘，在他的作品中详细地描述了商州喝烧酒、吃锅盔、夹辣子、唱秦腔等民风民情，创作出了一幅幅具有浓厚的秦汉风采和商州地域特色的关中民俗生活画卷。莫言则从《红高粱家族》《丰乳肥臀》《檀香刑》到《生死疲劳》，展示了古老乡土中国的种种奇观，像高密东北乡遍地燃烧的红高粱，固守着的民间道德伦理，承受深渊般苦难的"地母"，还有残忍腐朽的东方"刑法艺术"等，展现了高密东北乡特有的地域文化风貌，为读者提供了一种不一样的"中国形象"和"国族叙述"。

---

① 贾平凹：《答〈文学家〉问》，《文学家》1986年第1期。

相对于汉族作家对地域文化的表现，少数民族作家显然有着更加得天独厚的条件，因为独特的民族文化土壤、独特的自然地理环境，养育了他们独特的精神气质和文化品性。因此，这些少数民族作家对本民族文化的理解，不像汉族作家那种存在一种隔靴搔痒的隔膜感和距离感，而是有着直接的、割舍不断的血缘联系。"当他们以现代意识来反观本民族历史和现状的时候，一种文化传统的强大向心力总是在吸引着他们，使他们自觉地探求本民族文化传统与现代化进程的融合道路，同时也展示出少数民族聚居地区独特的地域文化风貌。"[1]像郑万隆的"异乡异闻"系列小说中，黑龙江流域鄂伦春人的狩猎文化与到关东山林中谋生者带来的关内文化，共同组成了一种土客籍混杂的文化形态。《黄烟》中的祖祖辈辈敬仰和崇拜"黄烟"，将其看作是神在显灵，部落里每年都要用活人来供奉。《钟》中族人将白丹吉娅的妈妈视为灾星，将打不到猎物归罪于她，并残酷地杀死了母女二人，将其作为对神的献祭。小说中种种图腾禁忌、神灵崇拜组成的神秘文化，彰显了黑龙江野蛮女真人使犬部人们对自然神的信仰与崇拜。鄂温克族作家乌热尔图在他的小说中，则展现了鄂温克族古老而独特的森林狩猎生活和民族精神。《七岔特角的公鹿》中那头酷爱自由、犷悍不屈，以受伤的身体同狼搏斗的七岔特角公鹿，表现出一种不可阻挡的奔向自由天地的神奇力量。《老人和鹿》中那位老猎人在弥留之际特别爱听一头老鹿的呦呦鸣叫，表现出一种对养育自己民族的自然生态的强烈依恋。《一个猎人的恳求》通过日杰耶只身杀死恶熊，展现了刚正威武、坚韧强悍的鄂温克精神，具有浓郁的狩猎文化特征。同样，张承志的《黑骏马》《北方的河》《北望长城外》《金牧场》等小说，不仅描绘了祖国北方的草原、戈壁、雪岭和河流等独特自然地理环境，还展现了清真寺的月牙、草原上的古歌、大坂上的古道以及草原游牧民族博大雄阔的精神气质，透露出凝重、深沉、独特的草原文化氛围。西部少数民族作家扎西达娃，在《西藏，

---

[1] 张学军：《寻根文学的地域文化特色》，《山东大学学报》（哲学社会科学版）1994年第3期。

隐秘岁月》《西藏，系在皮绳扣上的魂》等小说中，以一个藏族作家独特的感受和体验，审视着本民族的历史文化、宗教传统、民俗风情，找到了藏民族的宗教信仰和轮回的生命观念，同时从藏族风土民情中发掘出与宗教传统的血脉联系，使西藏摆脱了被"他者"猎奇的命运，显示了藏文化的本原面目。总之，"这种边地族群地域风情和地域文化的书写，对主流的汉文化构成了某种补充和对话。同时，这些主流汉文化之外的'他者'形象的出现，不仅丰富了当代文学的表达视野，而且具有从'文化'视野上重构中国多元文化图景的意义"[①]。

三 观照民间文化

民间文化是指一定群体内自发流传并习以为常的价值观念、行为方式和精神文化，包括民间生活习惯、礼仪民俗、语言方式、风土人情等。民间文化作为整个民族文化的重要组成部分，是与社会主流文化相互渗透又相互对立统一的客观存在。20世纪80年代中后期，在东西文化大撞击的历史背景下，寻根作家认为"我们民族文化之精华，更多地保留在中原规范之外"[②]，传统的不规范文化"像巨大无比、暧昧不明、炽热翻腾的大地深层，潜伏在地壳之下，承托着地壳——我们的规范文化"，所以，"不是地壳而是地壳下的岩浆，更值得作家们注意"[③]。于是，他们深入深山老林、蛮古洪荒之地去寻"根"，试图从民间文化中寻求民族文学发展的资源。无论是阿城的《棋王》，还是韩少功的《爸爸爸》、王安忆的《小鲍庄》，还是李杭育的"葛川江"系列、贾平凹的"商州"系列、莫言的"红高粱"系列等，都展开了对民间文化的观照和民间精神的开掘。

一方面，在描摹未受现代化侵袭的原初状态荒村远景、古朴民风和民族品性以及民间文化精魂中，挖掘和肯定传统文化的真正精神。

[①] 吴雪丽：《人文地理版图中的"中国"想象——以20世纪80年代的"文化寻根"为视点》，《青海社会科学》2013年第2期。

[②] 李杭育：《理一理我们的"根"》，《作家》1985年第6期。

[③] 韩少功：《文学的"根"》，《作家》1985年第4期。

像阿城在普通人真切、平凡甚至有些戏谑的人生状态描述中，对传统文化进行新的价值选择，寻找自己的精神寄托，试图在变革时代大潮中保持民族文化的固有血脉。他笔下的人物随遇而安，不拘于物，忠厚得近乎痴呆，缄默得近乎愚顽，不为贫苦富贵而费心，不为成败荣辱而劳神，内心平静而自由。像《棋王》中的王一生几乎活在棋里，甚至可以说下棋成为他唯一的精神寄托。在他看来活在世上吃不饱不痛快，"何以解不痛快，唯有下象棋"，这是王一生的人生格言，也是他精神世界的强大支撑。王一生这种棋道哲学得法于一位老者，这位老者虽终日以捡破烂糊口，却严格遵循"为棋不为生"的祖训，在卑微的生活中仍保持着自由的心灵。可见，作者笔下那些微不足道的小人物，虽然没有承载宏大历史的意义，但他们这种追求自己精神家园的"圣"，外化为现实生活中的"王"。郑万隆在"异乡异闻"系列作品中，则构建出东北特有的苍茫、大气，跃动着顽强生命活力的独特民间文化。在《生命的图腾》里，作者塑造了一系列桀骜不驯、孔武有力、崇尚初民生活的自然人，他们生活在僻远、蛮荒、险峻的深山野林，过着原始落后的部族生活，身上却体现着原始的仁爱、勇敢和正义以及强悍、奔放、粗犷的情爱欲望，小说表达了作者对原始生命力的崇拜。像《老棒子酒馆》中的陈三脚是一个土匪兼英雄的硬汉形象，他胆子特大、三脚能踢死一头狼，在老棒子酒馆吃吃喝喝，十几年从没给过钱，让人觉得像一个魔鬼，但就是这个魔鬼把作恶多端的恶霸杀死，以致死后让人念念不忘。因为陈三脚身上有着汉文化仗义行侠的传统，所折射出的超常生命力和原始生活状态更接近理想的自在人生。还有《峡谷》中的申肯也是一个不为人知的英雄，因在萨满作法时笑场被村民赶出村子，但他却具有大爱精神，深深了解并尊重自然规律，明白不管是鹿还是熊都与人一样属于大自然的一部分，因此他不让两个男孩去杀将要生产的母熊，最终申肯也如母熊一样为保护孩子而牺牲自己。小说展现出山野汉子们粗犷豪放的性格，豁达洒脱的人生态度，重义轻利的品德和自由强悍的生命活力。同样，莫言《红高粱》里的人物活得洒脱，过得自在，爱得疯狂，恨得切齿。像"我"爷爷余占鳌英武强悍、胆识过人，"我"奶奶戴凤莲泼辣大胆、敢爱敢恨。小说以磅礴的激情抒写了一曲原始生命力的赞歌，展示了一种不同于传统的儒道墨佛或三纲五常典籍文化的生命的历史文化，"一种充满悲剧而又生机勃勃的文化，一种充满血腥也充满爱的文化"[①]。其实，对原始生命力的追寻和颂赞，莫言不是首创。李杭育的"葛川江系列"，挖掘吴越文化中生命的强力和自由自在的精神，表露了作者对强悍的原始生命力的赞美。他的代表作《最后一个渔佬儿》中的主人公福奎，渴望依靠自己勤劳的双手过上自在的生活。在现代文明负面影响的侵袭和挤压下，他仍坚守着正直而又古老的人生原则，以忠诚、坚毅、重义轻利的人格精神，对抗着浮躁世俗的现实人生。还有《船长》中的船长，冒着生命危险去救自己那只已上了保险的船，这种置生死于度外的气质实际上是原始生命力的勃发，是一种与大自然搏击的生命力的展现。小说通过福奎对于古老捕鱼业的固守、船长对于船的不离不弃，展现出飘荡在吴越大地上，由葛川江所陶冶出来的强悍、豁达的精神气质。另外，贾平凹在商州这块古老厚重的土地上，在浓厚的秦汉历史文化氛围中，展现了神秘的巫风土俗、方言土语以及商州山民质朴善良、粗犷强悍的性格。郑义在对太行山区古朴的风俗民情描摹中，揭示出在严酷自然环境中生存的艰难和执着，呈现出太行山民不畏艰难的强悍性格和坚忍顽强的生命活力。张承志在对边疆异域生活的描绘中，表现了苍凉、粗野的草原景象和博大、雄浑的民族性格。乌热尔图则在大兴安岭森林的描绘中，充分展示出鄂温克人坚韧刚正、崇尚自由的民族精神和善良淳朴、坚韧骁勇的性格特征。

另一方面，在对边远荒野地区愚昧野蛮生命形态的观照中，力图发掘传统文化的负值因素。在《爸爸爸》中，韩少功以一个原始部落的历史变迁为线索，集中描述了古老民族的感知方式、自然崇拜和巫术观念等，展示了一种封闭凝滞、混沌蒙昧、愚昧落后的民族文化形态。小说里的鸡头寨是一个几乎与外界隔绝的荒山远村，

[①] 陈墨、莫言：《这也是一种文化——评〈红高粱〉、〈高粱酒〉、〈高粱殡〉》，《当代文艺探索》1987年第4期。

如同浸没在虚幻的神话传说之中，几乎保留了原始野蛮时代的一切。作品特别通过塑造丙崽这一人物，这是一个体形智力永远保持童稚状态、兽性远远多于人性的退化返祖形象，揭示出民族传统文化中的"劣根"性。在王安忆的《小鲍庄》中，她一方面肯定传统文化中的正值因素，彰显小鲍庄人纯朴善良、尊长爱幼的"仁义"精神，同时也对"仁义"思想的禁锢下人性受到压抑提出了批判。如鲍仁文虽然受到现代文明的熏染，但依然未摆脱"仁义"思想的束缚，仍生活在小鲍庄这一民族文化心理结构的超稳定体中。"作品一方面肯定了传统文化中的正值因素，又否定了这一因素中的负面影响，这正是王安忆在民间文化中发掘出的传统文化之'根'的正负值。"[1] 同样，乌热尔图在描写鄂温克人充满原始野性狩猎文化的同时，并没有回避对狩猎文化中愚昧落后一面的描述。他清醒地认识到，"鄂温克民族是一个文化落后，处于亟待发展中的民族"[2]，如《七岔椅角的公鹿》对吃熊肉时举行仪式的描述，揭露了鄂温克文化中的愚昧落后。扎西达娃在《西藏，隐秘的岁月》《西藏，系在皮绳扣上的魂》等作品中，则对西藏民间文化进行了辩证的思考，"既揭露了藏民中封闭、古旧和近于残酷的生存相，又写出他们在缓慢走向现代化过程中的灵魂悸动和顽强追求，一方面宗教给予了终生以超脱现世的灵魂，另一方面世俗又引导他们趋向奋争"[3]，从而达到对藏文化的理性思辨："落后和愚昧的传统西藏文化虽有很多人坚守，但在现代文明的冲击下，必然会有越来越多的达郎来质疑和颠覆这些落后的旧观念。"[4]

进入20世纪90年代以后，在市场经济大潮的影响下，娱乐、消费、世俗化倾向等后现代思潮成为小说表现的重要内容，民间文

---

[1] 冷耀军、高松：《"寻根文学"与民间、地域文化》，《广西社会科学》2002年第4期。
[2] 乌热尔图：《我对文学的思索——兼谈〈琥珀色的篝火〉的创作》，湖南人民出版社1985年版，第35页。
[3] 张器友：《现当代文学思潮散论》，安徽教育出版社2003年版，第132页。
[4] 李晓：《寻根文学与文化关系新论》，西北大学，硕士学位论文，2011年。

化在一部分乡土小说中得以呈现。如韩少功的《马桥词典》、赵德发的《缱绻与决绝》、李佩甫的《羊的门》、周大新的《第二十幕》等。到20世纪末，逐渐出现一股民间文化热，这股热也影响了21世纪小说的创作，典型代表有莫言的《檀香刑》、姜戎的《狼图腾》、贾平凹的《秦腔》、迟子建的《额尔古纳河右岸》等。韩少功的《马桥词典》以词典的形式收录了湖南汨罗市马桥人的日常用词，并以这些词条为引子讲述了一个个生动有趣、内涵丰富的故事，构造了马桥乡的文化和历史。如三月三、红娘子、撞红、蛮子、同锅、煞、背钉、发歌、走鬼亲、嘴煞、放转生、飘魂、开眼、企尸、结草箍、磨咒、放藤、压字等，这些词条展示了马桥农民的生活习俗、思想感情、传说故事、历史文化等，揭示了被主流文化所遮蔽的历史和现实，实现了对民间的还原。在铁凝的《笨花》里，作者展现了原始初民的狩猎意识和植物图腾，像在狩猎过程中为了猎获的成功率与便捷性，"助猎"常常成为行猎者不可或缺的环节，同时，大多数笨花人在种洋花时还是不忘种笨花，在他们看来放弃笨花就像忘了祖宗一样。在这里，笨花人对棉花的特殊情结非一般民俗文化所能完全解释，他们对棉花的敬畏心理根植在一种令人难言的潜宗教意识之中，甚至有原始族群的"献祭"仪式包含在里面。小说在一种广博的人类学视域中展现了冀中民间文化的独特性。同样，周大新则在他的乡土小说里，用生动的笔触描绘了民间神秘文化绚烂迷幻的色彩，还原了豫西南小盆地奇幻而充满温情的生活。在《第十二幕》里，我们不仅可以看见"葛麻草、苜蓿草、面条菜、勾勾秧"等乡间野味，还可以看到中州乡民的日常生活画面，如晋金存为养生钻研药酒、栗温保进戏楼听豫剧消遣、尚达志请"测志班"为满月的孙子预测前程以及色彩斑斓的梦境、奇幻莫名的方术、福祸难辨的异兆等民间神秘文化。中州是一个多民族杂居的地区，主要有汉、回、蒙、满等民族，每个民族的宗教信仰都不尽相同。因而在《第二十幕》里不仅可以看到寺庙佛像，而且对于草绒后半生虔诚信奉基督教也便不足为奇。同时，作者在作品中对阻碍现代化的民间生活中的顽疾进行了批判，并试图将现代文明与民间文化中的精华结合起来，使现代文明真正扎根民间，革新乡民们的思想观念，实现民间物质与意识的双重现代化。在贾平凹的《秦腔》中，"秦腔"曾经是人们生活中不可或缺的部分，高兴了唱，不高兴了也要喊几句，成为一种精神的寄托，一种心灵的洗涤，但随着现代化对传统的剥夺与残害的深入，作为民间文化的秦腔也摆脱不了走向衰亡的命运，逐渐沦为喜事丧事的一种活跃氛围的表演。小说通过对乡土中国日常生活的书写，描绘了民间文化在现代与传统碰撞对接过程中所面临的尴尬处境与最终失落的苍凉图景。在《额尔古纳河右岸》里，迟子建充分展示了鄂温克族民间文化的丰富性、神秘性及多样性，比如各种神话传说、历史故事、民谣民俗、宗教文化，如火神与山神的神话、拉穆湖的传说、漠河金矿的历史、海兰察的故事，还有跳神仪式、风葬仪式、祭神仪式以及篝火舞、熊斗舞、岩画、谚语、谜语等，这些丰富多彩的民间文化使小说具有了诗情画意的异族风情和异域色彩。同样，姜戎的《狼图腾》展现了草原民族的狼图腾文化、长生天信仰、腾格里崇拜以及古老神秘的"天葬"仪式。如游牧民族以狼为兽祖，并奉为草原保护神、楷模、宗师，每逢年节，焚香叩拜，用牲祭祀；同时，在信仰萨满教的北方民族中，在人和自然的关系中，原始初民认为天是令人畏惧的，又是值得依赖的，因此就必须加以尊敬崇拜。不仅如此，按照蒙古人的说法，在自然界中，日、月、星辰、风、雷、雾、闪电、乌云都各有其腾格里神，大地、人类也有专门天神司管，还有更多天神具有控制、保护生物活动的功能。同时，小说中还展现了游牧民族一种古老神秘的"天葬"仪式，草原牧民死后都将尸体置于荒野的天葬场让狼来处理，一旦狼把人的尸体啃光，人们认为死者灵魂也就被带上天堂，这种葬俗蕴含着浓厚的宗教色彩和独特的习俗礼仪。

第三节　呵护梦想：描绘诗意栖居

"诗意栖居"是海德格尔借用赫尔德林的一句诗"人诗意地栖居在

大地上"而提出来的一个生态诗学的命题。"栖居是以诗意为根基的"[①],诗意栖居是人类理想的生存方式,一种自在的、自由的生存境界。然而,随着现代化、城市化的快速推进,尤其在商品经济大潮的裹挟下,人类生存陷入深重的危机之中,地球变成了一颗"迷失的星球",而人则被"从大地上连根拔起",丢失了自己的"精神家园"[②]。心理学家弗洛姆认为:"二十世纪尽管拥有物质的繁荣、政治与经济的自由,可是在精神上二十世纪比十九世纪病得更严重。"[③]对此,20世纪70年代联合国人类环境会议通过了《人类环境宣言》,其后更陆续有改善人类生态环境、实现可持续发展的一系列国际会议的召开和宣言纲领的制定,从而将这场生态运动扩展至世界各地,人类也由此进入生态文明时代。这在引起全世界对生态环境高度重视的同时,也极大地促进了全球生态小说的创作。1962年,美国蕾切尔·卡逊女士发表的科普作品《寂静的春天》,已成为当代公认的生态文学标志性里程碑。作品犹如旷野中的一声呐喊,人们开始意识到隐藏在干预和控制自然之下的危险所在,并重新评估自然的深层价值,因此,这部作品可以说开启了全球自觉创作生态文学的时代。此后,强烈的社会使命感和自然责任感促使作家们纷纷将目光投向生态领域,共同促成了20世纪末波澜壮阔的生态文学发展大潮。这当中,尤其以生态小说的成就最为突出,如哈代的《无名的裘德》、塞林格的《麦田里的守望者》、阿特伍德的《"羚羊"与"秧鸡"》、多利丝·莱辛的《马拉和丹恩》、达吉亚娜·托尔斯泰娅的《斯莱尼克斯》等,均为生态小说的代表作。从世界范围里看,中国生态小说创作与研究起步相对迟缓。由于近百年来的特殊国情,生态意识始终没能占据主流地位,甚至由于宏大的历史变革主旋律而在某种程度上迟滞,反过来压抑了人与自然和谐的古老文化传统。进入20世纪八九十年代以来,随着现代化、城市化和

[①] 孙周兴:《海德格尔选集》(上册),上海三联书店1996年版,第465页。

[②] [德]冈特·绍伊博尔德:《海德格尔分析新时代的科技》,宋祖良译,中国社会科学出版社1993年版,第195页。

[③] 鲁枢元:《文学艺术与生态学时代——兼谈"地球精神圈"》,《学术月刊》1996年第5期。

全球化的深入推进，中国经济高速发展背后所带来的乡土中国自然生态和精神生态日益失衡的现状，深深触动了一批既具有强烈的生态意识、又怀有深厚乡土情感的作家，乡土生态成为他们创作的重要呈现对象。像以张炜、铁凝、阿来、迟子建、郭雪波、王新军、石舒清等为代表的一批乡土作家，在人与自然和谐共生的乡土世界描绘中，展现了一个自然生态与精神生态双重和谐的乡土中国，表达了渴望"诗意栖居"的人生追求和理想。

一 自然生态：崇尚天人合一

在中国思想史上，"天人合一"是中国传统文化的根本精神和最高境界。"天人合一"的基本内涵是"人与自然的内在统一"。具体而言，主要包括两层意思：一是天人一致。认为宇宙自然是大天地，而人则是一个小天地；二是天人相应，或天人相通，就是说人与自然在本质上是相通的，应顺乎自然规律，达到人与自然的和谐统一。概而言之，就是天地与人类并生共存，万物与人类合而为一，人既离不开天地，也离不开万物，后来逐渐演化成自然环境与人类社会必须和谐发展的思想。在古代西方哲学发展史上，对自然的看法和态度与东方文化比较接近，存在一些相似之处。像古希腊泰勒士（Thales，公元前624—前574）就把自然比作"母牛"，而中国的老子则把自然比作"玄牝"——一个巨大而玄妙的母体，都倾向于把自然看作包括人类在内的，富有灵性、充满活力、带有情感的有机整体。然而，自启蒙运动和工业革命以来，在理性主义哲学和科学至上思想的指引下，人类对大自然习惯以主宰者和征服者自居，以为人类利益作为判断是非的唯一标准，大自然和其他非人类生命都是人类肆意破坏和摧残的对象。但是，随着对人与自然关系的重新思考，"人类中心主义"越来越受到质疑、反思和批判，人类开始用新的眼光重新认识大自然。20世纪八九十年代以来，自然生态问题逐渐成为社会普遍关注和重视的问题，人与自然的关系问题开始步入文学殿堂。在许多当代乡土小说作品中，大地万物开始与小说中人物一样，成为有生命、有灵魂、独立的审美对象，自然以其原始的姿态展示出丰富的面貌，表达了人们努力与自然建立一种更为和谐关系的愿望。

张炜作为一个大自然的歌者，在30多年的小说创作中，始终没有停止对自然的痴心书写。在他看来，"作为一个热爱艺术的人，无论具有怎样的倾向和色彩，他的趣味又如何，都应该深深地热爱自然、感受自然，敏悟而多情——如果是这样的话，他才可能是一个为艺术而献身的人"[①]。因此，张炜在其创作中充满激情地对大自然进行描绘和称赞，以至于"无论作者怎样游离于自然场景之外，书写情感，写重大的社会矛盾，写曲折的情节，你总会感到一个无时不在的人物，那就是大自然"[②]。尤其是在张炜的前期创作中，几乎每一篇作品中都有大自然的美丽身影，都不乏对美好大自然的细腻描写和倾心歌颂。像在《荒原》中，初春的芦清河"水在暗绿色的冰下流着，发出了好听的'枯噜'声，我伏在河边，用一块石头凿碎冰层，掬起一捧寒冷的水。河水真甜啊……河道那么多弯曲，两旁生满了柳棵。河水的边缘上，有一株株干枯的芦苇在风中抖着。风沿着河道吹来，让人感到了一丝温暖。泥土开始泛湿了，探在上面，印出一个大大的脚印，瓦蓝瓦蓝的天空中，一片洁白的游云正从远处飘来"。作者把水流的声音，寒冷的触感，入口的清甜，春风拂面的感觉，泥土的潮润，蓝天的色泽和白云的动感，通过视觉、味觉、听觉、触觉等多感官的融合描绘得生动形象，如同我们置身于大自然当中一般。又如《九月寓言》一开头就描写了这样一片荒野："谁见过这样一片荒野？疯长的茅草葛藤绞扭在灌木棵上，风一吹，落地日头一烤，像燃起腾腾地火。满泊野物吱吱叫唤，青生生的浆果气味刺鼻。兔子、草獾、刺猬、鼹鼠……刷刷刷奔来奔去。"小说字里行间所展现的"荒野"景致，犹如薇拉·凯瑟笔下的内布拉斯加草原充满着野性，代表着"一种尚未成熟、有待于赋予其形态的原始状态，一种有待于驾驭的生命力"[③]。我们通过阅读可以感受到，张炜对大自然的描写

---

① 张炜：《你的树》，中国青年出版社2008年版，第43页。
② 张炜：《散文精选》，山东友谊出版社1993年版，第30页。
③ Randall III, John H., *The World of Nature*, New York: Chelsea House Publishers, 1991, p. 77.

与歌颂是一种将个人最真实的审美体验与大自然紧密融合的情感流露。在他的笔下，大自然并非是我们在电视机前看到的始终"隔了一层"的自然景象，而是亲自体验并融入了身心的、如同身临其境的大自然，是一种与自然万物零距离的独特审美。同时，作品通过"露筋"和"闪婆"这对荒野夫妻，展现了人与自然和谐相处的美好画面。作者用"老鼠"和"草獾"来形容这两个人，他们就像生长在野地里的两只动物，在树林里田野上过着最原始的风餐露宿的生活。然而，他们并不为此痛苦，相反，他们喜爱并享受着这种无拘无束的自由生活。在大自然长久的熏陶之下，没有欲望的诱惑，他们身上散发着勃勃生机的野性，心灵愈发显得干净纯粹。直到后来离开田野住进了小屋，露筋的腰才弯了腿也硬了。作者通过这一生活情景告诉我们：人只是自然这个巨大的生态系统中渺小的一部分，当远离了大自然时，生命就只有面临着枯萎和凋零。不仅如此，张炜还在小说中通过人与野地的水乳交融，展现人与自然"你中有我""我中有你"的和谐景象。像《刺猬歌》中农场主廖麦爱吃煮的"山药"，当他们的生活方式因现代文明入侵而一点点发生改变的时候，廖麦拒绝了妻子给自己准备的牛奶、煎蛋等"洋式"早餐，并一口气吃下了半根带毛的蒸山药，因为这是自家园子里出产的东西。无论是小村人对黑面肉馅饼的不屑和拒绝，对地瓜的喜爱与不舍，还是农场主廖麦对传统生活方式的坚守，在某种意义上毫无疑问都是他们对于大地文明的一种坚守。作品中这种"大地"意象所包含的人与土地的关系，除了反映出人对大自然的依赖和依恋之情外，还进一步表现出了人与自然和谐相处、密不可分的一面。在饥荒年代人们靠吃土充饥，廖麦能在刺猬的带领下在丛林中寻找到野蜜；当他黑夜回家看不见路时，林中的兔子为他引路；当他被唐家父子追到崖畔无路可逃时，一只雪白的狍子驮着他将一群土狼甩在身后；当他在逃亡路上皮肉开裂时，野地中的蓟菜帮他止住了血；当他不省人事时，老婆婆用"黄鳞大扁"救了他的命；当廖麦与美帝成亲时，满海滩的精灵野物来给他俩贺喜。在张炜的眼中自然界中的动植物都是有感情、有灵性的，它们是和人类一样的生命体，是人类的朋友。这是张炜创作中生态

"整体观"最集中的表现,与史怀泽在对生命敬畏、尊重、崇拜、爱的感情基础上建立的崇拜生命的伦理学有着某种相通之处。

相对于张炜而言,出生于东北广袤大地上的迟子建也是一位将生命之根植于乡土之中、具有强烈生态意识的作家。她曾经说:"一个作家,都有通向自己作品的'隐秘通道',如果让我说出我作品的'隐秘通道',那就是大自然。"[①] 于是,她"怀着一颗敏感而洁净的心灵,走进冰雪覆盖着的北国乡村"[②],将东北边陲优雅的自然景致与和谐的乡镇生活作为主要描写对象,精心营造了一个宁静和谐的"北极村童话"。在她的作品中,河流、牲畜、庄稼等已不再是单纯的自然景观,而是具有了人格意义,富有了灵性和情感色彩。像《亲亲土豆》中礼镇人对土豆由衷地赞美,而土豆花对于人们的礼赞,竟然"张开圆圆的耳朵,听着这天上人间的对话";《雾月牛栏》中弱智儿宝坠儿住在牛栏,他精心照料牛儿,日夜与牛儿亲密交谈,并为每个牛儿都起了好听的名字,牛儿也对他备加亲热和关心。不仅如此,迟子建笔下的大自然,蕴含着诗性之美,充满着圣洁之感,能给人心灵带来抚慰和净化。像《没有夏天了》中的小凤在温情撩人的月光抚慰下,饱经创伤的童心感受到大自然的温情与美好,从而忘却了人世间的烦忧和苦闷;《河柳图》中的美丽的河柳见证了程锦蓝与李牧青纯洁甜美的爱情,在李牧青离去之后河柳成了锦蓝抚慰忧伤的安慰剂。在《额尔古纳河右岸》中,生活在大兴安岭中的鄂温克民族对自然充满着敬畏,出行打猎时看见刻有"白那查"山神的树,便摘下枪跪下磕头,有时还要敬奉烟酒。同时,他们也很崇敬火神,火种从来不会熄灭,营地搬迁时驮火种的驯鹿平素不能随便役使。由此可见,迟子建小说中的乡村世界,自然万物富有灵性,不仅物有"人性",人也有"物性",人与自然相契相合,达到物我相融、共生共荣的境界。这种与自然万物平等相待,对所有生命的尊重和认同,

---

[①] 李树泉、迟子建:《在厚厚的泥巴后面——作家迟子建访谈》,中国作家网2007年11月9日。

[②] 段崇轩:《九十年代中国乡村小说精编·序》,华夏出版社1999年版,第11页。

是人与自然和谐相处的美好诠释。同样，铁凝的《孕妇和牛》中，孕妇与怀孕的牛同病相怜，她要出门赶集，婆婆牵出黄牛让她骑，可她却怜惜起牛来。"她和它各自怀着一个小生命仿佛同病相怜，有点儿共同的自豪感。于是她们一块腆着肚子上了路。"汉白玉碑上俊秀的字引起了孕妇的好奇和向往，而黄牛也与主人一道沉浸在对知识与未来的渴望之中，"它静静地凝视着孕妇，它那憔悴的脸上满是安慰的驯顺，像是守候，像是助威，像是鼓励"。小说中的人、景、物融洽和谐地定格在宁静的乡村世界之中，构成了一幅充满诗情画意的田园风景画。在陈茂智的《归隐者》中，作者把自己对自然的观察、对自然的理解融为一体，展现了一个清新自然、天人合一的世界，融入了对人类理想生存状态的全部理解。作者笔下的南方山林香草溪，生态环境优美，四季流淌着花香，还有飞舞的蜂蝶、盘旋的白鹭，镶嵌在这块神奇的土地上，构成一幅幅充满浪漫色彩的田园牧歌图景，犹如沈从文笔下的边城、张炜笔下的野地，大地上的万物，亦即大地整体本身，汇聚于一种交响集奏之中。同时，作者在小说中对吴盖草、根普老人等尊重自然、善待自然、敬畏自然给予了赞美和颂扬。像大嘴仙可以说是作者塑造的一个深居山林的自然人。他定居在香草溪的山林里数十年，与荒野为友，跟动物为伴，他养过野猪，养过麋鹿，还养了几只鹰、几只斑鸠和几只野鸡，甚至养过一条蟒蛇，完全将自己融入大自然，成为它们中的一员。在香草溪这座伊甸园居住的人们，过着简朴的、原始的土居生活，他们热爱自然，热爱生命，身上充满了自然、质朴的原始活力。小说通过细致入微的笔触勾勒了一批居于"伊甸园"的自然人形象，表达出作者对那种原始、本能的自然生命力的崇拜和赞誉。

同样，王新军《牧羊老人》《大草滩》《与村庄有关的一头牛》等小说中，动物与人的生活息息相关，它们的生活和人的生活相互牵系，呈现出一种物我交融的境界。同时，小说也反映出这种诗意的生活终究摆脱不了现实的冲击。像许三管喜欢在大草滩上牧羊，看着草滩由绿变黄，再由黄变绿，然而最终他只能把羊卖给羊贩子，失去了他所喜爱的生活。作者在此奏响了一曲忧伤的乡村牧歌，表达了对即将逝去的诗意生活的忧伤和感怀。姜戎《狼图腾》中地上奔跑的狼、黄羊、獭子、兔、鼠，天上飞翔的鹰、天鹅、野鸭，还有驯化前的野牛、野马以及充满生命力的野草，共同构成了一幅充溢着蓬勃生命力的草原画卷。出于这份对生命的敬畏与悲悯，以毕利格老人为代表的草原人，对草原上的任何生命（甚至侵犯了他们的生命）都不赶尽杀绝，对任何为生存而抗争的生命都充满了崇敬，从而使浩瀚的额仑大草原获得了千年的持存与美丽。然而，以包顺贵为首的"打狼"势力，为了眼前利益围捕草原狼、屠杀野天鹅、火烧芦苇地、偷挖冻黄羊，残忍地破坏着草原生态平衡，从而成为额仑草原生命力的葬送者。小说深刻地批判了人类贪婪无知带给草原生态灾害性破坏的行为，同时启迪人们必须遵循事物发展客观规律去审视人类自身的生存和发展问题。另外，郭雪波以理性的目光聚焦于那块令人悲怜又眷恋的故土，分析人与人、人与自然的复杂关系，思考和探究草原生态危机的根源。在《沙葬》《大漠魂》《大漠狼孩》等小说中，美丽富饶的科尔沁草原，绿浪、白云、牛羊、辽阔得让人陶醉的原野，美得使人灵魂震颤，但在百年间"人就像一群旱年蝗虫，吃完这片田地又飞往那片田地，一片一片地吃干吞净"，最后退化成寸草不生的荒漠。小说通过对草原沙化的书写，反思人类行为的盲目、人性的迷失，从而批判人类自掘坟墓之举，以求拷问人性失衡之因，传达出作者对家园日益沙化境况悲戚不已的呐喊与呼号。在《青旗》《银狐》《天音》等小说中，郭雪波对嘎达梅林等民族英雄的行为予以赞扬和歌颂，并以血的历史和教训揭示人类征服自然的严重恶果，揭露欲望膨胀对人类带来的困境和灾难。同时，表达了对民族文化失传现状的惋惜之情和人文之思以及对构建生态多元化、文化多元化的探寻。当下乡土中国的"诗意"已所剩无几，且仍在加速走向破碎之中。但小说家们仍在通过这些美丽和谐、极富生机的自然景致，挖掘乡土中国的自然之美，营造人与自然和谐共生的自在之美，同时，对人类干扰自然、征服自然的恶行提出批判，用真挚的生态情怀陶冶人们对大自然的热爱，感染着人们对生态乡土中国的向往和追寻。

二 社会生态：建构温情世界

马克思曾明确指出："人同自然的关系直接就是人和人之间的关系，而人与人之间的关系直接就是人同自然的关系，这是他自己自然的规定。"[①] 换而言之，人与人的社会关系制约着人与自然的关系，人与自然的矛盾最终解决，要依赖人与人社会关系的彻底解决。生态主义者认为，无论是人与人之间，还是人与自然之间都应包容共生，倡导人与人之间和谐互助、友爱包容。基于此，一些作家从人与人之间的关系中，展开对现代商品社会的反思，特别对以金钱为中介的交换关系、契约关系之于人性的扭曲有着强烈的批判，同时试图在温情世界中构建人与人之间和谐美好的关系。像19世纪40年代美国作家梭罗在长篇小说《瓦尔登湖》中，以自己在瓦尔登湖用整个心灵与自然万物相交融的精神体验，描写了在地球这个中心生命上寄生的各种生命的美、自由、诗意的存在，表达了自然万物作为一个有着内在价值和生命尊严的生命体都有着不受伤害的存在权利，向人们呈现了人与自然和谐共处的美好存在，为后人在文明的沙漠中保留一小片荒野的绿洲。相对于卢梭而言，沈从文笔下的边城、废名笔下的黄梅、师陀笔下的果园城、汪曾祺笔下的高邮，正是类似于瓦尔登湖的"桃花源"式乡村世界。像沈从文笔下的湘西边城精致柔美而宁静，远离都市的喧嚣与浮华，那里民风淳朴，人们诚实守信，敢爱敢恨。像老船夫为人朴直、忠于职守、重义轻利，他数十年如一日守在小溪边。翠翠则是湘西山水孕育出来的一个美的精灵，有着水晶一样清澈透明的性情。涨水码头船总顺顺大方洒脱、仗义慷慨、诚心公道，被誉为涨水码头一方豪杰绅士。无论谁有求于他，他都慷慨解囊，替人解难，不因家境富实而盛气凌人，而能够常常体恤穷苦人。可见，沈从文笔下的"边城人"，虽有富贵贫贱之分和社会地位高低差别，但他们彼此之间互相亲善、互相扶持。这里山清水秀的生存环境，淳朴至厚的民俗风情，憨厚善良的乡村百姓，纯真和谐的人际关系，便成

[①] 《马克思恩格斯全集》第42卷，人民出版社1979年版，第119页。

了沈从文永远的生命崇拜图腾。

20世纪八九十年代以来，随着现代化、城市化和市场化的深入推进，在商品经济和消费主义的影响下，乡土中国人与人之间变得越来越陌生，情感变得越来越冷漠，人际关系变得越来越异化。正如李泽厚所言："中国社会的生活实体现在正处于大改变之中，工业化、都市化、生活消费化带来的个人独立、平等竞争、选择自由、家庭变小、血缘纽带松弛、乡土观念削弱等状况，使人情淡薄，利益当先，数千年传统所依据的背景条件几乎全失，而且也使人情本身有了变化：不再是稳固的血缘亲情，而是不断变异着的个体关系之情逐渐占据主导。"[①] 面对这个媚俗投降的时代，张炜"站在大地梦想的中央，以不宽容、不容忍、不退却、不背叛、不投降、仇恨和永远战斗，回答了痛苦时代于诗人何为的巨大质问"[②]，选择了一条与世俗取向背道而驰的走向大地母亲"融入野地"之路。在长篇小说《九月寓言》的开篇，作者就以诗性的描述向我们展示了小村人欢快自由的生存境遇。小村男女青年秋夜在田野里奔跑、嬉戏，钻到庄稼深处唱歌，跃动着生命的活力与激情，滋生出多少趣事；老年人像孩子一样互相戏耍追赶，没有世俗的约束，与自然合二为一。流浪者穿行于生机勃勃的大地上，夜间露宿在沟里享受着秋夜。最富传奇色彩的是，露筋和闪婆在田野里二十多年风餐露宿，即便这样，露筋在临死前依然觉得"回想着田野里奔腾流畅的夫妻生活，觉得那是他一生里最幸福的时光"。从某种意义上看，流浪作为小村人的一种生存方式，使得他们亲近自然获得更多的自由自在。另外，还有赶鹦虽然在工程师引诱下有过对工区的向往，但她明白自己的生命之根深深地扎在了野地上。在她看来，城市意味着喧嚣、浮躁、无根无定，而野地则意味着永恒、宁静和真实落定。在《柏慧》《我的田园》《怀念与追记》等小说中，张炜笔下的葡萄园不但田园风光秀美，而且人际关系和谐，像淳朴善良的四哥夫妇，朴实纯净的小鼓额，高洁纯真的肖潇……这些

---

① 李泽厚：《己卯五说》，中国电影出版社1999年版，第100页。
② 张炜：《张炜文集》（2），上海文艺出版社1997年版，第10—11页。

至情至性的人物和温柔灵性的大地融为一体，构建出一个人与人和谐相处、超脱世俗的"桃花源"。在这些作品中，"葡萄园"作为一个意象多次出现，这既是作者自身生活经历的写照，同时也可看作其内心情感的皈依。这里的葡萄园已不仅是一个单纯的物质园地，更象征着人与田园、人与人和谐相处的精神家园。不仅如此，为了能重建和谐的社会生态，张炜把书写视角返回自己的童年，把目光聚焦到自己曾经生活过且仍在向往的乡村。在他早年所描绘的"芦清河"世界，不仅有充满诗情画意的自然之美，更有与此美景相一致的人性淳朴之美。像《一潭清水》中徐宝册与小林法完全超越功利性的私人情谊，《声音》中二兰子与小罗锅之间那种清新又朦胧的情愫，《看野枣》中纯朴、热情的大贞子对三来的激励与帮助，《九月寓言》中的金祥历尽艰辛为小村人背回制作煎饼的鏊子等，这些人物都显得那么坦诚朴实而富有人情味。由此可见，面对浮躁混乱的现代社会，张炜努力构筑自己心中的"葡萄园"：那是一片远离都市的净土，充盈着泥土的芬芳和沁人的花香，没有尔虞我诈的争斗，人与人之间和衷共济、温馨自在。虽然这就像千百年来文人构筑的一个个乌托邦那样，也许永远无法成为现实，"但我们决不能因为梦想的非现实性而否定它，毕竟它源自于人类内心深处希望和梦想的本能"[①]，这也正是张炜在面对现代社会种种病症时所做出的选择。

　　相对于张炜而言，迟子建则在他的创作中构建了一个类似于"葡萄园"、渗透着温情和爱意的乡村世界。首先，表现在对亲情关系的描写中。如《亲亲土豆》里的礼镇中年男人秦山身患绝症，却无钱医治只能回家保守治疗，在生命弥留之际仍然为着身后的老婆孩子着想，吝啬的他却大方地偷偷为妻子李爱杰买了一件价格不菲的旗袍，作为礼物希望她以后再婚寻找属于自己的幸福。而妻子李爱杰不惜钱财、悉心照顾生病的丈夫，在丈夫去世时把一袋袋土豆倒在丈夫坟头上，让丈夫和心爱的土豆永远在一起。人世间最痛苦的莫过于相

---

① 刘华：《论张炜小说创作中的生态意识》，东北师范大学，硕士学位论文，2010年。

爱却不能相守，这对农民夫妇之间传达出来的温情与爱意使人心灵震撼。同样，在《日落碗窑》里，村民们遵循天人合一、儒道并济的传统处世原则，关心邻里、知足常乐，构成了一幅和谐共存的美好图景。爷爷为了给孙子烧出一窑好碗，不辞劳苦重新整窑，老木匠王嘘嘘为了帮助老友，也尽心竭力为其设计碗模。还有吴云华虽腿有跛疾但心地善良，为了避免分娩之前重蹈孩子早夭的命运，她便主动去照顾乡村教师王张罗的弱智妻子刘玉香，丈夫关全和虽萌生醋意但仍然没有反对，可见"碗窑"成为人与人之间无私美好关系的象征。又如《逝川》中，依据阿甲渔村旧有的传说，泪鱼沿江下来时，如果哪家没有捕到它，一定会遭受不幸。但在捕捉泪鱼的紧要关头，美丽能干的吉喜大妈舍弃自我，去为当年弃她另娶的恋人胡会媳妇接生。吉喜接生后再赶到逝川，结果一条泪鱼也没捕到，正在失望之中却惊讶地发现她的木盆里竟跳跃着十几条泪鱼。从乡村百姓质朴的生活中，我们可以看到村民心灵的朴素善良、美好清纯，这种底层民众互帮互助的善良本性令人感到无限的温暖。另外，《驼梁》也是一个叙述普通人之间互相帮助的故事。年轻的司机王平独自外出跑长途运输，不幸的是午夜时分卡车在盘山路上抛锚，在这个前不着村后不着店的地方陷入了困境。在这种情况下，王平只能靠着火柴的微光徒步前行寻求帮助，驼梁村素不相识的小卖店店主免费借给了他电筒，当他折回时发现一个过路司机已帮他修好了汽车。这些平凡而又传奇的故事叙述，传达出作者对和谐人际关系的肯定与赞美。在《北极村童话》里，迟子建则以儿童的视角，构建了一个童心映衬下的北极村世界。在作家的眼里，北极村人是善良、隐忍、宽厚，爱意总是那么不经意地写在脸上，让人觉得处处暖意融融。尤其作者在文中写到苏联老奶奶是一个流落中国的老太太，过着清贫孤寂的生活，虽然北极村人不和苏联奶奶来往，甚至都不愿提起老奶奶，但是老奶奶的死亡却是猴姥发现的。从这个细节可以看出虽然他们平时从不交流，但是他们都在互相关注着对方，在意对方生活上的一点一滴。作者在这种温情的叙述中所表达的对人与人、人与自身关系的认识，体现了她对于人类生存的终极关怀。正如阿城所言："迟子建是站在一种超然的高处，以一种怜悯的心态俯视人间"①，她所追求的和谐境界是人类生存的永恒理想。在《额尔古纳河右岸》中，那一群从原始部落里走出的人们，对苍茫大地和人类充满了爱意。像妮浩萨满明知道每救一次人都以丧失自己一个孩子为代价，但她仍义无反顾地为了救一个又一个的陌生人，接二连三地牺牲掉自己的孩子。由此可见，这种人与人之间的温情单纯而实在，凸显出一种温馨和谐、淳朴自然的社会生态之美。同样，在陈茂智《归隐者》中的香草溪，就像迟子建笔下的"北极村"一样，是一个和谐、温馨、充满爱的伊甸园。在这片古老瑶寨里，彼此之间和谐相处、亲如一家，过着自由自在的原生态生活。无论"随便走到哪一个寨子，哪一户人家，不管认识与否，只要说一句香草溪，那都是亲人"，就连讨饭的叫花子到了香草溪都说香草溪好，舍不得走。由此可见，古老瑶寨的山民崇尚自然，信仰天地，保持着一种淳朴原始的生存状态，正如陶渊明笔下的桃花源，"阡陌交通，鸡犬相闻。其中往来种作，男女衣着，悉如外人。黄发垂髫，并怡然自乐"。在这里，作者融入了海德格尔自然的家园理念，试图从人与人、人与社会的生态视角出发，执着地追寻一种自然和谐的新型人际境界，表现出回归自然、回归乡土的家园情怀。

三 精神生态：守望诗意栖居

鲁枢元认为，在人类社会政治经济生活上空，除了"物理圈""生物圈""社会圈"等之外，还有一个以人的信念、信仰、理想、想象、反思、感悟、追求、憧憬为内涵的"圈"，这就是地球的"精神圈"。随着生态学时代的到来，人们在生存的困境与危机中开始认识到，人的生存既是物质的，又是精神的，它自应趋向于双向的完善与完美。人们本应利用物质的富有，进而建立最具人性的社会关系和精神家园。然而，在商品经济和消费主义的影响和蛊惑下，当前对物欲的追求淹没了对生存的理解，人们一味地追求物质利益，追求腐化堕落的生活享受，踯躅于灯红酒绿、纸醉金迷的现代荒原，精神污染

---

① 迟子建、阿成、张英：《温情的力量》，《作家》1999年第3期。

成了越来越严重的问题。对此,诗人荷尔德林曾诗意地言说了当今时代的性质,称这是"一个贫乏的时代"。"一方面,对自然环境的无止境掠夺使人类正在失去可以栖居的物质家园;另一方面,重物质轻精神所导致的精神危机又使人类正在失去可以慰藉灵魂的精神家园。"[①] 20世纪八九十年代以来,面对现代文明造成传统美德的沦丧,商品经济带来人伦亲情的冷漠,追名逐利催生人性的异化,张炜、孙惠芬、张宇、迟子建、阎连科、关仁山、赵德发、张继等一批乡土小说家致力于在对传统乡土文化、美好乡土人性的缅怀中,重构一个诗意栖居的"世外桃源"。

像张炜的《九月寓言》就是作家对人类精神家园的哲学思考和诗性言说。小说中与世隔绝的小村是民间大地的代表,有愚昧有落后,但更多的是纯真、是自由、是民间大地的泥土气息。小说中构筑的这片未被欲望浸染的故地,在世俗眼里也许是个落后愚昧的底层乡村,但在张炜看来却是人类真正的精神家园。小村里的人们整天面对的是最普通的生命活动,诸如吃饭、生存、恋爱、劳动等,然而他们却活得无拘无束、自由自在,呈现出鲜活的乡野气息和生命活力。恰恰是在他们身上,张炜找到了人类生命的本真状态,和未被异化的那个"原来",从而真正达到"天人合一"的理想之境。在海德格尔看来"回归"完全与"倒退"无关,它是为已经走进极致的现代社会寻获一个新的开端,"回归"实际上是端正人的生存态度,调整人与自然的关系,人类只有回归到自然中才能得到诗意的安居。张炜回到了理想之地——他所建造的葡萄园,在这里一切都是宁静的、和谐的、欢乐的,这种浪漫化、诗化的葡萄园是作者营造的一个理想的家园,也是人类灵魂的"拯救地",是人类精神家园的象征体。《九月寓言》里的"文明野地"被赋予了浓厚的理想色彩,小村人的欢乐也许难以被"现代人"所认同和接受,但小说对野蛮现代文明的反思,对物质贪欲的抵触,对"诗意栖居"的构想,体现了作者对一

[①] 丁丽燕:《"生活的艺术"与"诗意的栖居"——论林语堂闲适哲学的生态学价值》,《浙江学刊》2005年第1期。

种精神传统的回归，回归到自然才懂得生命的自由和快乐。在《上塘书》里，孙惠芬则为读者营造了又一理想乡土中国生态世界。这个人口不过四十户，只有三条街道和几百亩水田的上塘，却是个充满诗情画意的理想栖居所在。上塘自然景观美不胜收，农舍错落有致，小路曲径通幽，田野生机盎然，宛如一幅充满诗意的山水画。不仅如此，在这个相对封闭保守的上塘，人们勤劳纯朴、重德尚义，生活自在充实。从上塘走进城里的大学生，虽身在城市却夜夜梦回上塘，执着地寻找自己的家，从田野到小街，像疯子一样，不停地寻找。正如他们自己所言："当我的身体离乡村世界越来越远，上塘在我的心里边，竟越来越近了。当我在城市里建立了属于自己的物质家园，我发现，上塘的一草一木，竟变成了我挥之不去的精神家园。"同样，陈茂智《归隐者》中的香草溪，与喧嚣、烦乱和污浊的现实世界相比，是一片恬淡宁静、简朴自然的诗意乐土。这片古老的土地，山水优美，资源丰富，瑶家人祖祖辈辈日出而作，日落而息，热爱自然，珍爱生命，与自然和谐相处，过着自由自在、无拘无束的田园生活。主人公程似锦在官场摸爬滚打数十年，在绝望中拖着疲惫的身子离开那座曾经给他光荣与梦想的城市，来到偏远的南方山林香草溪。在这片充满人情味、生命力的土地上，程似锦在卢阿婆等人的照顾下，他的病痛得到了很好的医治，并最终找到了属于自己的生活和爱情。在当代社会，程似锦这一人物形象不是单一的个体，而是具有代表性、典型性，因为其实我们每个人身上都有着程似锦的影子，就如每个人身上都有着阿Q精神一样。正如作者所言："在这个物欲横流的社会，人们习惯了声色犬马、灯红酒绿的生活，可在求生存讨生活和追逐功名利禄的尘世中，谁都有言说不尽的艰难和屈辱，在夜深人静的时候愁苦流泪的总会比笑逐颜开的人多，很多人身心疲惫创痕累累，需要疗伤、休养和安歇。"①"诗意地栖居"是人类永久的梦想，也是根植于现实的追求。小说通过塑造程似锦等一批人物形象，传达出对物质

---

① 李军平、陈茂智：《香草溪：心灵的憩园——关于〈归隐者〉的对话》，《永州日报》2012年11月21日B7版。

文明过程中精神美的捍卫和诗意栖居的找寻，并试图通过找寻疗治人类精神病痛的诗意家园，以让人类走出冷漠、孤独和痛苦的精神荒原。

相对于作为文明中心的城市而言，乡村往往因较少受到现代文明浸染而多了几分纯净和自然。然而，随着全球化时代的到来，现代文明凭借科技的力量，打破了城乡之间的既有界限，导致人类赖以生存的诗意空间急剧萎缩，进而引发了严重的精神危机。对此，迟子建则一面用温婉轻灵的笔触营构温情美好的理想世界，一面以深沉睿智的目光透视精神污染日益严重的现实世界。像《世界上所有的夜晚》里曾经充满诗意的乌塘镇，因矿山开发而变成乡民的苦难之地：传统的丧歌失传，色情文化大行其道；人为金钱而变得疯狂，人伦道德一步步沦丧。乌塘男人冒着生命危险下煤矿谋生，不少女人却专为获得丈夫死后巨额赔款而"嫁死"，而乌塘官僚为加官晋爵将矿工生命视为儿戏。《月白色的路障》中公路的延伸象征着都市文明的扩张，人类在商品经济大潮冲击下越来越远离自然，甚至连正视自己的机会也越来越少。可见，商品经济的迅猛发展在给社会带来巨大物质财富的同时，也引发了严重的社会精神危机，特别是在乡土文化世界里这种悖论和冲突尤为剧烈。对此，詹姆逊曾指出："今天，大自然本身已彻底消退泯灭，面对'后资本主义'、'绿色革命'、'新殖民主义'、'超级大都会'等现代文明的诸般现象，海德格尔的'田间小径'的确已经无法力挽狂澜了，因此，它的消退是无可避免的，不能挽回的。"[1] 面对现代文明的步步紧逼，一些乡土作家试图从童年梦境的想象性创造中寻找回归自然和谐之路，让现代人那浪迹尘世的灵魂在大自然温暖的怀抱中得到精神的抚慰和心灵的安宁。像郭雪波在《大漠狼孩》中，便以孩童的视角写到了对现代人类的失望。小说中最终被劫匪杀死的瘦子对少年的父亲说，大家都说狼残忍，其实狼比人可靠，因为狼身上呈现出可贵的人性。在这里，作品通过少年眼中

---

[1] 鲁枢元：《自然与人文：生态批评学术资源库》，上海学林出版社2006年版，第746页。

的狼，传达出作者所要表现的价值指向。小说通过对于童年记忆以及童年生活的抒写，引导人们介入到现实中去为人类的将来寻求一条充满希望的生存路径，创造一个诗意栖居的理想生活境界，从而为人类提供一个与自然和谐相处的理想精神家园。同样，贾平凹的《怀念狼》通过"我"和作为原捕狼队队长的舅舅傅山、原捕狼队队员烂头三人一起负责普查商州狼现状的故事，揭示了与自然疏离后人类陷入惶惶不可终日的精神状态。小说中的商州地区仅剩下15只狼，一路上不断地与"我们"相遇，然后不断地被捕杀。当狼在商州灭绝之后，人开始变得和狼一样凶狠成性不可理喻，"他们行为怪异，脾气火爆，平时不多言语，却动不动就发狂，龇牙咧嘴地大叫，不信任任何人，外地人凡是经过那里，就遭受他们一群一伙的袭击，抓住人家的手、脚、身子的什么部位都咬"。小说通过人与狼的冲突及其关系的变化，昭示了人类生态的现状。昔日狼群为患之时，人类面临严峻的生存考验；如今狼群毁灭之时，人类精神状态也成为一大难题。作者站在生态的角度向人类发出警示：作为自然生存空间的狼，既是人类的对手，更是人类的朋友。当灭绝对手之后没有了其他种群的存在，人类也难以逃脱寂寞的命运，终将不可避免地陷入惶惶不可终日的状态。"《怀念狼》的本真意义在于对人与自然和谐相处的一种留恋，体现着作者对于人的生存方式与现实境遇的思索，在这里，狼既是人生存的对应物，又是和谐本身。"[①] 在这里，狼在某种程度上象征着整个自然，没有狼就象征着自然的毁灭，人类的身份顿时变得可疑，甚至于无家可归。小说中写道："猎人们都患上了病，莫明其妙的怪病：人极快地衰老和虚弱，精神恍惚"，"四肢肌肉萎缩，形状像个蜘蛛"。可见，"随着人类社会的发展，人口越来越多，人的科学技术水准也越来越高，人的欲望也越来越强大，人对其外部世界的改造也越来越普遍、深刻。于是渐渐地造成了这样的局面：社会越进步，距离自然就越远；人改造自然的水平越高，社会发达的程度就越

[①] 刘国维：《再论小说〈怀念狼〉——兼论贾平凹近年来创作倾向》，《西安文理学院学报》（社会科学版）2005年第1期。

高,人类历史的进程似乎就是在这样一条直线上不停地向前迈进的"[1]。这似乎是人类永远无法摆脱的发展之痛——固守纯朴而简陋的生活不现实,追求现代的舒适生活似乎又难以避免时代的精神阵痛。对此,作家们从自然生态与人的精神生态的密切关系入手,在对整个自然生态、精神生态系统的认识和体察过程中,不约而同地对人类永无止境的消费欲望发出绝望的诅咒,同时表达了对失却自然和谐之后人类精神空虚的担忧与惶惑。

---

[1] 鲁枢元:《生态文艺学》,陕西人民教育出版社2000年版,第105页。

参考文献

［法］孟德拉斯：《农民的终结》，李培林译，中国科学出版社2005年版。

［法］西蒙娜·德·波伏娃：《第二性》（全译本Ⅱ），陶铁柱译，中国书籍出版社1998年版。

［英］休谟：《人性论》（上册），关文运译，商务印书馆1980年版。

［英］阿兰·德波顿：《身份的焦虑》，陈广兴、南治国译，上海译文出版社2007年版。

［英］安德鲁·韦伯斯特：《发展社会学》，陈一筠译，华夏出版社1987年版。

［英］戴维·波普诺：《社会学》（第十版），李强等译，中国人民大学出版社1999年版。

［德］海德格尔：《人，诗意的栖居》，郜元宝译，广西师范大学出版社2000年版。

［德］冈特·绍伊博尔德：《海德格尔分析新时代的科技》，宋祖良译，中国社会科学出版社1993年版。

［美］玛格丽特·米德：《文化与承诺：一项有关代沟问题的研究》，周晓虹、周怡译，河北人民出版社1987年版。

［美］费正清、刘广京：《剑桥中华民国史》（第一部），刘敬坤等译，上海人民出版社1991年版。

［美］伊恩·P. 瓦特：《小说的兴起》，高原、董红钧译，生

活·读书·新知三联书店 1992 年版。

[美] M. H. 艾布拉姆斯：《欧美文学术语辞典》，朱金鹏、朱荔译，北京大学出版社 1990 年版。

[匈] 阿格妮丝·赫勒：《日常生活》，衣俊卿译，重庆出版社 1990 年版。

[俄] 别林斯基：《别林斯基选集》（第 1 卷），满涛译，时代出版社 1953 年版。

费孝通：《乡土重建》，上海观察社 1948 年版。

费孝通：《乡土中国 生育制度》，北京大学出版社 1998 年版。

刘再复：《性格组合论》，上海文艺出版社 1986 年版。

严家炎：《中国现代小说流派史》，人民文学出版社 1989 年版。

康正果：《女权主义与文学》，中国社会科学出版社 1994 年版。

钱穆：《中国文化史导论·弁言》，商务印书馆 1998 年版。

洪子诚：《中国当代文学史》（修订版），北京大学出版社 2000 年版。

洪子诚：《中国当代文学史·史料选》（上、下），长江文艺出版社 2002 年版。

孔范今：《二十世纪中国文学史》，山东文艺出版社 1997 年版。

陈思和：《中国当代文学史教程》，复旦大学出版社 1999 年版。

孟繁华、程光炜：《中国当代文学发展史》，人民文学出版社 2004 年版。

陈俊涛：《精神之旅——当代作家访谈录》，广西师范大学出版社 2004 年版。

鲁枢元：《生态文艺学》，陕西人民教育出版社 2000 年版。

鲁枢元：《自然与人文：生态批评学术资源库》，上海学林出版社 2006 年版。

贺雪峰：《乡村治理的社会基础——转型期乡村社会性质研究》，中国社会科学出版社 2003 年版。

贺雪峰：《新乡土中国》，北京大学出版社 2013 年版。

李友梅等：《快速城市化过程中的乡土文化转型》，上海人民出版社 2007 年版。

隋晓明：《中国民工调查》，群言出版社 2005 年版。

衣俊卿：《回归日常生活世界的文化哲学》，黑龙江人民出版社 2002 年版。

赵园：《地之子——乡村小说与农民文化》，北京十月文艺出版社 1993 年版。

丁帆：《中国乡土小说史论》，江苏文艺出版社 1992 年版。

丁帆等：《中国大陆与台湾乡土小说比较史论》，南京大学出版社 2001 年版。

丁帆：《中国乡土小说史》，北京大学出版社 2007 年版。

丁帆：《中国乡土小说的世纪转型研究》，人民文学出版社 2013 年版。

杨剑龙：《放逐与回归——中国现代乡土文学论》，上海书店出版社，1995 年版。

陈继会等：《中国乡土小说史》，合肥教育出版社 1999 年版。

白桦：《中国当代乡土小说大系·第 1 卷，1979～1989》，农村读物出版社 2010 年版。

白桦：《中国当代乡土小说大系·第 2 卷，1990～1999》，农村读物出版社 2010 年版。

白桦：《中国当代乡土小说大系·第 3 卷，2000～2009》，农村读物出版社 2010 年版。

贺仲明：《一种文学与一个阶层——中国新文学与农民关系研究》，人民出版社 2008 年版。

陈仲庚：《寻根文学与中国文化之根脉》，中国文联出版社 2000 年版。

张丽军：《乡土中国现代性的文学想象》，上海三联书店 2009 年版。

张丽军：《想象农民——乡土中国现代化语境下对农民的思想认知与审美显现（1895—1949）》，山东人民出版社 2009 年版。

陈国和：《1990 年代以来乡村小说的当代性》，中国社会科学出版社 2008 年版。

郑恩兵：《二十世纪中国乡村小说叙事》，河北出版传媒集团、河北教育出版社 2011 年版。

张器友：《现当代文学思潮散论》，安徽教育出版社 2003 年版。

余昌谷：《当代小说群体描述》，安徽大学出版社 2006 年版。

高秀芹：《文学中的中国城乡》，陕西人民教育出版社 2002 年版。

李莉：《中国新时期乡族小说论》，中国社会科学出版社 2008 年版。

韩春燕：《文字里的村庄——当代中国小说的村庄叙事》，上海人民出版社 2011 年版。

陈英群：《阎连科小说创作论》，郑州大学出版社 2010 年版。

阎连科、梁鸿：《巫婆的红筷子：作家与文学博士对话录》，春风文艺出版社 2002 年版。

张宏：《新时期小说中的苦难叙事》，中国传媒大学出版社 2009 年版。

陈晓明：《表意的焦虑——历史祛魅与当代文学变革》，中央编译出版社 2003 年版。

段崇轩：《九十年代中国乡村小说精编》，华夏出版社 1999 年版。

张柠：《文化的病症：中国当代经验研究》，上海文艺出版社 2004 年版。

柳冬妩：《乡村到城市的精神胎记——中国"打工诗歌"研究》，花城出版社 2006 年版。

管宁：《小说家笔下的人性图谱——论新时期小说的人性描写》，福建教育出版社 2001 年版。

郝春涛：《新时期小说人性发掘历程》，山东人民出版社 2011 年版。

赵顺宏：《社会转型期乡土小说论》，学林出版社 2007 年版。

赵允芳：《寻根·拔根·扎根——九十年代以来乡土小说的流

变》，作家出版社 2009 年版。

周水涛：《论新时期乡村小说的文化意蕴》，华中师范大学出版社 2004 年版。

周水涛、轩红芹、王文初：《新时期农民工题材小说研究》，社会科学文献出版社 2010 年版。

周水涛：《新时期小城镇叙事小说研究》，社会科学文献出版社 2012 年版。

张懿红：《缅想与徜徉——跨世纪乡土小说研究》，中国社会科学出版社 2010 年版。

陈骏涛：《精神之旅——当代作家访谈录》，广西师范大学出版社 2004 年版。

张瑞英：《地域文化与现代乡土小说生命主题》，中国海洋大学出版社 2008 年版。

张永：《民俗学与中国现代乡土小说》，上海三联书店 2010 年版。

赵学勇、孟绍勇：《革命·乡土·地域——中国当代西部小说史论》，中国人民大学出版社、山西教育出版社 2009 年版。

余荣虎：《凝眸乡土世界的现代情怀——中国现代乡土文学理论研究与文本阐释》，四川出版集团、巴蜀书社 2008 年版。

吴海清：《乡土世界的现代性想象——中国现当代文学乡土叙事思想研究》，南开大学出版社 2011 年版。

令狐兆鹏：《作为想象的底层——当代乡下人进城小说研究》，中国文史出版社 2013 年版。

范家进：《现代乡土小说三家论》，上海三联书店 2002 年版。

罗关德：《乡土记忆的审美视阈——20 世纪文化乡土小说八家》，天津社会科学院出版社 2005 年版。

陈昭明：《中国乡土小说论稿》，大众文艺出版社 2007 年版。

黄曙光：《当代小说中的乡村叙事——关于农民、革命与现代性关系的文学表达》，四川出版集团、巴蜀书社 2009 年版。

王华：《新世纪乡村小说主题研究》，北京理工大学出版社 2011

年版。

叶君：《乡土·农村·家园·荒野——论中国当代作家的乡村想象》，中国社会科学出版社2007年版。

吴妍妍：《现代性视野中的陕西当代乡土文学》，人民出版社2010年版。

禹建湘：《乡土想像——现代性与文学表意的焦虑》，湖南人民出版社2008年版。

赵丽妍：《新世纪乡土小说研究》，吉林大学，博士学位论文，2012年。

张文博：《现代化进程中的农民身份构建》，中央民族大学，博士学位论文，2012年。

张旭东：《文化保守主义思潮下的新时期小说创作研究》，浙江大学，博士学位论文，2011年。

苏奎：《漂泊于都市的不安灵魂》，东北师范大学，博士学位论文，2006年。

赵蓬：《村治变迁与乡村秩序的重构》，山东大学，硕士学位论文，2011年。

何长久：《论阎连科小说的乡土伦理》，西南大学，硕士学位论文，2011年。

黄美蓉：《新世纪长篇乡土小说创作论》，上海师范大学，硕士学位论文，2012年。

任恒伟：《"乡土中国"的道德困境——解读20世纪90年代中国乡土小说》，广西民族大学，硕士学位论文，2009年。

高一涵：《乡村世界的"常"与"变"——论赵德发小说的乡土伦理书写》，重庆师范大学，硕士学位论文，2014年。

姬亚楠：《论新世纪乡土小说中的乡村日常生活书写》，郑州大学，硕士学位论文，2012年。

康志萍：《新时期小说的浪漫主义精神》，山东大学，硕士学位论文，2006年。

张延者：《论新时期的村庄小说创作》，山东师范大学，硕士学位论文，2010年。

苏日娜：《试论孙惠芬笔下的乡村女性形象》，内蒙古师范大学，硕士学位论文，2011年。

杨占富：《论李锐小说的民间书写》，西南大学，硕士学位论文，2013年。

宋黎明：《论迟子建小说的民间书写》，南昌大学，硕士学位论文，2013年。

杨殊琼：《〈白鹿原〉民俗文化词汇的解读》，内蒙古大学，硕士学位论文，2007年。

李晓：《寻根文学与文化关系新论》，西北大学，硕士学位论文，2011年。

刘华：《论张炜小说创作中的生态意识》，东北师范大学，硕士学位论文，2010年。

伟程：《当代农村题材小说中婚恋伦理观的演化》，《安徽教育学院学报》（社会科学版）1991年第12期。

樊蓉：《游走在城市边缘——简论当下"农民工"题材小说》，《盐城工学院学报》（社会科学版）2006年第6期。

熊沛军：《乡土小说：全球化视阈中的困境与突围》，《北方论丛》2008年第3期。

张学军：《寻根文学的地域文化特色》，《山东大学学报》（哲学社会科学版）1994年第3期。

张旭东：《论"全球化"语境下中国乡土文学写作》，《四川职业技术学院学报》2007年第11期。

陈超：《"乡愁"的当代阐释与意蕴嬗变》，《当代文坛》2011年第2期。

陈超：《在底层眺望无根的乡愁》，《文艺理论与批评》2010年第5期。

种海峰：《全球化境遇中的文化乡愁》，《河南师范大学学报》（哲学社会科学版）2008年第3期。

洪雁、高日晖：《论孙惠芬小说中的辽南民俗》，《文化学刊》

2008年第7期。

施梦琼：《新世纪小说中城市"边缘化"人物剖析》，《名作欣赏》2015年第2期。

刘华：《论张炜创作中的"桃花源"情结》，《牡丹江大学学报》2009年第12期。

冷耀军、高松：《"寻根文学"与民间、地域文化》，《广西社会科学》2002年第4期。

宁衡山：《城乡之间的精神流浪——城乡冲突主题书写的嬗变》，《文教资料》2009年第1期。

陈富志：《批判与重构——评刘庆邦的小说〈红煤〉》，《名作欣赏》2007年第6期。

张旭东：《论新时期以来文化守成小说的主题指向》，《电子科技大学学报》（社会学科版）2012年第1期。

秦法跃：《1990年代乡土小说理想社会生态的建构》，《小说评论》2014年第3期。

龙其林、赵树勤：《消费主义、意识形态和个人生活——关于当代中国生态小说精神问题的思考》，《青岛科技大学学报》（社会科学版）2012年第3期。

后　记

　　笔者生于农村、长于农村，虽然自求学至今在城市生活20余年，但自己觉得骨子里依然是一个满身土气的"乡下人"。鉴于这一身份和认知，自参加工作以来一直关注农村、关注农民，在湖南师大读研期间，便把"进城乡下人"叙事作为毕业论文写作选题。新时期以来的三十余年间，在现代化、城镇化和市场化大潮推动下，古老的乡土世界挟裹在时代旋涡中，以前所未有的速度发生了翻天覆地的变化，同时呈现出一些亟待解决的突出矛盾和问题，这使得乡村成为笔者难以释怀的牵挂，因而新时期以来的乡土小说便成为笔者的研究对象。

　　事实上，关于乡土小说的研究，众多前辈和同仁已经做了深入的探讨，并且取得了丰硕的成果。但笔者依然想为乡村、想为黄土地上的父老乡亲做点什么，于是便以一种较为虔诚的态度开展对伴随自己成长的新时期乡土小说的研究。从框架拟定之初，到文稿付梓之际，历时二载有余。在此过程中，首先应该感谢我的恩师、湖南科技学院图书馆馆长周甲辰教授，为书稿选题、框架思路及初稿修改悉心指导付出了辛勤汗水和心血，先生治学的严谨和做人的谦虚让我终生受用。感谢湖南科技学院舜文化研究基地首席专家陈仲庚教授，他在百忙之中对书稿进行了全面审读，提出了修改意见，并欣然作序。本书的出版还得到陈仲庚教授领衔的湖南科技学院重点学科文艺学学科建设经费的资助。感谢湖南师范大学文学院赵树勤教授，湖南科技学院欧小松教授、张京华教授、潘雁飞教授、杨增和教授、杨金砖编审等诸位先生，他们一直关注我的学术成长，给予我很多的指导和帮助。

同时，在这里我要感谢我的父母，他们虽然已经去世，但双亲历历在目的教诲成为我一生受用不尽的精神财富。在书稿写作过程中，我的爱人不断地支持我、鼓励我、鞭策我，在家庭和孩子教育上付出了很多心血和汗水。还有我的女儿，当我写作时没时间陪她，但她很懂事，不但不撒娇，还鼓励我，希望我早点完成作品，以便留出更多时间陪伴她。爱人和孩子的这种支持和理解、帮助和关爱，给了我莫大的鼓舞和信心，在此深表谢意。还要感谢我供职单位领导和同事们给予我的关心和支持，感谢长期以来一直关爱和帮助我的人。本书的出版得到了中国社会科学出版社的大力支持，感谢出版社老师为拙作付出的辛劳。在撰写本书过程中，笔者借鉴了众多专家学者的研究成果，但未能在参考资料中一一列出。在此，笔者向相关专家学者表示深深的歉意与感谢！

　　本书终于出版了，这也算是对关爱我的老师、朋友和我自己的一个交代。但由于笔者学识水平有限，本书的选题研究在很大程度上还停留在感性认识上，没能做出更为深入的理性思考，同时书中也难免存在一些疏谬和不足，在此敬请各位专家和读者在阅读此书时不吝赐教，以帮助我在今后的学术之路上走得更远更好。

　　是记之。

谷显明
2015 年 12 月于西山桂园